Nadie salva a las rosas

# Nadie salva a las rosas

Youssef El Maimouni

**Roca**editorial

Para los emigrantes, simplemente

En mi casa, en casa de Fabio, se habla napolitano.
En tu casa habláis español. En clase aprendemos francés.
Pero, al final, ¿qué somos?
—Pues moros, está claro —respondió Manu.

*Total Kheops*, JEAN-CLAUDE IZZO


El último tren se ha parado en el último andén,
y nadie salva a las rosas. Ninguna paloma
se posa en una mujer de palabras.

*El último tren se ha parado*, MAHMUD DARWISH

# 0

## Febrero es el mes más puro

Rihanna abre los ojos.

Las luces van y vienen balanceadas por el soplo de aire frío que se cuela por la ventana que alguien ha dejado entreabierta. En el exterior, los árboles frondosos murmuran anticipándose a la inminente lluvia. Tiene el rostro salpicado de sangre, saliva y mocos viscosos. Respira con dificultad. Se ha mojado unas cuantas veces. Ha perdido la cuenta y la noción del tiempo. Sus huesos son como las endebles varillas de un paraguas a punto de ser jubilado. El pelo pringoso le cubre parte del ojo con el que todavía ve. Con el otro, tan inflado y lleno de coágulos, solo distingue sombras. Vampiros. Tiembla como una otoñal hoja amarilla cuando por fin recuerda dónde se encuentra. Quiere gritar. Imposible, le han embutido en la boca unos calcetines y la han amordazado con una tela roñosa para que no los expulse. El nudo le causa dolor en la nuca, justo por encima de donde perdura con tonos apagados el primer tatuaje que se hizo cuando escapó de casa. No le han roto la nariz para evitar que muera asfixiada. Por ahora, vale más viva.

Rihanna está atada a una silla de metal sin pulir.

Las quemaduras de cigarro le pueblan los brazos. Ella, que juró que jamás caería en la tentación de autolesionarse llenándose la piel de cicatrices como hacían sus amigos bajo los efectos de la mezcla de disolvente y diazepam, llora en silencio, no de dolor, sino por el aspecto de esas marcas, géiseres sulfurosos que le calcinan el alma y afean para siempre su cuerpo.

Oye unas risas. Un acento grave le trae a la memoria a su profesor de primaria, Milud, que la introdujo en las artes secretas de los cuerpos desnudos de diferentes edades y mismo sexo que se aman bajo la sombra de una higuera. Nadie, ningún compañero de la escuela, ni su familia, ni Dios, podía enterarse. Milud daría con sus huesos en la cárcel y Rihanna, por aquel entonces todavía Zakariaa o Zaki, quedaría señalada como los enfermos de lepra.

Al fondo, en otra habitación, un grupo mantiene una discusión confusa. Uno parece enfadado y nervioso, mezcla castellano con insultos en catalán, golpea con la mano abierta una mesa de madera. Rihanna entiende el mensaje. El sudor se desliza por su pecho, donde el pezón izquierdo ya no existe. Las uñas y dientes arrancados continúan en el suelo, bañados en orina y sangre espesa. Habla otro hombre. Se expresa en castellano, aunque mal articulado; más bien se asemeja a los ladridos de un perro enrabietado en un callejón sin salida. Le pesa la lengua. Rihanna calcula que debe de ser rifeño o del sur.

Se acercan. Dentro de su cabeza resuenan las palabras como gritos en una bronca barriobajera: «Quiero todas y cada una de las copias. Todos los vídeos. Hijo de puta. ¿O debería decir hija de puta? Menudo asco. No saldrás vivo de aquí hasta que no hables». Le cae un golpe en la cabeza.

Rihanna abre los ojos. Un pensamiento lúcido, el primero desde que ha recuperado la conciencia, le llega de repente: no hay nada que hacer; ni la mismísima Shaharazad se saldría con la suya.

Le molesta la luz que emana de la pantalla de la televisión. Retransmiten un partido de fútbol. Barça. En Marruecos todos los días, a todas horas, las cafeterías se abarrotan de hombres con espesos bigotes que distraen sus vidas con este espectáculo. No importa si juegan equipos ingleses, italianos, chinos o de Catar. Cierto que apenas hay distracciones, más allá de las partidas de parchís. Cierto que los jóvenes sueñan con emigrar a ciudades rebautizadas como Bayern, Juventus o Arsenal. Rihanna recuerda uno de sus trabajos eventuales, de camarera en el Frankfurt BJ de la calle Joaquín Costa, supliendo a la amiga de una amiga. Con los parroquianos jugaba a imaginarse viviendo en las ciudades de los equipos rivales: Roma, Londres, Múnich, ¡ni de coña, qué frío!, Lisboa…

Se le estrechan los labios y siente cómo la bilis recorre sus entrañas. Nunca cumplirá su sueño de vivir en Nueva York. Los recuerdos no ayudan. De todas maneras, persiste en ellos, tiempo que resta, distrayéndose sin sustancia, haciéndose preguntas que no tendrán respuesta: «¿Cuánto tiempo llevaré sin comer? ¿Dónde se encuentra esta masía en la que me tienen secuestrada? ¿Qué harán con mi cuerpo una vez acaben conmigo?». Aparecen las lágrimas. «Vaya mierda de final para una mierda de vida», diría días más tarde Marina. No puede reprimir unos sonidos guturales, parecidos a los primeros gemidos de una zombi acabada de resucitar. Puta mierda. Se acabó quedarse hasta las tantas empalmando, una tras otra, películas de terror asiáticas. No volverá a mearse de la risa con Marina. *Ma salama* a follar como una descosida.

Rihanna, desesperada, trata de cortar las bridas con la poca fuerza que le queda. Más heridas, más cicatrices en su piel, que tanto se preocupó de hidratar antes de acostarse con aceite de argán o de almendra. Grita mentalmente buscando desarrollar un superpoder que haga añicos los cristales de la casa y que funda la pantalla de la televisión. Provocar que le hagan caso, que acaben con ella. Pocos han conseguido hacerla cambiar de opinión. Podrán matarla, torturarla, violarla, pero jamás volverán a vivir tranquilos. Los vídeos, tarde o temprano, verán la luz, y ella, digerida por los gusanos y reencarnada en abono para fresales, obtendrá su venganza.

13

Quitadme de la boca este maldito calcetín. Haced lo que queráis conmigo, solo pido gritar.

Nadie habrá notado su ausencia. Yusuf será padre en cualquier momento. Si pudiera escoger, mejor en febrero que en marzo. Febrero es el mes más puro, el único mes sincero del año, por su perfecta imperfección, por ser el más corto y el que se alarga o retrae, el que se ajusta, el que se sacrifica por los demás para que todo el engranaje, sol y luna, funcione. Y Marina, su compañera de piso, está de vacaciones en Andalucía. Los primeros días, en Málaga, invitada por un festival de cultura hiphop que ha programado su espectáculo de básquet musical. Después, a disfrutar de lo lindo. Ya ha llorado suficiente por el mierdas de su ex. Marina, la adorable Marina, llenó la maleta de ropa ligera pensando que en Andalucía el frío no existe, ni siquiera en febrero, que es el Caribe de la Península. Qué hartada de reír.

«Chata, te aseguro que las peores noches de mi vida las he pasado en Granada. Nada como aquel frío.»

«Nena, qué me vas a decir tú. Malvivías en la calle. Yo tendré un apartamento calentito en primera línea de mar y la buena compañía de un *breaker* andaluz.»

Siempre que pueden, se ríen la una de la otra. Marina, de la mierda de vida que le ha tocado a Rihanna. Y ella, del carácter inocentón de una de sus pocas y verdaderas amigas, criada con todas las comodidades en el barrio de Sarriá: familia políticamente correcta y sobreprotectora, bulimia purgante y tediosas vacaciones en la segunda residencia.

Marina le dio un gran disgusto a su familia en el primer curso de Arquitectura: abandonó los estudios y rompió con la tradición. No le interesaba construir, ella quería desmontar y volver a montar. El curso siguiente se matriculó en un grado de Mantenimiento y Reparación de Relojería. Por voluntad propia y para acallar a la familia, empleó su ocio en voluntariados de entidades sociales de Ciutat Vella que no la convencieron —los y las educadoras actuaban como si llevasen la capa de Superman incorporada—, hasta que dio con el *casal* donde conoció a Rihanna. Y se mudó al piso que había heredado de su abuela para compartirlo con Rihanna, provocando mayor desasosiego familiar ante las novedosas amistades de su hija única:

«¿De Marruecos y trans?».

Rihanna tiene frío y un hormigueo en las plantas de los pies y las palmas de las manos. Los tres gorilas apartan la mirada del televisor al oír las llaves en una de las dos cerraduras de la puerta principal. Suben el volumen. Los tres mal follados se incorporan. El más alto saca una pistola y se apoya en la puerta. Los otros dos aguardan armados en puntos estratégicos. Un silbido. Es la señal. Relajan los músculos y los dos rezagados ocupan sus lugares en el sofá sin saludar siquiera a los visitantes inesperados. No pasa mucho tiempo hasta que a los dos perezosos les asignan una tarea. Regresan tras unos minutos. Colocan dos focos de plató frente a Rihanna y los encienden. Queda cegada, incapaz de mantener los párpados abiertos y reconocer quién ni cuántos hay tras la luz.

—No, no podemos hacer esto. Se nos ha ido de las manos.

—No hay marcha atrás. ¿Qué te creías?

Se alejan. Mantienen intacto el estridente volumen del partido. Celebran animosamente un gol, comentan entusiasmados la jugada. *Messi est diabolique.* Rihanna por fin recuerda que mientras la torturaban se dirigían a ella con una mezcla de árabe y verlan. ¿Argelinos? ¿Franceses? ¿De Casablanca? La sombra del tercer gorila se sienta en el sofá con el resto. La puerta principal se cierra de un portazo. No apagan los focos. Es como si no recordasen que la tienen allí, sudando como un cerdo, pasando hambre, a punto de deshidratarse. Les importa una mierda.

Rihanna sueña. Es la protagonista de una película de Nabil Ayouch.

Los arrullos de las palomas la despiertan. No recuerda nada del sueño, se ha esfumado. Siempre le ocurre, solo conserva espacio para las pesadillas. Todos duermen y los focos están apagados. Se le antoja un té de albahaca. Su último deseo antes de morir. No hay quien la atienda en estos momentos previos al largo adiós. Suena un teléfono, música de Cheb Hasni. Los anacrónicos escuchan rai en este siglo, nadie más. Ella, de la hoguera, salvaría a Rachid Taha. Se despertaría todas las mañanas con *Ya rayah*. Odia y ama esta canción a partes iguales. Se odia y se ama a partes iguales.

La conversación dura menos de diez segundos. El que ha descolgado el teléfono despierta al resto a base de golpes. Es su forma de jugar, de decirse te quiero. *Sabah al jir ia habibi.* Todos los árabes, todos los hombres, son gais o bisexuales reprimidos. Siempre lo ha defendido y su experiencia la avala. Los cretinos no se duchan ni se lavan los dientes ni antes ni después de desayunar unas tostadas con miel y mantequilla y una taza de café soluble barato.

—Si gritas, te quedarás sin comer.

Rihanna devora la tostada de dos bocados y provoca la risa hilarante de los francoargelinos o baidaníes. Ha masticado con dificultad. La mandíbula le baila y cruje. Se ha tragado los restos de un diente. Le vacían a chorro una botella de medio litro de agua, más de la mitad va a parar fuera de la boca. La amordazan sin meterle el calcetín en la boca. Un detalle revelador. Se acerca el final. Entumecida de pies a cabeza, las tripas insatisfechas reclaman más carburante. Un poco más. Cuerpo y cerebro discuten, toman caminos diferentes. Perdón. Furia. Se distrae con las moscas que sobreviven como pueden en esta casa forrada de madera. Lo que más le sorprendió tras cruzar el charco fue la poca tolerancia con los insectos.

Cuatro portazos metálicos, dos coches. Los tres desgraciados tensan los músculos, se sumen en un silencio cortante y se miran impacientes. Tres golpes en la puerta. En esta ocasión no hace falta ningún silbido, ninguna señal pactada. No sacan las pistolas del cinto. Abren y ceden el paso a los cuatro hombres que entran sin saludar. Visten ropa elegante, lucen relojes caros y los peinados son esmerados. El último en cruzar la puerta es un hombre negro de casi dos metros de altura y más de cien kilos. En otro contexto, Rihanna no dudaría ni un segundo en gritar intencionadamente para que todos a su alrededor y a tres manzanas de distancia la oyeran: «Este tío es igualito a Yékini, el más grande de todos los tiempos. El campeón de los campeones de la lucha senegalesa». El gladiador repasa los detalles que no le pueden pasar por alto. Rodea a Rihanna sin acercarse, cargando un bolso de piel, atento a los charcos. Chasquea los dedos y los tres orangutanes entienden que han de limpiar toda la guarrería que han acumulado en los últimos días. Antes de que corran tras la escoba y la fregona, les pregunta la orientación de la Meca. Se ha saltado el rezo de la mañana y no quiere que se le solape con el siguiente. Dudan, cada uno señala una dirección aleatoria. Yékini les devuelve una mueca de desprecio. Niñatos nacidos o criados en Europa que pisan la mezquita, si la pisan, en el Ramadán. Saca el móvil y abre la aplicación que le indica la orientación exacta de la Kaaba, hacia donde ha de dirigir las plegarias y los deseos. Sube al segundo piso por las escaleras, que crujen por el peso del musculoso cuerpo. Una bestia capaz de dejar KO a cualquier fantasma.

Rihanna aprieta los dientes y trata en vano de cerrar los orificios de la nariz, no inhalar las partículas dañinas para la salud. El suelo apesta a lejía con aroma a pino. No hay en la naturaleza un árbol que huela tan mal y odie más: es alérgica al polen y a las orugas. Ironías de la vida. Ella y Marina fregaban y desinfectaban el suelo con agua y unas gotitas de vinagre.

El senegalés, peldaño a peldaño, desciende por las escaleras. Se ha cambiado de ropa. Viste un chándal negro del Paris Saint-Germain y en la mano carga con una toalla del mismo color. Tras él, baja vistiendo la segunda equipación del club pa-

17

risino el que bien podría tener entre sus antepasados a Astérix. El rubio permanece de pie y el coloso se sienta a su izquierda en una silla que ha sacudido con la toalla. Se inclina y apoya los codos en los muslos. Cierra los puños, extiende el dedo índice de la mano derecha haciéndolo rotar en el sentido de las agujas del reloj y murmura un breve rezo. Apoya la espalda en el respaldo. Abre lentamente las manos. Se toma su tiempo.

—He orado por ti —dice en un árabe que conoce al dedillo.

Tras unos segundos en que nadie se atreve siquiera a respirar, se quita las gafas y las limpia con una toallita. Miope o no, es tan hermoso como un delfín. Un delfín mitológico, africano. Carraspea para aclararse la garganta. Cierra y abre los puños igual que un pianista antes de un concierto. Se concentra en encontrar las palabras adecuadas. A su lado, el rubio mastica chicle con una sonrisa amarga e indescifrable. Llueve y el viento ruge. A Rihanna le hierve la sangre, le entran escalofríos y, mareada, lucha por contener las lágrimas. Estos dos vienen a realizar el trabajo que no quieren hacer los españoles. Buena pasta les habrán soltado para traerlos desde Marsella, París o Casablanca.

—No te queremos hacer más daño. Solo queremos saber la verdad, dónde has guardado el material que nos interesa. Nos han dicho que eres una persona muy dura. Quedan pocos como tú y quiero mostrarte mis respetos.

Rihanna ve cómo el senegalés repara en los moratones, en el labio partido, en las cicatrices, en las quemaduras, en los dedos sin uñas. Siente su aliento fresco y el perfume de almizcle con el que se impregna cada mañana, como todo buen musulmán que se precie. Por un momento cree estar aliviada, ahuyenta el pánico. Percibe cierta bondad, un desánimo inesperado y revelador en el hombre que aparenta querer acabar pronto con este castigo. Es embriagador, magnético, un baobab en medio de la llanura. Rihanna se está volviendo loca. Lo que más va a extrañar es el barullo de los niños al salir de la escuela que hay frente a su piso. Tararea muda una canción infantil, una nana *gnawa,* de los primeros nómadas.

—Te contaré una historia. Crecí en un barrio pobre de Dakar, sin agua potable, con cortes diarios de luz, malaria, dengue, diarreas mortales, escuelas sin libros. Siempre la misma comida, el mismo calor, el mismo frío, las mismas moscas. Sin embargo, conservo un buen recuerdo. Tenía muchos amigos, muchos y muy buenos. Había uno que destacaba, el mejor de todos nosotros. Mi mejor amigo, más que un hermano. Vivíamos todos en la misma casa y, a diferencia del resto de niños, que no perdíamos ocasión de jugar en la calle, él se quedaba frente al espejo. Idrissa, de niño, solía jugar con la ropa de nuestras hermanas y de nuestras madres. Algunas noches, reunidos bajo la luz de las lámparas de gas, nos deleitaba con sus cómicas interpretaciones. Nos seducía con su imaginación, sus sofisticados pasos. Todos consentíamos sus extravagancias.

»Fuimos creciendo y llegó el momento en que nos separamos. Yo me arriesgué y pude salir del país, él prefirió quedarse. No se le había perdido nada en Europa. Empezó a frecuentar el grupo de teatro de la universidad y en las fiestas populares se disfrazaba de mujer en multitudinarios espectáculos que hacían reír a toda la comunidad. Ganaba dinero y a nadie le extrañaba, formaba parte de su trabajo. Solo un trabajo. Poco a poco se fue alejando de la familia, mantuvo el contacto con alguna hermana y alguna prima, con nadie más. Y la oscuridad se cerró del todo.

»El día más inesperado alguien colgó en YouTube un vídeo de una boda entre dos hombres. Había sucedido en nuestro barrio y todos los reconocieron. Era viernes y, durante el rezo en la mezquita, el imam mandó tomar represalias, no se podía tolerar que dos hombres cometieran semejante bajeza. Una turba de hombres salió de la mezquita exaltando a los más jóvenes, a los más fuertes, a los *talibés,* para que dieran caza a los indeseables que avergonzaban a la comunidad de fieles.

19

Con palos y piedras corrieron tras los pecadores. El novio, *astagfirullah*, pudo llegar hasta la comisaría, no sin antes haber recibido una buena tunda. Golpes, escupitajos, el pelo rasurado. Acabaría por ahorcarse en la prisión. Por suerte, Idrissa, saltando y trepando por las azoteas, cortándose las manos, pudo llegar hasta nuestra casa. Su padre y mi padre no quisieron verlo, le prohibieron la entrada. Lo repudiaron. Fueron las mujeres las que lo protegieron y ocultaron y, tras reunir en pocos días, nadie sabe cómo, suficiente dinero, se despidieron de él antes de verlo partir en un cayuco hacia las Canarias. Barça o *barzaj*. Aquel fue el último día que supimos de él. Rezo por su alma cada día. Ruego a Dios que lo haya perdonado.

El senegalés está calmado, le sienta bien hablar. Rihanna ha escuchado su historia sin pestañear, enamorada de los abultados pómulos que brillan por el reflejo de la luz artificial. Josep Tapiró hubiera enloquecido de emoción orientalista ante semejante modelo. Está agotada, a punto de rendirse, de abandonar la batalla. El rubio entiende el gesto de su compañero sin apenas mirarlo. Desata la mordaza y regresa a su sitio. Rihanna abre la boca lentamente y el dolor, los crujidos de la mandíbula se expanden por el resto del rostro. Se relame los labios con la lengua áspera y blanquecina. La sangre es dulce. Le escuecen las heridas, no podría decir cuáles.

—Rezo por ti. —Une las manos con la esperanza que del cielo caiga un milagro—. A diferencia de Idrissa, todavía estás a tiempo de recuperar tu honor, tu dignidad, recibir el perdón de tu familia. El perdón de Dios. Si prometes que vas a abandonar este estilo de vida y nos dices dónde has guardado los vídeos, podrás salir de aquí por tu propio pie. Alá sabrá escuchar tus plegarias, tu arrepentimiento.

—Púdrete.

El senegalés levanta la cabeza. Basta con una mirada. Rihanna cierra los ojos. De ninguna manera el rostro del perdonavidas, la cara del tataranieto de los habitantes de la aldea gala, la de los tres palurdos que observan boquiabiertos, la de los dos discretos hombres que se han mantenido escondidos en la habitación de al lado, comiéndose las uñas, aguantándose las ganas de mear, será lo último que contemple. Rihanna busca y encuentra entre sus recuerdos la tumba de su abuelo. Desde que tuvo uso de razón siempre se preguntó por qué, de todos los miembros de su familia, él fue el único que no la mutiló con reproches ni golpes. Su abuelo, del que supo que desoyendo a la familia se fugó y casó con la esclava que tenían en casa. Igual que su abuelo, ella no le debe nada a nadie. El rubio está preparado detrás de ella. Su respiración se acelera. Rihanna toma aire, aprieta los músculos con todas sus fuerzas y mastica el final.

# PRIMERA PARTE

# 1

## Cuando no fue bueno, pero fue lo mejor

$\mathcal{U}$n hospital es lo más parecido al limbo católico en la Tierra. Unos se van y otros vienen. Lágrimas de alegría, llantos que arrancan árboles con sus raíces. Pasillos asépticos, días idénticos. Calor infernal, comida insípida. Suspiros contenidos. Largas horas. Luces de color ámbar y sirenas. Humo en las entradas.

Muna duerme. Después de su dosis de leche materna y de leche en jeringa, todavía no se engancha del todo bien al pezón, ha vuelto a conciliar el sueño. Joanna descansa como una recién nacida. Es la segunda noche que estamos los tres juntos y sigo pensándonos en masculino. En cuatro días habré dormido un total de cuatro horas. Aprovecho el insomnio para salir a fumar. En la entrada de urgencias, hay dos ambulancias y dos coches de la Guardia Urbana. Una pelea con cuchillos en el Port Olímpic. No me acerco, no sea que reconozca a los implicados. Con el tiempo he enterrado la capa, y los calzoncillos los llevo por dentro. En el banco de la acera hay un hombre dormido con el mentón apoyado en el pecho, las manos en los bolsillos y un cigarrillo apagado en los labios. Hace un frío de cojones y llovizna. Por el aspecto, no sé distinguir si es un sintecho o alguien que se ha pasado de frenada con el anís del mono. Si algo he aprendido en estos años es que resulta demasiado arriesgado sacar del sueño a quien duerme en la calle, lo conozcas o no. El segundo cigarrillo, *Sin vicio no puedo estar,* acalla el hambre, que no es poco. Estoy alimentándome de los dátiles y las mandarinas que ha traído mi hermana. Y muchos cafés. Cruzo la cortina de humo que ha creado el personal sanitario fumador y regreso por unos pasillos que con el tiempo olvidaré. El plegatín no es del todo incómodo, en cambio la sábana con la insignia del hospital y la manta que he conseguido que me presten las enfermeras tras insistir un par de veces (los padres somos invisibles y no me extraña) son de un tacto desagradable, áspero como la lengua de un gato. Hacerse mayor, sentirse viejo, tiene que ver más con la mochila cargada de manías ridículas que con la edad.

Muna duerme, diminuta, acurrucada entre los senos de Joanna. Calmada, recuperando el tiempo perdido. Apegándose la una a la otra. Reconociéndose y latiendo con ritmos coordinados, respirando al mismo compás. La completa oscuridad no existe. Divago, encadeno pensamientos en forma de espiral, obsesionado con Rihanna, atento a la respiración de Muna, y así pasan los intervalos de tres horas, tiempo máximo en que mi hija, ¡mi hija!, puede estar sin comer. La despertamos para que se empache y siga ganando peso. Es la única recién nacida de toda la planta que no supera los tres kilos. La duermo en brazos, *laila saida,* y Joanna aprovecha para exprimirse los pechos con el sacaleches preparando la siguiente toma. Caen los párpados. Llora Alejandra, la hija de Toni y Joan, con los que compartimos habitación. El dios del sueño no está de mi parte.

Nadie previene.

El viernes por la mañana Joanna amaneció con una migraña cegadora. Apenas había pegado ojo en toda la noche. La espalda tenía vida propia y ninguna postura le resultaba cómoda para dormir. Durante la semana, la cuarenta, había estado midiéndose la presión, alta en todos los resultados. «Alterna reposo con paseos y la comida sin sal. Es muy común, no debes preocuparte.» Joanna tomó la decisión de ir a urgencias, el hospital no estaba lejos y era preferible salir de dudas. La primera enfermera, Anna —les pregunté el nombre a todas las profesionales para ganar cierta familiaridad—, nos tranquilizó, una dosis de paracetamol y a casa. De todas formas, para descartar, unas pruebas, los resultados no tardarían. Nos dejó en el paritorio, rodeados de enchufes blancos y verdes y máquinas de la verdad, sin una silla para el acompañante. Las salas contiguas estaban ocupadas por otras parejas que se hallaban a unos instantes de ver cómo cambiaban sus vidas. Anna regresó tras una hora bien larga, el tiempo corre más lento entre las paredes del renovado edificio, acompañada de la doctora que empezaba su turno y del doctor, que evidenciaba el cansancio de quien lleva doce horas trabajadas y que, a pocos minutos de acabar la jornada, no desea otro contratiempo. Joanna reconoció a la doctora e intentaba recordar su nombre.

Era la hija de nuestros vecinos, los que amarran un barco en el nuevo puerto. Joanna habla con sus padres si se los cruza por la calle o coinciden en el bar del club deportivo. Una relación cordial que celebran cada año en la comida popular de las fiestas del barrio. Hace dos, tras una larga tarde de borrachera, hicieron la última ronda en el Blue horse, atracado en el viejo puerto, con su mueble bar bien abastecido y sus cojines resistentes a la humedad. Yo preferí quedarme en casa. Me he transformado en un antisocial, me limito a devolver el saludo y a cuidar de las pocas amistades que me quedan. En el curro, entre usuarios, qué idiotez de palabra, compañeros, talleristas y voluntarios, trato cada día con más de doscientas personas. No necesito conocer a nadie más. Así de rancio me he vuelto. Es el precio por dedicarme a este sector en una sociedad donde los necesitados son invisibles, un estorbo, una lacra, donde nadie pronuncia bien un nombre árabe. Un trabajo en el que no escasean las sorpresas: el joven que ayer te mostró respeto hoy te tira un huevo por la espalda. La doctora, la hija de los

27

vecinos cuyos nombres no memorizaré, se desabrochó un botón de la bata, incómoda antes de dar el parte a una paciente con quien tiene un vínculo.

—Las pruebas muestran que padeces preeclampsia. Es extraño que no se haya detectado antes. Realizaremos más controles y comprobaremos el peso del bebé para asegurarnos. Es niña, ¿verdad?

Antes de retirarse, la doctora apretó la mano de Joanna, un gesto que revelaba lo que estaba por llegar. Y Anna apoyó su mano en mi hombro con delicadeza. Sobrellevamos la inquietante calma con un par de bromas referentes al curso de preparto y lamentamos no haber cargado con algún libro o la tableta con algún capítulo descargado de la nueva serie a la que estábamos enganchados. Pintaba que iba para largo. Anna regresó sosteniendo una bandeja de comida con una tortilla francesa de un color impropio, una menestra de verduras precocinadas, un bollo envuelto con dos capas de plástico y un yogur natural de una marca blanca sospechosa. Un zumo y un botellín de agua. Joanna no tenía hambre, pero se obligó a comer, más valía prevenir. No le dieron tiempo. Otra enfermera, otra Ana, esta con una sola ene, retiró la bandeja. Nuevas indicaciones: hasta que no estuvieran los resultados, nada de alimentos ni líquidos. Media hora después, tiempo que Joanna aprovechó para echar una cabezadita, Anna nos acompañó a la consulta. El pequeño despacho era ideal para fomentar la claustrofobia. La hija de nuestros vecinos revisaba en la pantalla los informes en silencio, sin mover un músculo de la cara. Anna ayudó a Joanna a desnudarse y a subirse a la báscula, después en la camilla le realizó una ecografía. Había perdido un kilo en el último mes de embarazo. La doctora me preguntó si me importaba salir un momento. Joanna se negó, extrañada y algo molesta. Acabamos por aceptar, no estábamos para discutir.

En la sala de espera otras parejas aguardaban a que las

atendieran. Muna perdía peso respecto al último control. Se situaba en un umbral preocupante. Estimaban que en dos kilos cien. Joanna, mareada, impidió que le explicaran más hasta que hicieran el favor de llamarme. Antes aprovecharon para preguntarle si todo iba bien por casa, a lo que respondió, aun a sabiendas de que se trataba de un formalismo protocolario, con la misma pregunta. Todo indicaba que el parto sería inducido. Oxitocina.

En mi cabeza rondaba una insignificante preocupación. En unas horas, el Gobierno iba a anunciar una ampliación de la baja paternal. Calculaban que en veinticuatro horas tendríamos a Muna con nosotros, a lo sumo cuarenta y ocho. Cada seis horas comprobarían si los indicadores se estabilizaban. En función de los resultados, tomarían una decisión u otra. Inexpertos y sin conocer el procedimiento, no nos quedaba otra que confiar hasta que localizase a mi hermana. Podíamos regresar al paritorio. Antes, una última pregunta:

—¿Por qué estáis tan inquietas?

La doctora dejó de teclear. A la preeclampsia se sumaba el síndrome de Hellp, todo un cuadro. Era pronto, no podían avanzar más, mejor esperar a los siguientes resultados. Anna nos acompañó en silencio al paritorio y preparó toda la maquinaria. Salí a la calle para captar cobertura y fumar un cigarrillo, dos o tres. El sol se mostraba después de días oculto tras las espesas nubes. El frío seguía siendo cortante. Telefoneé a mi suegra para que recogiera la bolsa con las cosas de Muna y uno de los libros que tenía en la mesilla de noche. Llamé a mi hermana, que no respondió. Encendí otro cigarrillo, le di un par de caladas y lo tiré asqueado. Por poco no acerté en los pies de una pareja de turistas que no respetaban siquiera los hospitales. *Barcelona, la millor botiga del món.*

—Tenéis suerte. Hay una chica que lleva dos meses ingresada por lo mismo. ¿Te lo puedes creer? Sesenta días sin ver la luz del día.

A Joanna no le hizo ni pizca de gracia. Otra enfermera, tras revisar que los tubos goteaban adecuadamente y que el papel que expulsaba la maquinita no se atascaba, se despidió con alegría; acababa su turno y empezaba para ella el fin de semana de bares y discotecas por la calle Aribau. Joanna intentó dormir. Salí a encontrarme con mis suegros y les informé de las novedades. Dejé a Joanna con su madre e intenté contactar de nuevo con mi hermana. Había olvidado que Bilqis tenía las mañanas ocupadas con las prácticas en el centro de salud del Raval Nord. Aún no me había colgado y ya estaba en un taxi de camino.

Tardó unos quince minutos, tiempo que aproveché para tomarme una caña y fumar sentado cerca de la estufa de la terraza de unos de los bares que hacían el agosto con los acompañantes de los hospitalizados. La viceministra aparecía en pantalla: habían aprobado la reforma de la baja por paternidad, que se aplicaría un mes después. Ya no importaba que Muna naciera hoy o mañana. Para mí, el permiso por nacimiento y cuidado de la menor sería de seis semanas y no de ocho. Encendí el segundo cigarrillo con el primero, como hacía mi padre años antes con sus Ducados de cajetilla blanda, inundando el diminuto apartamento en el que crecimos de un humo asqueroso que nos enrojecía los ojos a mi hermano y a mí. Siempre he creído que mi conjuntivitis crónica se incubó entonces. Al nacer mi hermana, dejó de fumar. No he aprendido la lección.

Bilqis llegó, nos abrazamos, me quitó la gorra con complicidad para ver si llevaba el pelo teñido, tal y como había prometido tras perder una apuesta, y fuimos a ver a Joanna. La pequeña de la familia, que estaba en el último curso de Medicina, pidió hablar con la doctora y la atendió la comadrona. Lara. Hablaron algo apartadas. Bilqis, con los brazos cruzados, escuchaba sin interrumpir. No necesita hablar. Con su silencio compensa al resto de charlatanes que abundan en la familia y en cualquier otro lugar.

—A las siete tendrán los resultados. Descansa, estás bajo control, no hay peligro. Esperemos a que la medicación surta efecto y se estabilicen los indicadores. De camino, he llamado a una amiga. Su hermana trabaja en la Maternidad y es amiga de uno de los médicos de aquí. Si queréis, le puede llamar.

—No hace falta. De momento, no tenemos ninguna queja.

Mi suegra y Bilqis salieron a comer. Joanna aprovechó para volver a dormir y yo leí la entrevista de Fátima Mernissi a Batul, una mujer que nació en un harén de Fez y que tuvo que criar, sin la ayuda de un marido, a nueve hijos en el Marruecos del Protectorado. Regresaron con un bocadillo que acabaría en la basura, unos dátiles y unas mandarinas. Convencí a Bilqis para que se fuera. Estaba a pocos días de presentar un estudio sobre los beneficios y riesgos del ayuno durante el Ramadán en la salud de los adolescentes de doce a dieciséis años. La avisaría en cuanto naciera su sobrina.

Con Carme, mi suegra, no insistí. Ella y Ramón estaban provistos de sudokus, libros, el periódico catalanista y el solitario instalado en el móvil. Anna vino a despedirse. Nos deseó suerte y con la mano apoyada en mi hombro insistía en que no nos preocupásemos, todo iría bien. Salí a comprar una botella de agua y a telefonear a mi madre. Mis padres habían viajado a Marruecos para comparecer en la vista del juicio que debía determinar quién tenía la razón y quién había cometido una irregularidad: el Ayuntamiento de Alcazarquivir, la familia de la expropietaria de la parcela donde mis padres construyeron su casa o mis propios padres, todos denunciados entre sí. Mi madre confirmó que habían ganado el juicio, que el juez, con una sentencia revolucionaria (en Marruecos y en el resto del mundo, el menos adinerado siempre pierde) había determinado que los chanchullos entre funcionarios corruptos y la antigua propietaria no podían heredarse en contra de quienes habían realizado la compra cumpliendo los requisitos administrativos y fiscales, por mucho que la parcela estuviera catalogada años

31

ha como zona verde no edificable, información que, como recogía el acta, fue ocultada a mis padres cuando la compraron. Mi padre por fin podría irse al otro mundo en paz. Veía cumplido el sueño esclavo de dejar en herencia una casa a cada uno de sus hijos, el anhelo fantasioso y enfermizo de los emigrantes de los años setenta. Una vez él se ausente (mi padre insistía en la idea de que se moriría en cualquier momento, y nosotros, en que nos sobreviviría a todos), nos tocará ponernos de acuerdo para determinar quién se queda con la casa de Alcazarquivir, la de Arcila y la de Torredembarra.

La preeclampsia no alteró apenas a mi madre, todo quedaba en manos de Dios. En otra vida quizás fui creyente, tan despreocupado que admitía que cualquier designio quedaba bajo el influjo de algo más grande que cualquier universo. En esta, soy un triste descreído. Mi madre, a la que tengo que cortar siempre porque por teléfono es una locomotora sin frenos, verbalizó un par de fórmulas religiosas, *Allah ister, Allah ihdina*, y nos deseó lo mejor.

—Nos cambian de habitación.

Ramón nos había comprado una tarjeta con la que podríamos conectarnos a la wifi del hospital y hacer uso de la televisión, que no encendimos en toda la semana; siete días, seis noches. Joanna y yo jugamos, para hacer tiempo hasta que nos dieran los resultados, a los personajes. Gané las tres partidas. Acerté los tres nombres anotados en el papel y enganchados con saliva en la frente: Bruce Lee, Nadine Labaki y Benazir Bhutto. Siempre se me había dado fatal, pero en esta ocasión partía con ventaja: yo no llevaba cargando con una criatura durante cuarenta y una semanas. Faltaban veinte minutos para las siete. Salí corriendo a fumar un cigarrillo. Entre calada y calada me planteé dejarlo, que fuera el último. Si el parto iba bien, si Muna nacía con los veinte dedos, sería un buen comienzo y un motivo de peso para alejar el tabaco de mí.

—La preeclampsia no ha remitido. Más bien los indicadores se han disparado. Las plaquetas están bajo mínimos y existe el riesgo de que no llegue suficiente oxígeno al cerebro y de que haya convulsiones durante el parto. Tendremos que anestesiarte. En breve vendrán las anestesistas y valorarán si será local o general. No os preocupéis. Todo irá bien…

Joanna y yo nos miramos en silencio. Salí a informar a sus padres. Una familia gitana aullaba de dolor, un grito desgarrado, de rabia. Regresé a la habitación. Joanna estaba tranquila.

—Con un poco de suerte, te librarás de ver el parto.

—Las circunstancias han cambiado. —La pareja de anestesistas vestía batas verdes y crocs del mismo color. Tenían la misma altura y se recogían el pelo de idéntica forma. Una hablaba y la otra anotaba en un informe del que no retiró la vista.

Les pregunté si podía estar en el parto.

—No vamos a anestesiarla completamente, es preferible que esté tranquila, sin distracciones. No podemos arriesgarnos a que se altere.

—A mí él me tranquiliza.

—Estoy segura. —La anestesista piensa en la mejor manera de no herir mis sentimientos—. Si el parto se complica, es mejor que estemos solo el personal médico.

Las anestesistas fueron a preparar la dosis. Nos quedamos a solas e intercambiamos un par de frases de ánimo aprendidas en alguna película de sobremesa del domingo.

—Estoy tranquila. Siempre tuve la intuición de que sería por cesárea.

Lara, la comadrona, una nueva enfermera, también de nombre Ana, y la doctora desconectaron a Joanna de las máquinas y quitaron el seguro a las ruedas de la cama. Un apretón de manos y unos besos. Joanna desapareció por el pasillo.

—No te preocupes. La vida de tu hija no corre peligro y la de tu pareja, por ahora, tampoco.

33

No recuerdo nada concreto de aquellos treinta minutos, aparte de unos vaivenes, de una rotación casi imperceptible de las paredes, mi cuerpo hecho péndulo, un tictac inquietante, la respiración acelerada, los párpados pesados. Un chapapote de emociones hasta que apareció Lara sosteniendo a Muna en los brazos, toda vestida de verde, con mascarilla verde, gorro de papel verde, ojos verdes. Anunciando que todo había salido perfectamente. Con ese acento de quien en sus venas corre una mezcla de culturas. Madre gallega, padre de Sants. Lara, dejando atrás las puertas de acción mecánica, recorrió la escasa distancia como una diosa egipcia. En otro momento hubiera caído rendido a sus pies, empequeñecido ante sus ciento setenta y cinco centímetros radiantes. Allí, bajo las luces fluorescentes, no había otra cuestión que no tuviera que ver con la recién llegada. *Marhaba ia binti. Marhaba ia Muna.*

Con su absoluta fealdad, como cualquier otra recién nacida, con la piel morada y la boquita abriéndose y cerrándose como la de un pez en la orilla, ojos que no ven, dedos que se cierran por inercia, una ratita sin vello en el cuerpo, una alienígena que demuestra que en otras galaxias también existe el amor, una calvicie incapaz de ocultar el palpitante cerebro del tamaño de media nuez, el cordón umbilical asqueroso, relleno como una morcillita caducada, y yo desvistiéndome en décimas de segundo, para el piel con piel que a la madre le ha sido negado por una enfermedad rara, dos kilos quinientos ligeros como una nube, Muna que ha nacido a las ocho en punto, envuelta en una toalla que conservo en un altar dentro del armario, lloro, lloro de alegría.

En un lugar lejano suena la voz de Lara: Joanna estará con nosotros en media hora; si lo deseo, ella se encarga de avisar a los suegros para que pasen y conozcan a su nieta. Le digo que sí a todo como podría haber firmado cualquier documento que me sentenciase a vivir en soledad en una estación petrolífera en medio de cualquier océano el resto de mis días.

34

Mis suegros aparecieron con la cámara de los teléfonos preparada para lanzar fotografías desde todos los ángulos y distancias. La vida no es lo mismo si no se contempla a través de una pantalla. Pasó media hora. Y una hora. Y dos, y tres y seis. Joanna no estaba con nosotros, se encontraba en la Unidad de Recuperación Posanestésica y nadie atinaba a darnos una explicación. Tan solo que permanecía estable, con pruebas que determinarían el alcance del problema. Me permitieron, tras un par de discusiones, ir a verla. Bajo los efectos de la medicación, la sonrisa no se le borraba y los ojos heredados de su bisabuela cubana, se achinaban, molestos con la luz. Estaba cubierta con una manta térmica, sondas intravenosas en los brazos, ventosas por el cuerpo. La acaricié y limpié la saliva seca en las comisuras de los labios. La rodeaban unas máquinas que cada cincuenta segundos emitían un pitido molesto. Joanna, que antes de dormir saca las pilas de cualquier reloj que no sea digital. Tenía frío. Se alegró al saber que Muna estaba bien. Que había expulsado el meconio, que me hacía la vida muy fácil en sus primeras horas. La responsable de la URPA tuvo que recordarme que ya habían pasado los cinco minutos, que a las ocho tendría los resultados. A Carme y Ramón los convencí para que se fueran a descansar y guardasen el teléfono.

Anna, la cuarta enfermera con el mismo nombre, me ayudó durante toda la noche. Alimenté a Muna con la jeringa y la dormí, tras cantarle todas las canciones de *El tiempo de las cerezas: No fue bueno, pero fue lo mejor, todo o casi todo salió de otra manera.* Anna me relevó para que pudiera salir a telefonear a Bilqis. Me temblaron las manos y dejé el cigarrillo con la forma de un churro. Desperté a mi hermana, arranqué a llorar, asustado. No entendía por qué Joanna permanecía en observación. Me tranquilizó como pudo. Llegaría con el primer tren. Telefoneé a Diana. No dormí.

Las siete de la mañana. Llegaron Carme y Ramón, o los teléfonos de Carme y Ramón, poco después Bilqis. Se quedaron con Muna. Fui a por un café mientras daban las ocho. A Joanna se le había borrado la sonrisa. Lloraba. Quería estar con su hija y conmigo. Apenas pudo dormir. Pip pip pip cada cincuenta segundos. El turno de día no había llegado y hasta que no apareciera la doctora y comprobase los indicadores no sabríamos si la llevarían a la habitación. Pasaron las horas y no recibíamos respuesta. Los doctores no entendían a las anestesistas, las anestesistas no soportaban que se entrometieran los doctores, no se la jugarían si no lo veían claro. Joanna pasó otra noche a cien metros de su hija recién nacida, separada por paredes, puertas, tubos, ventosas y máquinas. Por suerte, Muna absorbía el contenido de la jeringa y expulsaba el meconio sin dificultad.

A las seis de la mañana las puertas se abren. Anna, la quinta enfermera bautizada con el mismo nombre, una ene más una ene menos, anuncia que Joanna está de camino. Joanna sostiene en sus brazos a Muna. Llora. Le da el pecho. No se ha estimulado en las primeras horas y produce poca leche. Duermen. *Nani ia mamu, nani ia habibati.* Pasamos un día sin sobresaltos. Consumo todos los minutos de contrato del teléfono llamando a las amistades, por fin buenas noticias. Me tomo no sé cuántos cafés y contemplo la vida desde otro ángulo.

La puñalada se ha escurrido entre los dedos.

Es lunes por la mañana. Entran mensajes en el teléfono. Ana, mi compañera de trabajo, me ha llamado siete veces. Ella no insistiría por una felicitación. Salgo a la calle.

—Youssef, siento haberte llamado, pero no sé qué hacer.

—Calma, Ana. Todo está bien. Habla, por favor.

—Está muerta… Ha venido la policía. Muchas preguntas —habla en trance, con la voz quebrada—. Rihanna está muerta.

El cielo se ha tapado.

—La Policía, los Mossos quieren hablar contigo.

El gris inunda la calle.

—Y eso no es todo.

# 2

## Cuando las distancias son más cortas

*L*a voy a matar. No ha colgado ni una historia en Instagram, no ha leído los mensajes del WhatsApp, ni ha ingresado su parte en la cuenta común. Tampoco contesta al interfono. Habrá perdido el móvil o estará en una *rave* puesta hasta las cejas, la muy guarra. ¡Y encima el ascensor no funciona! El cartelito escrito a mano con una falta de ortografía anunciando la avería martillea mi cabeza peldaño a peldaño. Con lo cargada que vengo. Ojalá fuera la escena de una película y la maleta estuviese vacía, ligera como una pluma.

Y qué le digo yo a mi madre. Todo está a su nombre: la luz, el agua, el gas, la wifi, el HBO, el IBI, el UBU, el ABA y el no sé qué. La estoy oyendo, riñéndome —siempre seré su niña, una niña—: si quieres vivir por tu cuenta, asume los gastos y que tu compañera se aprenda la canción. Con suerte, si piensa que aún estoy triste por Miqui, quizás le dé por darme un respiro y no ponerse tan pesada. Me conviene dormir. Con la resaca del puto M no sé si podré. Por poco se me sale el corazón por la boca en el avión. En realidad, le daría otra chupadita y a follar en la cama, en el sofá, en la ducha o donde apetezca si es que apetece. Ganas no me faltan. Menuda mezcla explosiva: la droga del amor y los sureños. Vaya con los andaluces, qué bien se lo montan.

Cuánta razón tenía la muy cabrona. Si se entera de que me he liado con una gaditana y una murciana, se va a poner loca de atar: «No hay nadie que no sea bisexual y las de Murcia son las más guapas de España, te lo dije». Se reirá de mí y tendré que ingeniármelas para contrarrestar sus burlas. Leí, no sé dónde, que nadie domina del todo un idioma hasta que no es capaz de hacer bromas y de usar con fluidez la ironía. Pues Rihanna habla a la perfección, mucho mejor que yo. Y nunca usa el ascensor. «Las escaleras son buenas para la salud de los glúteos.» Bajar sí que las he bajado, subirlas no lo recuerdo. Alguna madrugada de borrachera, cuando las distancias son más cortas. Sí, todo es más sencillo si se está en lo alto y se desciende poco a poco, al ritmo que una desea, pero termina por ser monótono, poco estimulante. Sí, no existe nadie que haya caído de abajo arriba. Sería más bonito, más especial. Más justo.

Tengo frío en las manos; los pies y el pelo mojados. En Andalucía no ha llovido en toda la semana. Aquí imploramos para que remita, allí hacen ofrendas para que aparezcan las nubes y descarguen unas gotas. ¿Dónde está el interruptor? No quiero imaginarme rodando por las escaleras porque no recuerdo dónde se encuentran los interruptores en los rellanos de mi edificio. Si alguien encendiera la luz, me encontraría con los dientes apretados evitando que la mandíbula baile una bachata desacompasada. Si pudiera pedir un superpoder, sería el de ver en la oscuridad. Pensándolo bien, pediría otro más molón.

Han fregado el suelo con lejía barata. Barcelona huele a producto químico y los edificios de Núñez y Navarro son todos copias malas de otros edificios de Núñez y Navarro. Incluso los felpudos se repiten. Ni un detalle, ni un mísero pomo que los diferencie. El perro del segundo primera gruñe, ladra y rasca la puerta. Desde el primer día le hemos caído mal (el sentimiento es mutuo). Quizás porque miramos con cara de asco a su dueño, ese hijo de puta que no disimula al mirarnos las tetas y que se gira descaradamente para vernos el culo. Viejo verde. Si me viera ahora que no llevo sujetador, que me lo he quitado en el aeropuerto porque me asfixiaba, con la ropa mojada, el sudor deslizándose entre mis pechos, los pezones sensibles, las pupilas dilatadas, se pondría como un tomate, caería de rodillas y tendría una hemorragia por la nariz. Que le den por culo.

¿Habrán repintado las paredes de la escalera en todos estos años? El tacto es confuso. Algún día construiré un reloj con los restos de un edificio bombardeado. Enorme, del tamaño de una noria. También crearé una serie en miniatura, Relojes para insectos. *Wachtinsects by Marihanna.* Porque seremos socias, yo la relojera y ella la bióloga frustrada. Sé quién se encuentra en casa por el olor que proviene del interior. Husmeo. El segundo segunda huele a kebab y a comida china. Los ciclistas de la ciudad alimentan a los vagos. El tercero primera, a dorada al horno. Los niños tienen que comer pescado. El cuarto cuarta, a arroz con todas las verduras que quedaban en el frigorífico: ajo, cebollas y guisantes. Todavía no han cobrado la nómina. Sé de qué se alimentan sin conocerlos. Conocer de vista no puede considerarse trato humano. En la ciudad que vendió su alma ya nadie usa la palabra vecindario. ¡Qué diferencia! En Málaga, las vecinas y los vecinos saludaban y me daban conversación como si me hubiesen visto nacer.

Por suerte tenemos de vecinas, puerta con puerta, a Mercedes y Rosa María. A Mercedes le fallan las piernas y sin Rosa María no podría vivir. En una residencia duraría un día. Si las extremidades trabajasen como su cabeza, estaría dando guerra a todas horas. Aunque aún la da desde las redes sociales. No veas cómo pone a los que se quejan de la alcaldesa, a los burgueses que despilfarran en caprichos indecentes, a los indepes y a los unionistas, a las mujeres que prefieren ser madre antes que mujer, a los hombres en general y en particular. Una guerrera sin antifaz. La recuerdo desde cuando me quedaba en casa de mi abuela, mi canguro preferida, y Mercedes venía a pasar la tarde y la noche con nosotras. Mi abuelo murió en un accidente. Los sábados veíamos, una tras otra, las películas que había escogido Mercedes. Las comentábamos y les poníamos nota rellenando fichas clasificatorias como las que se veían en las bibliotecas, en los despachos, antes de que aprendiésemos a digitalizar cualquier registro humano.

Mercedes se divorció en los tiempos en que el divorcio era visto como una falta de respeto. Y más difícil de entender fue que mantuviera la amistad con su exmarido. Además, es una *childfree* sin necesidad de abanderar el término. Sin alardear, sin ocultarse. Ya sin mi abuela, las películas las vemos el lunes por la tarde hasta que nos entra el sueño, Mercedes en su cama con ruedas y yo en el sofá que parece hecho a medida. Rosa María no siempre se puede quedar. Ha reagrupado a su familia después de años batallando con la burocracia española, y a su marido le ha dado por beber y engancharse al *shabú* y a su hijo por comprarse deportivas caras —con el dinero que roba a su madre o exige a gritos— y fumar porros en la plaza del Macba. Embargada por el sentimiento de culpa, tan cristiano, tan colonizador, Rosa María se obliga a hacer concesiones.

—Divórciate.

—No puedo, Mercedes, mi familia no lo aceptaría.

—Pues de mí no vas a ver ni un céntimo de herencia si es para que ese golfo te siga quitando la vida.

Guiña el ojo legañoso. Los días que Rosa María se queda vemos películas de Brillante Mendoza o de Bollywood, que las hay muy entretenidas. ¿Dónde tendré las llaves? Rosa María me acaricia el pelo. Un susto de muerte. Si alguien quiere cometer el robo del siglo, que se lleve consigo a Rosa María. Es indetectable, sigilosa, menuda, le podrías colgar cien campanillas, que no sonarían por mucho que corriese por un campo de minas.

—Mercedes tiene la cena preparada y no quiere comer. Hija, si la pasas a saludar, quizás a ti te haga más caso. Mañana me cuentas qué tal tu viaje.

Antes, una ducha. No ocurre nada si me ve drogada, como

tantas otras veces. Eso sí, necesito cambiarme de ropa para que no me repita que voy a agarrar un resfriado. Los aeropuertos y los aviones siempre me han parecido lugares sucios, espacios que te impregnan de una capa mugrienta de partículas invisibles.

Rosa María baja las escaleras con las manos ocupadas. Se va para casa; antes, como cada noche, va a dejarles algo de cena a la familia de ucranianos (exiliados políticos, en la práctica sintecho) que duerme en el cajero. Y encima Rihanna se ha dejado la puerta abierta. ¿Hola? ¿Rihanna? Qué coño hace todo en el suelo. ¿Rihanna, estás ahí? Mamá, creo que han entrado a robar. No, no hay nadie en casa. Rihanna no contesta, no sé dónde está. Yo acabo de llegar. Han revuelto todo. Estoy en el pasillo. No me he atrevido a entrar en las habitaciones. Sí, te acabo de decir que no. Mierda. Los vecinos, no sé. Vale, no te cuelgo. No, la puerta no está forzada. Pues si el tío Arnau no... Llama al 112. Sí, ya sé que me escucha. Siempre vas con el manos libres. Espera, llaman al timbre. No, el ascensor no funciona. Bajo a ver quién es. Será Rihanna, que se habrá quedado sin llaves. ¡Mama, por favor! No, no te cuelgo. Sí, ya he llegado. No sé dónde está el portero. Veo a una mujer. Acaba de llegar un hombre, parecen policías. Hola. ¿Estáis llamando al ático primera?

—Hola. Sí, ¿es el domicilio de Zakariaa Hanna?

—Ya nadie la llama así.

—¿Cómo?

—Se llama Rihanna, no Zakariaa. ¿Qué queréis?

—Soy César Jodar y ella, la inspectora Marina Llull. Venimos a revisar el domicilio de Zakariaa. —Me muestran sus placas.

—No, no podéis entrar en mi casa. Rihanna no ha hecho nada. Dejad de molestarla.

—Hola, soy la inspectora Marina Llull. Entiendo que eres la compañera de piso de Rihanna. Necesitamos entrar en vuestro domicilio y no tenemos tiempo que perder. Siento comunicarte que hemos encontrado el cuerpo sin vida de Rihanna.

No. Están confundidos. Habrán hallado el cuerpo de Zakariaa, no el de Rihanna. O de alguien con el mismo nombre, que se parece a Rihanna cuando todavía era Zakariaa. Coincide el peso, la estatura, la ropa, los tatuajes, el lunar en la espalda… Pura coincidencia. Estoy segura de que alguien le ha robado el bolso y el móvil y que el ladrón ha tenido un trágico accidente. Y al comprobar la documentación, se haya producido el error de identificación.

Rihanna, por lo que más quieras, contesta al puto teléfono, que aquí dicen no sé qué de que estás muerta. Sí, ríete tú, soy yo la que está aquí bajo la lluvia con estos agentes que no me sueltan, que me impiden entrar en tu habitación y encontrarte dormida, ajena a todo, haciéndote la remolona en tu cama con las sábanas de terciopelo negras que compraste porque te encantó la escena en la que Fredo Corleone se despierta y se caga encima porque por culpa suya casi matan a su hermano Michael, sí, despertarás con resaca, con las manos pringadas de sexo, como a ti te gusta. Y luego ya verás. Si te agarro, te depilaré las cejas mientras duermes y te pintaré con henna una esvástica en la frente. Esta vez te has pasado, y seré yo quien tome represalias. Rosa María, estos policías dicen tonterías. No, no estoy tiritando. No, no me muerdo la lengua. No, no tengo sangre. Rosa María, estos cabrones dicen que Rihanna está muerta. Diles que se vayan. Diles que se equivocan. Diles que es una simpapeles, que la expulsen del país, que la devuelvan a la mierda de vida que tenía en Marruecos, diles que no está muerta. Se equivocan. Se equivocan. Se equivocan.

# 3

## Cuando los paraguas no sirven

*P*odría morir en cualquier momento. Poner un pie en falso o resbalar descendiendo unas escaleras y romperme el cuello. Un conductor, un repartidor de mercancías, apremiado por las míseras condiciones a las que someten a los autónomos, podría saltarse un semáforo en rojo y arrollarme en el justo instante en que cruzo con la moto, hacerme saltar por los aires y que el casco de gama baja no soportase la violencia del golpe contra el asfalto. De un ataque al corazón mientras juego con los colegas al fútbol sala con mis casi cuarenta años y mi sobrepeso. Ahogado en la piscina municipal. Electrocutado. Una muerte ridícula en la bañera o asfixiado como David Carradine. Sin embargo, estoy vivo, como los más de ocho mil millones de seres que superpueblan el planeta. Y yo he aportado mi granito de arena. Y Rihanna ha puesto de su parte: Rihanna muere, Muna nace. Un *yin yang* desequilibrado, una danza derviche desenfrenada. No hay aforo limitado, ni reencarnación conocida ni contrapeso sensato. No llega un tren y da el relevo a otro. Descontrol es nuestra herencia, lo que estudiarán de nosotros los seres inteligentes, los poshumanos, cuando haya desaparecido nuestra raza bípeda.

El reflejo en el cristal del metro escupe mi pasado. Los años pasan a la velocidad del transporte público, atravesando el túnel oscuro, y observo tras la niebla mis veintisiete años, los días en que coqueteaba con la idea de un suicidio a la altura de las expectativas, un acto heroico y digno. Una ilusión. No he tenido una vida de mierda; de hecho, no he parado de pasármelo bien desde que abandoné el hogar familiar. Por otro lado, a medida que maduro, entiendo y soporto menos. Además, con el paso de los días, las resacas son más duras y duraderas. Diez, once, doce años después acierto a sentirme, la mayoría de los días, asqueado, confuso, pesimista, deprimido, con ganas de encerrarme en una cueva, convertirme en Kaspar Hauser, en un ser bondadoso e incomunicado. Bondad, bonita palabra caída en el olvido.

No, no le puedo hacer esto a Muna justo ahora que acaba de llegar. Yo me lo he buscado. Nadie me ha obligado, aunque sé que hay algo, una epidemia zombi, una *new age,* un virus contagioso que se propaga e infecta por doquier. Cumples cierta edad y todo empuja hacia la maternidad, la paternidad, el libro de familia. Y yo no he sido un tipo íntegro. Mientras tanto, siguen pasando los años, acumulando preocupaciones materialistas, tomando decisiones que no conllevan riesgo alguno, traicionándome. Traicionando a mi yo joven. Traicionando a Rihanna. A Rihanna se lo debo. Oigo su voz y la veo al final del túnel, antes de que la oscuridad deje paso a las luces artificiales de los andenes. No es posible. Me lo estoy inventando, jugando con mi cerebro. «Piensa en Muna, no seas otro padre gilipollas más.»

De la boca del metro al *casal* hay poco más de medio kilómetro, siete minutos sorteando turistas con guía plantados frente a un edificio modernista, testigos de Jehová, captadores de socios para Amnistía Internacional o Médicos del Mundo, corredores con zapatillas fosforescentes, vendedores ambulantes, ciclistas con bicis alquiladas, encorbatados sobre patinetes eléctricos, pálidos transeúntes que mañana regresarán a sus países helados. Cualquier otro día supondrían una molestia, y los escasos parroquianos de la cafetería de Martí, en la que hay espacio para seis taburetes y dos barriles de vino en la entrada, lo comentaríamos apesadumbrados. «Se multiplican. Son una plaga. Estamos hartos. Apenas quedan vecinos de toda la vida. Otro hotel. Y los patinetes, menudo invento del diablo. Obesos del mañana.» Hoy no pasaré a tomarme el café, el mejor de la ciudad sin que te cobren una pasta.

La noticia se ha publicado en primera plana en diferentes periódicos sin desvelar la identidad, de ello se ha encargado algún buitre filtrándola por Instagram y logrando más *likes* que de costumbre. Todo el barrio conoce la noticia y muchos me conocen. Camino sin levantar la vista del suelo y con gafas de sol. Si no establezco contacto visual, ellos tampoco me ven. Una infantilizada idea. Un niño que juega al escondite sin alejarse de la base. Doblo la segunda esquina para tomar la callejuela —todas son estrechas, sombrías y húmedas—, variando el recorrido para evitar encontrarme con Joan el ebanista, Sara la costurera, Carles el zapatero y Martí el cafetero. Los últimos. Los que resisten y no venden, traspasan o abandonan sus pequeños locales para que abran en ellos oficinas de inmobiliarias, bazares de *souvenires* manufacturados en Taiwán o Bangladés, barberías prohibitivas o pizzerías con porciones a precio *regalado*.

Levanto la vista, oigo unos pasos a mi espalda. Una mano cae sobre mi hombro. Tengo la mandíbula tensa. Es Rachida, Madre Coraje la llaman algunos. Yo no. Tengo y uso apodos para todos, para Rachida no. Sin ella, muchos de los jóvenes que duermen en la calle estarían todavía más en la mierda. Su historia da para una película o una novela. La vida perra de Rachida Fustati. Me besuquea, con la boca desdentada, como quien besa a un nieto que vuelve a casa en una fecha señalada después de una larga ausencia. Desprende un intenso olor a ras el hanut y a limón. Me obliga a sacar el móvil y a que le muestre fotos de Muna. Me relajo. Por mucho que quiera evitar hablar, hay con quien no me lo puedo permitir. Aparece Marisa, la uruguaya. Me abraza con ternura. Es madre de una niña de dos años y le alegra saber que por fin me he unido al club. Dejamos de liarnos la madrugada en que la palabra «hijos» surgió después de un polvo fogoso, en el momento del cigarrillo, aún desnudos y calientes en la cama. Gritos y reproches afectados por el alcohol, hasta que nos dijimos adiós. Por suerte, el tiempo mata o cura casi todo.

—Khuya —dice Rachida llorando sin poder terminar ninguna frase. Está afectada y no puede evitar ponerse celosa cuando alguien no le presta atención al cien por cien, y más si es por la presencia de una tercera persona.

La distraigo con todas las fotos de Muna que me han enviado mis suegros. Las repasa, una por una, hasta dar con una de Rihanna que no recordaba tener en el móvil. Acepta el paquete de pañuelos de papel y le retiro el teléfono con delicadeza. Le froto los hombros y la beso en la frente.

46 Me despido de las dos. A diez metros queda la calle del *casal*. Las glándulas lagrimales se ponen en marcha durante un breve lapso. Doy pasos más cortos y respiro hondo. El murmullo llega como una plaga de langostas. Suena peor que un viejo motor italiano. Veo un enjambre de periodistas, vecinos y curiosos en la puerta esperando a que dé comienzo el encuentro conmemorativo. No faltan los turistas ávidos por descubrir rincones, saborear *the real Barcelona*, al acecho de experiencias incomparables que puedan contar a la vuelta y fanfarronear ante sus amistades de que ellos sí han pisado aquellos lugares reservados a los locales, a los que lloran la muerte. También se han acercado algunos miembros de la asociación de vecinos, de la asociación de exmenas, los *edukas* de calle, más otras personas que no reconozco a esa distancia. Todos escuchan con atención y ponen caras raras y largas a mis compañeras, que con paciencia disimulada explican que, a petición mía, solo se permite el acceso a las amigas y amigos de Rihanna. Caen cuatro gotas. La calle se llena de paraguas, a cual más ridículo. Doy

media vuelta y me dirijo a la cafetería de Martí. No hay nadie, a excepción de su mujer, que me sirve un vaso generoso de Maker's Mark sin hielo. Wen es la dueña del bar, la que consta como propietaria, aunque todos nos referimos al lugar como la cafetería de Martí. Así de idiotas son las viejas costumbres. Vacío el contenido de un trago y le pido que me sirva otro. Total, no estoy trabajando, sino de baja por paternidad. Se aproxima Miguel, ayudado de su bastón y sujetando con la otra mano un enorme paraguas viejo, de señor. Hoy no lleva puesto el sombrero sin el que nunca sale de su casa y descubro la calva rosada, la forma cónica de su cabeza y las verrugas inclementes.

—Hola, José. —Pronuncia mi nombre a su antojo—. Necesito hablar contigo. Sabes que no soy racista. Yo también viví en el extranjero, en Alemania, en la época en la que aquí no había ni para pipas. Habla con esos chicos. Por las noches no hay quien duerma: gritan, ponen los altavoces con esa música latina horrorosa, chillan, hay peleas. Tú ya sabes de quiénes te hablo. Los morenitos.

El pobre Miguel está perdiendo la memoria. Siempre que me ve, repite la misma queja. Sin tiempo a que le diga algo, descarado, sin cojear, se marcha persiguiendo a un grupo de dominicanas de traseros voluminosos. Son las seis en punto, la hora de inicio del fastidioso evento. Tengo margen; de los Pirineos para abajo todo empieza, mínimo, diez minutos más tarde. A las siete el centro social junto con la asociación de exmenas han convocado una concentración en la plaza bajo el lema «Ni una joven menos» —allí no se le negará la asistencia a nadie—, en la que hablará, entre otros, el imam de la mezquita. Solo de pensarlo me hierve la sangre. Rihanna, que se alejaba de los barbudos todo lo que podía, sería capaz de renacer para enviar a la mierda a todo el mundo. El teléfono se llena de mensajes de WhatsApp. Me esperan. Aplasto el cigarrillo en el cenicero, Wen se niega a cobrarme y recorro la poca distancia como un caballo de carreras, sin mirar a los lados.

Esquivo a la multitud y voy directamente al salón de actos. Con mucha cintura me corta el paso una periodista de un medio de comunicación marroquí que me pregunta quién soy y si la puedo autorizar a entrar. La miro con desdén —no soporto a los pijos en general y en particular a los pijos marroquíes, con su forzado acento afrancesado adquirido en escuelas elitistas, sus ropas impostadas, sus peinados mil veces alisados, el maquillaje blanqueador, su indisimulado interés material, el desprecio hacia los *yiblis*, el tono de voz de niños malcriados, hijos y nietos de la burguesía ladrona e inmoral que compró el país y lo vendieron a los franceses—, y se lo hago notar con mi mejor sonrisa. Cierro la puerta y observo por inercia a través del cristal cómo la periodista se acuerda de todos mis ancestros. ¿En francés o en árabe?

Las gafas se empañan. La calefacción está a una temperatura exagerada, programada por un técnico que ha de ser muy friolero, como todos los técnicos encargados de regular la temperatura de los centros públicos. El salón de actos está abarrotado, el ambiente condensado, las luces tenues y el equipo de sonido emite un molesto zumbido. Las paredes dan vueltas a mi alrededor, el suelo de parqué se reblandece. El whisky, en ayunas, hace efecto. Los susurros se ahogan con el ruido de las sillas y los cuellos que giran. He llegado.

El primer abrazo es de Santi, que está en la mesa de sonido ajustando los canales de los micros y los bafles. Saludo a mis compañeras: Ana B, Ana A, Lucía, Maryam y Miriam. A unos pasos de la tarima está Pere, el coordinador de proyectos, haciendo su trabajo, hablando con Carme y Júlia, la técnica de barrio y la regidora del distrito. Lucía, la directora del *casal*, susurra que le ha sido imposible negarles la entrada; al fin y al cabo, son las jefas y así lo muestran: funcionarios y políticos siempre quieren destacar en la foto, justificar sus elevados sueldos con buenas intenciones a destiempo. «Sed siempre educados y respetuosos», es nuestra máxima, la actitud que les inculcamos a los verdaderos jefes, a los chicos y chicas del *casal* y que yo no me aplico.

Los jóvenes me entregan un regalo para Muna y, uno por uno, me felicitan con apretones de manos, abrazos, cuatro besos, palmadas en la espalda, reverencias y referencias jocosas. Están todos: Mohammed Menzou el Rififí, Umar Bargura *el Niño soldado*, Ama Ramazani Kuka Ratatatá, Ibrahima Sarri, Abdallah Fall Talibé, Rander Chicho Sibilio, Buba Audie Norris, Celia Revolución, Fátima *Manos de santa*, Princess y Prince, Chen Yu y Chen Yang, Kaidu Basquiat, Marwan Hummus, Hussam el Barman, Mabara el Principito, Mélida *Matrícula de honor*, Nora Beauvoir, Yun Yun, Birame, Bilal, Mamadou, Latir, Youssef *el Tigre*, Dangel Danger, Mika 50cent, Ariel, Hannas, Hakim, Oumar, Amira, José Luís y José Ignacio, Azizi, Santi Carnal, los tres hermanos Jesús (Jesús Gerardo, Gerardo Jesús y Jesús Rafael), Manu Sugus, Shehry, Abdu, Elías y las mellizas, Judá, José Antonio y Samuel *los Camarones*, Willer Heisenberg, el Menor, el Mayor, Frau, Alpha, Usnavi y JB, Salma, Nour, Anuar Little bro, Dana *la Chavista*, Arafat, Esme y Alda, Ishaq *el Diputado*, Winder, Daniela Jones, Carla y Mina Simone. Nombres que repito como un mantra. Nombres que con el tiempo olvidaré.

De niño, después de que mi padre finalizara una obra (un colegio, un centro cívico, un ambulatorio, casas pareadas, reformas completas), el domingo por la mañana, vestidos con nuestras mejores ropas compradas en el mercadillo, nos llevaba a Yunes y a mí, a contemplar aquellos edificios a los que llamaba «mis otros hijos». Fueron los días que hizo de padre. De su mano dura y callosa colgaba un juego de llaves que abría todas las puertas, y antes de dejarnos corretear y hacer todo tipo de ruidos para comprobar el eco de aquellas paredes desnudas y frías nos decía con voz seria y profunda, tierna como pocas veces: «De mayores, hagáis lo que hagáis, que os sobreviva».

Tras el afectuoso desfile, Lucía me explica que han decidido que sea yo quien hable en nombre del *casal*. Pere quiere hacerlo en nombre de la empresa, y Júlia, la regidora —típica militante a la que ya se le veían el plumero y las intenciones: hacer carrera en política—, lo hará en nombre del Ayuntamiento y leerá unas palabras supuestamente dictadas por la alcaldesa. Lucía se encoge de hombros, ya sabemos cómo funcionan estas cosas. La regidora, que no ha puesto los pies en el *casal* más que el día de la inauguración, hoy quiere tener su momentito para prometer en vano que desde la Administración harán todo lo posible. Me pregunto qué se puede hacer en nuestra área de influencia cuando en el último año hemos vivido el suicidio de Mamadou el día después de que lo echasen sin motivo justificable del centro de menores, el asesinato de Ahmed a manos de un grupo de extrema derecha que ha quedado impune gracias a la Fiscalía, la esquizofrenia de Adil, que explotó tras días durmiendo al raso. Y Rihanna. Me cuestiono qué es para ella «todo lo posible». ¿Minimizar el paro juvenil, mejorar la oferta y la calidad de la formación pública, retirar la concesión de los centros de menores a empresas que se lucran a costa de la pobreza, detener todos los desahucios y que ninguna familia ni ningún joven se vea obligado a dormir en la calle, en cajeros o bajo un puente compartido con enormes ratas? Quizás, en el fondo de su ser, cree que los moritos, los negros, los gitanos, los *pakis*, los *latin*, los mal llamados «segunda generación» la van a tomar en serio. Sé que los chavales se fijarán en sus abultados pechos y en la ropa de diseño comprada en alguna tienda de la calle Verdi y se les escapará una sonrisilla: «Promesas que se llevará el viento, por lo menos tiene unas buenas tetas y viste bien». Los conozco como la palma de mi mano.

Entra una pareja de policías de paisano. Júlia, Carme y Pere van a recibirlos sin titubear. Estrategas. En voz baja intercambian impresiones, novedades o hablan por hablar del tiempo o del Barça. Me quito la chaqueta y el jersey. Me sudan las manos. Nervioso y enfadado, empiezo a dudar de si valía la pena venir para ver el paripé de los jefes bailándole el agua a la Policía y tratando de demostrar que les interesa la situación particular de los jóvenes. Ellos, nuestros jefes por partida doble (empresa y Ayuntamiento), que fiscalizan cualquier proyecto, euro o actividad que se salga de la norma y de sus antojos, que recortan presupuestos según sople el viento de la moda social para en la última semana del año decirte que sobra dinero y que se tiene que invertir deprisa y corriendo, en siete días, malgastándolo, obligándonos a asumir como propios los errores de técnicos, funcionarios y políticos que poco o nada han pisado la calle, que no han estado en la trinchera, por mucho que repitan hasta la saciedad la misma batallita. Estos sobretitulados, con másteres y posgrados carísimos, ahora están aquí sacando pecho, mostrando interés y preocupación.

Debería haberme quedado en el hospital. Joanna y Muna están con Diana, la única amiga a la que no le hemos pedido que espere a que nos den el alta para conocer a Muna. Madre e hija evolucionan favorablemente. Muna va ganando peso, pero sigue sin agarrarse al pecho. Las enfermeras y las comadronas tienen teorías y soluciones para vender. Me asusta que tengan que cortarle el frenillo lingual con un láser. No sé qué decisión habríamos tomado si Muna hubiese nacido con pene. Joanna, por su parte, va recuperando el color natural. Anoche tuvimos un susto, uno de los puntos de la cesárea se desprendió provocando un reguero de sangre desde la cama hasta la sala donde las madres con poca leche se la extraen ayudadas de unas máquinas succionadoras propias de una película de Terry Gilliam.

Lucía activa uno de los micros de la mesa, se inclina hasta colocar los labios a la altura del aparato. Pide que ocupemos los asientos de la mesa de conferencias. Antes del parloteo, escucharemos un par de canciones en homenaje. Santi lanza *Umbrella*, la canción preferida de Rihanna, su *leit motiv*. Lágrimas silenciosas. Uñas que son mordidas. Tengo un agujero en el estómago y soy incapaz de detener el tembleque del pie. Acaba la canción y alguien arranca a aplaudir. Los demás imitan

51

con decisión. Santi pincha la segunda canción, *Paper planes* de M.I.A. Los chicos, de pie, cantan el estribillo. El himno que los une. Acaba la canción, el silencio invade el local. Pere es hábil, controla mejor que nadie los tempos. Enciende el micro que tiene enfrente.

—Buenas tardes. Hoy es un día muy triste. —El mundo está lleno de gente que adora escuchar su propia voz, seguros de sí mismos.

De los cinco sentidos el olfato es el que más trabaja. Aspira el olor a curri, a comino, a maafé, a hamburguesa de un euro. El olor a gomina, a hostal barato, a pies, a desodorante, a perfume anunciado por algún futbolista, actriz o *youtuber*, a ropa recién estrenada, a futuro incierto, a olvido, a sacrificio, a manos vacías.

—En una cuneta, en una miserable cuneta —interrumpo a Pere, que me mira con cara de pocos amigos—. No perdieron el tiempo ocultándola bajo la sombra de los árboles. No, la dejaron, allí, en una curva, a las afueras de un pueblo de cuatro casas, tirada como una colilla, para que la encontrase el primero que pasase. La mataron y la dejaron al descubierto, desnuda, carne para carroñeros. A la vista de todos. Un aviso. Rihanna se metió con la gente equivocada. Y alguno de vosotros sabe en qué andaba metida y yo lo averiguaré.

»Sí, aquí está la policía. Y los políticos. Y los funcionarios. Y mi jefe. Todos tienen palabras y oídos en un día como hoy. Para mí es tarde. Me habéis decepcionado. Me he decepcionado. A ellos los veréis hoy, y adiós muy buenas. A mí me habéis visto en los últimos años y me seguiréis viendo. Me tendréis que mirar a la cara y decidir si la nuestra es una relación sincera. Vuestra amiga ha sido torturada, quemada, humillada, y nosotros tendremos que cargar con la culpa. Sí, sé que siempre os he dicho que la culpa es para aquellos que lo tienen todo hecho, que no debemos permitirnos ese yugo inútil. He cambiado de opinión. Rihanna me ha hecho cambiar. Somos cómplices.

»¿Os dais cuenta de que esto no es una noticia en un periódico, una guerra lejana? Esto nos está sucediendo a nosotros. De camino hasta aquí he caído en la cuenta de que más de la mitad de las personas que conozco están en la cárcel, o muertas, o viviendo en la calle, desahuciadas, expulsadas del país, o trabajando por un sueldo de mierda que no da para alimentar a sus hijos. No, no quiero esto para vosotros y tampoco lo quería para Rihanna. —Me duelen los huesos. No pretendía hacerles sentir culpables, no sé contenerme, contar hasta tres o diez—. Disculpadme. No tengo derecho a hablaros de esta manera. Lo siento, lo siento muchísimo. —Me incorporo y cojo mis cosas—. Sé que no hablaréis con la Policía, no seréis unos chivatos, no romperéis vuestros códigos. Pero a mí siempre me lo habéis contado todo, casi todo, y no veo por qué ha de ser diferente.

Cierro la puerta. Alguien la abre de nuevo. No puedo evitar girarme.

—Hola.

Me da un fuerte apretón de manos. Duele. No pestañea.

—No tengo ganas de hablar.

—Lo entiendo y te pido que nos entiendas. Toda información nos servirá de gran ayuda y necesitamos que nos acompañes para hacerte unas cuantas preguntas.

—Ahora no.

—¿Mañana por la mañana?

—De acuerdo.

Los jóvenes abandonan el salón de actos. No han dejado que Júlia y Pere hablasen. Se acercan. La inspectora Llull, zapatos negros, tejanos negros, ajustada cazadora negra, se aleja. Los chicos y las chicas me rodean. Hacemos una piña. Lloramos.

Salgo a la calle a fumar. El cielo está oscuro, las calles sin iluminar. Las papeleras están llenas de paraguas deformados y rotos. Una manada de borrachos celebra una despedida de soltero, completamente empapados, con la borrachera no parece que les importe. Tras ellos va un niño de unos once años, aparenta

53

ocho, esnifando cola y dando tumbos. Intenta hacerle el Ronaldinho al que va más bebido. Los demás se dan cuenta y agarran al chavalín del cuello. Lo tiran al suelo y le lanzan un par de patadas. Un grupo de chicos del *casal* sale a defender al pequeño. Se lía una gorda hasta que llega una patrulla por suerte para los borrachos. Se ha suspendido el homenaje que se iba a celebrar en la plaza por la tromba de agua. No hay mal que por bien no venga. Rihanna descansará en paz sin tener que soportar unas palabras de un imam que en vida no la hubiese reconocido.

Ana B y Lucía me piden que las acompañe al despacho. Antes Pere me da un abrazo.

—Eres nocivo para la salud.

—Y tú un vendido.

Nos reímos. Quedan pendientes unos gin-tonics.

Lucía cierra la puerta del despacho con llave para asegurarse de que no nos interrumpa nadie.

—Youssef, ¿recuerdas lo de las violaciones a las tres mujeres de la Ciutadella? —No falla, a Ana B le sorprende un tic nervioso siempre que está a punto de expresar algún sentimiento doloroso—. Según la Policía, hay pruebas de que ha sido el Soussi.

Mierda de vida.

Salgo a la calle. Cuando los paraguas no sirven, solo queda correr o refugiarse. Ninguna de las dos opciones me convencen.

# 4

## Cuando los montes se pongan en marcha

*Government and police.*
*civilian and police,*
*taxi man and police,*
*everyone and police a war.*
*Who make it reach so far?*
*Is a while now I nuh spot a squaddy inna lawn a par.*

*Be careful,* QUEEN IFRICA

*T*oda la noche con los ojos enganchados al techo y con el estribillo acribillando mi cabeza confusa. Nos prometimos que iríamos en verano al Rototom a ver a Queen Ifrica, memorizaríamos sus canciones sin necesidad de entenderlas —la jerga jamaicana siempre es complicada, igual que la sudafricana, igual que tú—. En primera fila nos cascaríamos unos canutos bien cargados de buena hierba y bailaríamos hasta que las caderas y los pulmones pidieran perdón. Otra promesa incumplida. ¿Quiénes somos? Creemos que nos conocemos, que los sueños y las experiencias compartidas nos hacen tener una idea exacta de aquellas personas que consideramos que son parte de nosotras mismas. Carne de mi carne, nos decíamos cariñosamente. Rihanna, ¿quién eres? ¿Quién eras? No puedo creer que llevaras una vida paralela, sin decir nada, que tramabas algo tan peligroso que preferiste ocultármelo.

De esta pesadilla tardaré en despertar. Primero he de aprender a perdonarte. Te odio. Esto, sí, esto, porque no hay otra manera de nombrarlo, es demasiado. Soy tozuda y, antes de culpar a los que te han hecho esto, sí, esto, he de saber cómo fuiste tan tonta como para dejarte atrapar por las garras del lobo. Hicieras lo que hicieras, no podías permitir que te pillaran. De tal forma entendías la vida. Una huida a todas partes. Paranoica, leías manuales del Mosad para anticiparte a todo y practicabas *krav magá* porque decías que de los sionistas se aprende de lo malo lo peor. «Ten cerca a tus amigos, pero más cerca a tus enemigos», reías satisfecha parafraseando a Michael Corleone. Te apuntaste a cursos de magia para aprender técnicas de distracción. No faltabas al gimnasio, nadabas cincuenta largos tres veces por semana —crol, pecho, crol, espalda, crol, mariposa— y de nada te ha servido. Igual que las novelas de Le Carré que devorabas en pocos días.

A todo se acostumbra una, los sentimientos cambian y el insomnio provoca pérdida de memoria, pero me esforzaré en mantener sana la mía, quiero maldecirte el tiempo que haga falta. Maldecirme el tiempo que haga falta.

Momo, igual que yo, no ha dormido en toda la noche. A mi lado ha ronroneado calmada y cálida. Tontorrona, se ha distraído jugando con mis pies. Me ha arañado las manos. Ha adivinado cada uno de mis eructos, mis vómitos, el vaivén de mis imprevisibles tripas. Tú me has dejado a mí y yo la he colocado a ella en casa de mis padres como un objeto viejo del que no quieres deshacerte, tampoco tenerlo cerca, a diario. Encogida he entrado en la ducha, donde semanas antes hubo una bañera. Mi cuerpo se ha sentido estafado y he empezado a respirar sin alivio, sin recuperar el aliento bajo el agua fría.

Lo has estropeado todo. Paralizada, miro el poso de café. Ilusas, habíamos planeado nuestra vejez. El ocaso en un lugar donde la meteorología no tuviese importancia, una isla, una cuevita donde no existiese el cambio de estaciones. Un país tropical. Vete a la mierda, Rihanna.

Consulto la hora en el reloj que me regaló mi abuela.

—En un minuto estoy lista.

—No, quiero ir sola.

—Hija…

—No riñamos. Hoy no.

Momo me acompaña hasta la puerta. Un ritual que me hace sentir bien y mal a partes iguales. Acaricio su melena oscura y le hago cosquillas en el cuello.

—Mamá, no te lo tomes a mal. Pasaré la noche en casa de Mercedes.

Intento abrir el pestillo. Soy incapaz. Momo me roza la pierna.

Con pasos cortos mi madre se acerca. Se detiene a medio metro. Me acaricia el pelo, llena de ternura. De la mejilla me retira con el dedo índice una pestaña rebelde. Me la muestra a la altura de la boca y permite que la sople, que pida un deseo, tal y como me enseñó de pequeña. Sin mediar palabra, me regala un beso cálido en la frente, abre con facilidad el pestillo y toma en sus brazos a Momo. No es fácil ser madre de una hija triste.

La puerta se cierra. Una lágrima desciende hasta las comisuras de los labios. La sal es perjudicial para la salud. Rasco el mechero y enciendo un cigarrillo. Había dejado de fumar, esto tampoco te lo perdono, Rihanna. Dejo un rastro de humo en la escalera. El taxi que envía la inspectora Llull a recogerme está aparcado en doble fila al otro lado de la calle. El cielo se enciende. Tres rayos, raíces del cielo, caen en el mar. No regreso a por el paraguas ni a por la bufanda. Me encasqueto la capucha. Tengo frío en la nariz. El paso de peatones es un gran charco bicolor. Quiero pensar que el taxista es caboverdiano, quién si no tendría música de Cesária

Évora en el USB. Suena *Tchom frio*. No le pregunto. No abro la boca en todo el trayecto hasta la comisaría. *E s'ê algum fatalidade / tude nêss mundo tem sê fim.*

Me apeo y escupo el aroma a citronela. Un *mosso* novato me tapa con un enorme paraguas rojo y me conduce por unos pasillos blancos iluminados por luces gélidas. No hay ogros ni matones esposados. No se oyen gritos ni nadie clama justicia. Sin rastro de retratos robots o fotos de etarras en blanco y negro. Lo más animado son los carteles que a punto están de descolgarse de las paredes. Campañas de sensibilización. No a las drogas. Contra la violencia machista. Tolerancia cero con la mutilación genital. Colabora contra el terrorismo. Llegamos frente al despacho de la inspectora Llull. Al mismo tiempo se abre la puerta.

—Marina.

—Hola, Yu.

En sus brazos me he sentido ligera por unos segundos. Sus manos frotando mi espalda. Sus lágrimas mezclándose con mis lágrimas.

—Siento no haberte llamado.

—Yo también. Tengo la cabeza bloqueada. ¿Qué tal Joanna?

—Con Muna.

Deja de llorar.

—Qué buena noticia. Felicidades.

Con los dos pulgares Yu me seca las lágrimas y con el resto de dedos me masajea la cabeza. Me besa en la mejilla. Nuestros labios se rozan. Nuestros labios siempre han querido rozarse. Quizás por ello he evitado conocer a Joanna. Me limpio las gotas que caen de la nariz con la manga del jersey. Él se limpia las gotas que le asoman por los ojos con la manga del jersey.

—Lamento interrumpir.

La inspectora Llull arruina los primeros instantes de paz desde que sé que estás muerta, Rihanna. Marina Llull. Mira que hay nombres para dar y regalar, pero las madres y los padres se empeñan en bautizar a sus bebés con los mismos. Marc, Julia o Júlia, Ana o Anna, Hugo, Lucía, Lucas, Marina, Marina, Marina…

—Te espero en la salida.

El olor a limpiacristales inunda el despacho. Trago saliva. Sentado, con las piernas separadas, el agente Jodar revisa inquieto la hora en el reloj de moda, un Casio metálico. Una baratija. Y entrelaza las manos. Saluda moviendo la cabeza. Es el típico macho alfa que acaba el día con la boca reseca. Tomo asiento en la silla libre sin esperar a que me den permiso. Jodar, a mi lado. Marina Llull, enfrente. Preparados para soltarse la melena.

—Tu amiga. Una vida muy entretenida —arranca Jodar.

Frunzo el ceño. No respondo a su provocación. Basta con que el corazón se acelere.

—Un par de causas por desacato a la autoridad. Multas impagadas. Multas por colarse en el metro. Hachís. Escándalo público.

Finjo que me importa una mierda su verborrea.

—A tu amiga le gustaba meterse en líos. La verdad es que no lo entiendo. Un piso en un buen barrio. Trabajos, es cierto que sin la estabilidad que da un contrato, pero trabajos, al fin y al cabo. Un *casal* donde entretenerse. Una amiga catalana que la quiere, quería, mucho. Cientos de amigos en las redes. Y aun así, la cabra regresa al monte.

Llull, inexpresiva, se limita a observarme mientras juega con un bolígrafo haciéndolo girar entre sus dedos.

—Y aquí estamos. A la caza de alguna pista que nos ayude a descubrir quién mató a Zakariaa, disculpa, a Rihanna. —Parpadea Jodar. Cierra un dosier y abre otro—. Uno cree que lo ha visto todo y ¡zas!, con tu amiga han hecho un buen trabajo. Unos profesionales. El informe de la forense da para una serie de terror.

Por la ventana veo que el cielo va del gris al negro. Los ojos de Jodar van del negro al gris, son dos cucarachas cubiertas de ceniza.

—Diecinueve mil seiscientos euros. Tu amiga amasó una pequeña fortuna en una caja de zapatos. ¿La marca? —Mueve el dedo índice de arriba abajo rebuscando entre sus anotaciones—. Sí, de Stella McCartney. ¿Llull, sabías que Paul McCartney tenía una hija? Yo no, y menos que fuera modista. Con diecinueve mil euros tu amiga podía comprarse una montaña de pares de zapatos. Y ¿sabes qué? Tengo un buen sueldo. Sin hijos. Mi mujer y yo no somos de gustos caros. Gente corriente, ¿verdad, Llull? Un coche viejo del que me tengo que deshacer porque a la alcaldesa no le gustan los vehículos contaminantes. Ninguna hipoteca. Eso sí, un alquiler elevado. Y sí, a principios de mes consigo apartar un poco de dinero para lo que depare el futuro. Con mi sueldo no sé cuántos años necesitaría para ahorrar veinte mil euros. Más lo que tendrá escondido en otros agujeros que no te quepa duda que encontraremos. Dime tú cómo puedo ahorrar ese dinero, porque a mí no se me da tan bien.

—Con disciplina.

Jodar ríe a carcajadas. Se propina un par de golpes sonoros en el muslo. Exagera tres o cuatro segundos más y detiene en seco la risa falsa. Es un suplicio aguantarle la mirada. Desliza la mano derecha por su cabeza peinando para atrás el pelo de corte barato. Coloca las carpetas sobre el escritorio y se inclina hacia mí para continuar con sus chorradas.

Unos golpes en el cristal doble de la puerta detienen la escenita. Marina Llull da permiso con la mano. Entra un *mosso* de unos cincuenta años, calvo y de barba canosa, cuidada al milímetro. Le entrega unos papeles a Marina. Los lee en silencio, una lectura en diagonal. No se demora y los comparte con Jodar. Una fea sonrisa se dibuja en su cara. Se incorpora y se sienta al borde del escritorio sin dar del todo la espalda a Llull. Asqueroso. La nuez le sube y baja a un ritmo obsceno.

—Tu amiga no deja de sorprenderme. Al parecer, y esto sigue sin explicar lo de la pasta, en sus ratos libres se dedicaba a la prostitución en un prostíbulo de mala muerte. En una buena noche, en antros como ese, se ganan treinta o cuarenta euros. Aunque probablemente Rihanna recibiera un plus por sus dotes. —El muy cerdo me guiña el ojo.

Las palabras se repiten como un eco insaciable y adoptan la forma de una broca que va taladrando mi cabeza. Si se lo están inventado, es demasiado rebuscado. Si es cierto, no sé qué pensar. El engranaje, las pequeñas ruedecillas dentadas se han detenido. No siento el tictac interior. A punto estoy de quedarme sin cuerda. Decido pasar al ataque y evitar que perciban mi resentimiento.

—No entiendo por qué me habéis molestado. Pensaba que erais dos policías investigando, buscando respuestas. Esto es repugnante y no tengo por qué soportar esta mierda.

Me incorporo. Recojo mi chaqueta y les doy la espalda.

—Marina. El informe de la autopsia revela que Rihanna fue brutalmente torturada durante días. Cuatro o cinco. Siempre que nos hemos encontrado con casos similares solemos descubrir asuntos turbios y perversos, como puedes imaginar. —Marina Llull al habla. Ha dejado de ser una rígida muñeca de cera—. Hay ciertos detalles que no podemos compartir y hay otros, dolorosos, que necesitamos comprobar hasta qué punto tenías conocimiento de ellos.

—Dime algo que no sepa.

—No te lo parecerá, pero estamos para ayudar.

—No necesito ayuda, sino que encontréis a los asesinos de Rihanna.

—En eso estamos.

—¿A quién pretendes engañar? De no aparecer en los medios, no moveríais ni un dedo.

61

—No te equivoques. Homicidios está hasta arriba, aun así este caso es prioritario.

—No os creo. Me habéis hecho venir para nada. Avisadme si tenéis preguntas y no los típicos prejuicios baratos.

—Marina, resolveremos el caso.

—Marina, resolveréis el caso cuando los montes se pongan en marcha.

Jodar sonríe, señal de que lo he aturdido. Un golpe que no esperaba. Hace ademán de hablar, Llull lo detiene con un gesto de la mano. A regañadientes, obedece.

—*Ma salama.*

—¿Qué significa?

Que os den, pienso.

—Adiós.

O eso me dijo Rihanna.

Salgo del despacho y avanzo por el pasillo de mal humor. Me pongo la chaqueta. Subo la cremallera, que queda atascada a medio trayecto. Tengo las manos temblorosas. El reloj de mi abuela se ha detenido. Después de una guerra, de largas noches bajo el manto de las bombas, los relojes dejan de funcionar o funcionan mal, que viene a ser lo mismo. Yu, resguardado de la lluvia, me espera. A sus pies hay cuatro colillas en un charco.

—Yu, ¿cómo ha podido pasar?

Vamos al bar que hay justo al lado de la comisaría. Bar Gallego. En la entrada, en el suelo, hay un grafiti reciente de color rojo: «1312». El ambiente está cargado. Es hora punta, la del desayuno. Nos sentamos en una mugrienta mesa. Dos máquinas tragaperras echan humo. Los policías, como el resto, tienen sus vicios y saben cómo fundir la pasta. Que se lo digan a Jodar. La televisión está a un volumen insoportable. Una madre llora ante la reportera. Su hija murió la noche anterior en un accidente de tráfico. Un bache en el asfalto la hizo saltar por los aires cuando regresaba a casa en moto. Horas después el

Ayuntamiento de Segovia asfaltó la calle para no dejar rastro de su responsabilidad. El bar apesta a beicon y los policías no comentan la noticia televisada.

—¿Qué ha pasado con tus rizos?

—Una mala apuesta. —Yu intenta sonreír, no lo consigue.

—¿Cómo andan los ánimos en el *casal*?

—Bueno, ayer les ladré un poco.

—¿Otra chapa educativa?

Nos toma nota el camarero, que a tenor de algunas fotos descoloridas es el propietario. Un vigués (reconozco el acento, igual que el de mi abuelo) que tras muchos años de sacrificio debió reunir el dinero suficiente para abrir su propio negocio y dejar de trabajar para otros. De la decoración no sé quién se encarga. Fotos enmarcadas de policías celebrando su jubilación, recortes de periódicos enmarcados de algún caso sonado y resuelto. Medallas y banderines del equipo de fútbol de su ciudad. Una cabeza de cerdo en un altar. Pido un café con leche de avena y un bocadillo de tortilla de patatas. Yu pide un café largo y un bocadillo de atún con olivas rellenas y pimiento rojo. Una policía de piel rosada con un uniforme que le queda ajustado no nos quita el ojo de encima.

—Incinerarla. Hay que incinerarla.

—Sí, y esparcir las cenizas en el mar.

—En Marruecos.

—Será mi primera vez.

—Yo tampoco he lanzado ceniza en el mar. —Intenta reír.

—Me refería a que no he estado en Marruecos. Esperaba ir con ella.

—Lo sé.

Sonreímos con la falsedad de los familiares que reciben visitas en un tanatorio. Devoramos los bocadillos.

—¿Sabías que se prostituía?

—Nunca quise saberlo.

—¿Y por qué nos lo ocultó?

—Para que no la juzgásemos.

—Soy una bruja y os he hechizado.

—Le encantaba esa mierda de frase.

—Una mierda de final para una mierda de vida.

Tengo los puños cerrados y me clavo las uñas con fuerza. Yu niega con la mirada. Sostiene mis manos en las suyas, las acaricia y provoca que las abra sin brusquedad. Me levanto para ir al baño. Esquivo policías, no los rozo, no los miro. Hay tres cabinas, ninguna reservada a las mujeres del cuerpo. La taza de la primera está chorreada de orina policial. La segunda no está tan asquerosa a simple vista. Meo sin sentarme, con los pantalones a la altura de las rodillas. Leo las pintadas: números de teléfono y de tamaños de pene. Alguien desliza una nota bajo la puerta. Aprieto. Me limpio. Abro sin demora. No hay rastro. Leo la nota: «Jodar no es trigo limpio».

—Me acaba de llegar. —Yu me muestra la pantalla de su teléfono.

Es una fotografía de Rihanna, un selfi con Nouzha, la diputada musulmana del Parlament. Una conversa que antes de abrazar el islam se llamaba Lucía.

—¿Quién te la ha enviado?

—He llamado al número, está apagado. No sabía que Rihanna conociese a Nouzha. Estudié con ella en la facultad.

—Quizás te la haya enviado ella.

—No sé, perdimos el contacto y no conservo su número.

Yu tiene que regresar al hospital. En un día o dos les dan el alta. Salimos del bar y mis oídos descansan del barullo. En el taxi le muestro la nota.

—Las casualidades no existen.

—Los accidentes tampoco.

Acordamos estar en contacto. Esperaremos a que la forense, la jueza, la policía o quien sea permita incinerar a Rihanna, y llevaremos la urna a Tánger. Allí haremos volar las cenizas una mañana de cielo despejado. Yu dará la lata hasta que le suelten algo que nos conduzca al siguiente obstáculo. Yo rebuscaré entre las cosas de Rihanna. Nos despedimos con dos besos. Nuestros labios se rozan. Siempre han querido rozarse.

Rosa María ha cocinado lasaña de verduras y una crema de calçots. Mercedes, de postre, ha preparado *Le Havre*, de Aki Kaurismäki.

# 5

## Cuando toda una vida vale unos euros

*F*altan veinte minutos para las siete de la mañana y no hace tanto frío. La aplicación indica que en los próximos nueve días no lloverá, se equivoca. Del cielo caen unas finísimas gotas y no hay pájaros en la ciudad. Joanna tiene mastitis en los dos pechos y perlas de leche en el pezón izquierdo. Apenas ha podido dormir en los últimos días, previos y posteriores al parto, y dar el pecho se ha convertido en un suplicio. «Sobre todo, no dejar de amamantar.» Los consejos son poco convincentes si el dolor se cura con profundo dolor.

Muna ha pasado mala noche. Cólicos. Unos dicen que existen y otros que son una invención. Ocurre lo mismo con Dios. Nada calmaba a Muna —ni el audio del tren transiberiano bajo la lluvia, ni la penúltima película sicodélica de Nicolas Cage, ni la lista de todas las capitales del mundo ni las nanas que me susurraba mi madre—, hasta que hemos salido a pasear. Aseguran las amistades experimentadas que en pocas semanas olvidaré cómo es la pequeña criatura, mi hija, que no ha cumplido el mes. Que el tiempo pasa a otra velocidad y su desarrollo es una cascada de cambios que derrapará en mi cerebro. En parte no lo dudo: he olvidado dónde almacené los recuerdos de Quetzaltenango y Dakar. Dos voluntariados en dos orfanatos. Dos experiencias que, con la ayuda del aguardiente, los hongos y los porros, me ayudaron a tomar la decisión de renunciar a la paternidad. Dos mil bebés desnutridos que con su raquítico peso decantaron la balanza hacia la adopción. He olvidado el día exacto en que cambié de opinión y decidí ser padre biológico y contribuir con otro ser al deterioro del planeta y de la humanidad. En algún lugar leí que nada contamina más que la llegada de un nuevo humano. No recuerdo dónde. Como tampoco recuerdo si estoy decepcionado conmigo mismo. Lo he olvidado, como olvidaré los detalles de los días en que todo eran sombras legañosas para Muna. Qué bonita es cuando no llora.

Me fijo en los vecinos que sacan a pasear al perro. Al resto de transeúntes, universitarios que vienen de juerga y adultos que van camino al trabajo, prefiero no mirarlos. Por envidia. Por solidaridad. Hace años que dejé de transitar las calles a una hora tan temprana. Me he acomodado. Soy un robot monótono, desanimado y vago. Artificialmente rutinario. Bebo de día y piso el asfalto de madrugada si he perdido la noción del tiempo y voy borracho, tanto como para no estar en condiciones de coger la moto, el metro o el mareante taxi, y evitar así unos vómitos públicos. Empujando el cochecito, he caminado confuso, avanzado sin rumbo aparente durante unos cuarenta minutos, hasta que Muna se ha dormido y, atraído por una inercia sonámbula, me he encontrado a dos calles del Mercat dels Encants. Pasear sobrio, mientras la ciudad se activa, despierta recuerdos enfriados.

Durante poco más de un año, Joanna y yo probamos de todo para lograr el deseado embarazo: todas y cada una de las posturas del kamasutra de la fertilidad, una dieta sin carnes rojas, intervalos de dos días atendiendo al cénit de la calidad del esperma; menos alcohol, más guaraná, menos drogas, más jengibre. Calcio y vitamina D. Al cabo de doce meses, de doce menstruaciones y con el angustioso tictac del artificioso reloj biológico —invento del diablo—, acudimos a la clínica. Pruebas, análisis, ecografías, muestras. El cuello del útero de Joan-

67

na formaba un arco insalvable y la endometriosis dejaba poco lugar para la fecundación. Por mi parte, los espermatozoides no eran muy aventureros, un tanto perezosos, como el que los cargaba, e incapaces de superar la etapa reina de las trompas de Falopio. Aun así, las doctoras, con los datos en las manos y la primera cuantiosa cantidad ingresada en la cuenta bancaria del hospital privado, confiaban en que la niña probeta en pocas semanas estaría de camino. Antes de los resultados, una pequeña parte de mí esperaba una confirmación de esterilidad, pero el día que salí de la pequeña sala de masturbación —un sillón que no toqué, unas revistas que no abrí, unos vídeos porno que no usé— con el corazón latiendo más deprisa y el estómago revuelto acepté, con una cerveza fría en la mano, que lo mejor que me podía pasar es que todo fuera bien. La decisión estaba tomada y la semilla plantada. Libro, árbol, hija.

El camarero me ha dejado entrar en la cafetería del mercado, que a esta hora todavía no ha levantado la persiana del todo. Un bebé es un pasaporte diplomático. Muna ha sorbido hasta la última gota del biberón con la leche de cabra y se ha vuelto a quedar dormida. Yo he tomado mi dosis de café. Me tiemblan las manos.

Ayer le di la noticia a la familia de Rihanna. Previamente telefoneé a mi madre para que me aconsejara cómo afrontar la llamada. Descolgó la hermana de Rihanna, Zakariaa para ella, y le pasó el móvil a la madre. Me llegaban insultos contundentes hasta que colgaron bruscamente. Su hijo era un perturbado. Su hijo había manchado el nombre de la familia. Su hijo… Ellos no tenían hijo. Y yo, un pervertido. Un *ould souk*. Si pudieran tenerme enfrente, me escupirían en la cara.

Mi madre me había prevenido. Todos los jóvenes migrantes lloran a sus madres, algunos antes, otros después de rajarse los brazos con una cuchilla de barbero. Rihanna, en cambio, tenía las lágrimas secas. En una sola ocasión me habló de su familia. Serena, me explicó que no conservaba ningún recuerdo bonito, que los que nacen entre el polvo no tienen esa suerte. Del que sí mantenía una foto en la cartera de piel que se hizo ella misma —siempre le pedía que me la regalase y ahora que es mía, no la quiero— era de su abuelo, el único que le brindó el reconfortante aliento familiar. Una fotografía de un chavalín vestido de militar con la Giralda a sus espaldas. Un moro de Franco.

En unos minutos empezarán las subastas con el mercado cerrado al público. Es viernes y hay trabajo doble. En el centro de la plaza, alrededor de los lotes, se han congregado grupos de comerciantes en medio de un alboroto norteafricano. Me acerco a uno de los grupos situados ante un nuevo *stock* de trastos viejos vaciados de un piso de la ciudad, amontonados de cualquier manera, y que son los objetos acumulados durante años por una familia. Los herederos, hijos o nietos, habrán preferido contactar con un subastero y que se haga cargo. Todo tiene un precio, y cuando toda una vida vale unos euros es porque, al final, lo cierto es que estamos vivos para pasar de largo.

—Buenos días. ¿Dónde puedo encontrar a Istito o a Hanane?

—Pregúntale a tu madre.

La veintena de comerciantes, todos con gorros de lana y labios resecos, han mirado en mi dirección, observando a Muna, que duerme en el cochecito ajena a los malos humores de los adultos, para volver a mirar al individuo reprochándole con una coreografía de gestos exagerados su actitud. Él mismo ha querido dar muestras de arrepentimiento farfullando mientras reordenaba sin ton ni son algún que otro objeto decorativo. Acepto sin interés las disculpas. Desbloqueo el freno del cochecito para seguir hasta la siguiente subasta. Un hombre de mi estatura, unos diez años mayor, con una calva oscura, rechoncho y bigote de pizzero italiano viene hasta mí.

—No se lo tengas en cuenta. —Habla en árabe con acento tetuaní—. El miércoles compró este lote a Istito y en todo el día no vendió nada de nada. Está de mal humor. Tendrá que venderlo por la mitad de lo que le costó hace dos días. Tú ya lo entiendes. A Hanane la encontrarás en la cafetería del segundo piso.

—*Shukran.*

Es innegable que el nuevo edificio se ha ensamblado con el barrio y con el resto de la ciudad. Al principio no podía más que entristecerme pensando que había desaparecido para siempre el destartalado mercado, una parte de mi juventud, un imborrable recuerdo, sustituido por esta pieza moderna de reflejos caleidoscópicos. El primer curso de bachillerato, el año que empecé a desatender los estudios y a coquetear con las drogas, tuve que quedarme en verano sin «vacaciones» —el primer agosto que no iba a Marruecos con la familia— para recuperar la asignatura que me había quedado para septiembre. En agosto, sin mis padres al acecho, acepté la oferta de Laarbi: diez mil pesetas la jornada si conseguíamos vender todo el lote. Mi primer trabajo consistió en gritar el precio de radiocasetes de dudosa calidad en el antiguo Mercat dels Encants Vells. Gané pasta y aprobé en septiembre.

—Devuélveme mi libro o te denuncio.

Istito no perdía su infatigable carácter bromista. Ciento sesenta centímetros de pura fibra y energía. Nos conocimos doce años atrás trabajando en una tienda de moda japonesa en la parte alta de la ciudad, donde las mujeres son más guapas porque disponen de más dinero para creérselo. Él, de segurata. Yo, de dependiente enchufado por mi amigo Takehiro.

Istito había estudiado Filología Hispánica en Rabat y, tras la carrera y la falta de un empleo que no fuera de camarero, cursó un posgrado en Literatura Hispanoamericana en la misma universidad. «De los españoles salvo a Chirbes y a Gopegui», repetía en bucle. Tras los estudios, en Marruecos, aspiraba a ganar unos dos mil dírhams al mes, una miseria, como profesor de español, por lo que vendió todas sus medallas de taekwondo logradas en campeonatos nacionales y continentales, pidió dinero prestado y se embarcó en una patera. En Barcelona, después de pagar un dineral por un contrato laboral falso, pudo regularizarse superando todas las trabas burocráticas y empezó una sucesión de trabajos hasta que conoció a Hanane, quince años mayor que él, dueña de sus actos, sin hijos y con su propio negocio. Se casaron, proyectaron una vida juntos y entre los dos mueven los hilos del mercado.

Años atrás Rihanna acudió a mí angustiada como no la había visto antes. Llevaba meses quedándose en la calle; indefensa y hambrienta, caería en dinámicas que la perjudicarían. No quería volver a las andadas, a los pequeños trapis. Entiendo la dimensión de la tragedia demasiado tarde. Hablé con Istito y Hanane para que la colocasen en el mercado. Dudaron unos instantes, una trans mora ahuyentaría a los clientes. Pero si iba recomendada por mí, no podían negarse.

«La mejor vendedora que hemos tenido. La mejor del mercado.»

71

Durante las primeras semanas me telefoneaban constantemente para explicarme que Rihanna había sido un gran fichaje, capaz de vender guantes a un manco. Con el sueldo, Rihanna, pudo alquilar un cuchitril con un amigo. Eso me dijo y lo creí.

—Y ¿esta preciosidad?

—Muna. Quién me ha visto y quién me ve.

—Ni que lo digas. Te llamé muchas veces. Llegué a pensar que habías encontrado tu hueco, como Sergio Prim.

—Cambié de número.

—Con los años te has vuelto un antisocial.

—Un amargado, quieres decir.

—No, alguien pesimista, un orillado, como Chirbes.

—Ojalá.

—Te veo bien.

—Yo a ti no tanto. Por abajo hay uno que se está acordando de tus ancestros.

—Seguro que es el Suisi. Incluso con apodo de banquero, es

incapaz de vender nada a nadie, ni regalado se lo quitan de las manos. Tomemos un café.

—Sí. He de hablar contigo y con Hanane.

—¿Se trata de Rihanna?

Al final del pasillo Hanane habla por teléfono con los auriculares puestos y toma nota en la tableta. Viste un elegante conjunto, pantalón y chaqueta verde pistacho, un fino chal verde turquesa sobre los hombros, las pestañas arregladas bajo las gafas de amplia montura, los labios pintados de marrón rojizo y unos zapatos azules de doble suela blanca. Al vernos llegar, se lleva las dos manos a la cara, entusiasmada por verme empujar un carrito de bebé. Ella, que no es dada a las muestras cariñosas, me abraza con fuerza envolviéndome en sus generosas carnes, besándome cuatro veces en las mejillas, y me transmite todas las felicitaciones posibles en lengua árabe.

—Se parece a ti.

—En las orejas. Y en la piel tostada.

Pido en la barra cafés y churros. Istito y Hanane vigilan a Muna y discuten si ha salido a mí o a Joanna, y todas las cuestiones que ocupan las repetitivas conversaciones ante una nueva criatura.

—Nos la podrías dejar. Hasta que cumpla dieciocho años.

—Istito, no sabrías por dónde empezar.

—No le habéis puesto pendientes.

—Se los pondrá cuando quiera, si quiere.

Reímos. Estoy hambriento. Los churros, que ellos apenas tocan, desaparecen en mi boca. Pido otro cono, quiero probar los de chocolate, y otro café. Muna empieza a revolverse bajo la manta. Hanane se retira las gafas y se seca el lagrimal con un pañuelo de seda con cuidado de no correr el rímel.

—Me alegro mucho de que estés bien.

—Gracias. Yo también me alegro por vosotros.

—Sí, las cosas no nos van mal.

Muna se mueve en el cochecito, con un poco de suerte la

verán despierta. Yo prefiero que siga dormida hasta que lleguemos a casa. Quizás a Joanna no le duelan tanto los pechos y pueda darle de mamar.

—Me arrepiento de no habérselo propuesto a tiempo, quería que fuera mi mano derecha, la encargada.

—Si se le metía algo entre ceja y ceja…

—No estaba acostumbrada al cariño. A que la gente la quisiera. Y no quería encariñarse con nadie.

—A ti te tenía en un pedestal —añade Istito.

—Esos perros.

—¿De quién hablas?

—De nadie —insiste Istito, que le ruega a Hanane que no hable más de la cuenta.

—A él no se le podemos ocultar.

—Es por su bien.

Hanane desbloquea el teléfono y abre la aplicación de las fotos. Empieza a rebuscar deslizando el dedo. Encuentra una. 73

—¿Te suena?

—Me suena, no recuerdo de qué.

En la fotografía aparece un hombre de unos cincuenta años. Es un ejecutivo que posa sosteniendo el premio a mejor comerciante del año de la ciudad. Rihanna está a su derecha. La alcaldesa a su izquierda.

—Aléjate de él —previene Istito.

—Es amigo de Amin, tu primo.

—¿Y eso qué tiene que ver con Rihanna?

—Habla con él. Tu primo conoce a toda la chusma de la ciudad.

—No des nuestros nombres. —Istito mira a Hanane asustado.

—Yo no les tengo miedo a los granujas.

—¿Por qué habría de tener miedo alguien de mi primo?

—¿Cuánto hace que no lo ves?

—Seis o siete años. Quizás más.

Istito se levanta de la silla y se va. Me inquieta ver a un campeón de taekwondo asustado. Hanane cambia de tema.

—¿La policía ha ido a verte?

—Sí. Me he dado cuenta de que conozco menos a Rihanna de lo que creía.

—Rihanna no siempre escogió bien. —Se seca una lágrima—. ¿Qué vamos a hacer con su cuerpo?

—Ella quería que la incineraran.

—Yo correré con los gastos.

—Creo que lo pagará la Policía.

Hanane ríe.

—La Policía no paga, la Policía cobra. Aquí y en cualquier otro lugar.

Istito regresa cargando con una bolsa en cada mano.

—Es para ti.

Abro la primera y veo una botella de araq libanés. Los licores anisados no son mis preferidos. Istito lo sabe.

—Lo probarás y me darás la razón.

Me tiende la otra bolsa, de lona, más voluminosa y pesada.

—Es el regalo que te quisimos hacer hace años. Fue idea de Rihanna.

Coloco el bulto que contiene encima de la mesa y retiro el descolorido papel de regalo. Bajo el envoltorio aparece una máquina de escribir de la marca Olympia. Muna se despierta. Hanane pide cogerla. Pronuncia onomatopeyas infantilizadas. Preparo un biberón; aunque todavía no le toca, se lo doy de todas maneras. Pido la cuenta, que no permiten que pague. Es hora de volver a casa.

—Yusuf, por favor. Olvídate de todo.

—Ni hablar.

Muna arranca a llorar. El cielo está nítido.

# 6

## Cuando corrijas tu forma de andar

Cada año, entre los últimos estertores del invierno y los primeros tropiezos de la primavera, caigo enferma con anginas. He sucumbido por ti; poco tienen que ver las amígdalas bajo el influjo del equinoccio, el sol, el ecuador o las estrellas. No culpes a la astrología, hoy no. Tú, que has perdido el calor corporal, la luz, eres la causa de mi dolor, de esta fúnebre recaída. Cinco días en cama con fiebre, escalofríos, sudores, pus en la garganta y un persistente mal aliento. He querido deshacerme del virus o de las bacterias o de ambos con mi propio tratamiento. En profundas y fugaces alucinaciones he querido zarandearte, excluirte, expulsarte de mí. Romper el conjuro. Purgar mi corazón, o mi hígado, como decís en Marruecos. No has picado el anzuelo. No tienes remedio.

Rosa María me ha preparado con mimo zumos de miel con limón y sopas de verduras con abundante sal que me obligaba a tomar hasta la última gota. Cada agotador viaje al baño o a la ducha lo ha aprovechado, atenta como un animal de presa, para darle la vuelta al colchón, cambiar las sábanas por unas perfumadas con esencia de jazmín, y dejar sobre las almohadas unas toallas de algodón egipcio, secas y suaves. Mi madre me ha visitado en un par de ocasiones. Sabe que estoy en buenas manos. Me he masturbado por primera vez desde que estás muerta. Tú que no tenías clítoris me enseñaste a sacarle provecho. «Utiliza el dedo índice como si fuera un muelle que ejerce una leve y suave presión. Con el dedo corazón masajea los labios en forma de espiral.» Tu influencia no conocía límites. He intercalado sueños comatosos con pesadillas en las que jugabas al críquet vestida de blanco. Duermes sin vida en el interior de un refrigerador, tu peculiar colofón, mientras yo caigo en las profundidades de una depresión. «Cuando corrijas tu forma de andar, dejarás de enfermar.» Mercedes ha preparado un pastel de queso cubierto de arándanos, ella que tan solo abre los armarios para servirse un vasito de whisky sin hielo por las noches, a escondidas de Rosa María.

Si llego a la vejez, no sé cómo te recordaré. Confío en que no te conviertas en un pedazo insulso de mi experiencia vital. No lo fue mi abuelo, muerto en un accidente de tráfico, tampoco lo es mi abuela, víctima de un arrollador cáncer. A ellos dos les tengo un dulce aprecio. ¿A ti?

Tu carácter, tu forma de ser se ha fundido a negro. Estoy hecha un lío.

Siempre alerta, te veías obligada a provocar, a desafiar. Te retabas a ti misma. No cedías un centímetro de tu libertad. Competitiva, exigente, clasificabas a las personas entre dignos e indignos. «Solo se vive una vez», y no perdías tiempo con los que situabas en el segundo grupo, no eran aptos, los despreciabas. Fuiste descuidada, negligente, tus puntos débiles. Tu encanto ejercía una atracción fascinante, irrechazable. Un imán en el centro de la Tierra, un tornado que se lleva por delante todos los materiales pesados y abandona los ligeros. Te creías selectiva, una reina, con intuición infalible. Considerabas que con la química alcanzaba, que era exacta. Aparentabas caos y libertad. Un torbellino de emociones.

En realidad, ejercías un férreo control sobre ti misma. Escrutabas sin esperar a reflejarte en los ojos que te observaban.

Introspectiva, un laberinto que en la intimidad tejía vínculos. «Odio la comunidad, la umma, la religión de las prohibiciones.» Harta de la discriminación positiva: trans y de Marruecos. «¿Exótica? No soy una fruta.» Resentida, enredada con tus complejos, con tu confuso juego adrenalínico. En lo más profundo de tu personalidad, trazada a fogonazos, eras acomplejada, con un punto de insatisfacción crónica. Tu cuerpo. Tu jaula. Tu laboratorio. Te desenmascaraste, te deshiciste del pesado caparazón una vez. Corría el rímel y te mostrabas capaz de sentir afecto. Pero el cariño te afectaba, te agarraba por sorpresa. Una navaja al cuello. Al día siguiente, acostumbrada a salir con éxito de situaciones delicadas, hiciste como que no recordabas nada y yo, comprensiva, te seguí el rollo porque te apreciaba, te amaba, y no quería incomodarte recordándote que eras vulnerable.

Sobria, o con la dosis justa, eras tajante, insensible, con muy mal pronto. Nunca conmigo. Te enrocabas a la mínima señal. Tu tabú te carcomía. Necesitabas hallar a tu tribu para rellenar el vacío de tu anhelo perdido. Yo formaba parte. Veo tus costuras, un poco tarde. Una sirena seductora y timorata. Mitad aislada, mitad rechazada. Repetías un sinfín de veces, hasta que me hacías reír a carcajadas, que tú habías nacido para desear y gozar, que no podías reprimirte, que a la mierda el orden social conservador y castrador. Que tú eras, ni más ni menos, la herencia personificada de *El jardín perfumado*. Te rebautizaste a ti misma como «La máquina del deseo que recopila y comprime todos los placeres». Tu apariencia era impoluta, tu cabeza desordenada.

No sé qué haré con tus cosas.

No me permiten entrar en casa «por motivos de seguridad». La cinta policial sigue enganchada en la puerta, en forma de cruz griega. Me he saltado la norma. El piso está patas arriba tras la visita de la policía y de los que te han quitado la vida. No han encontrado huellas ni muestras de ADN. Atravieso,

77

respirando con dificultad, el pasillo y el comedor hasta llegar a tu habitación allanada. Rebuscar entre tus cosas desordenadas es como tocar un cactus cuando arrancas las malas hierbas que crecen a su alrededor. Las espinas duelen, se camuflan entre la piel y son traviesas, difíciles de retirar sin la ayuda de una rebanada de pan. En otra vida querías ser un higo chumbo. ¿Lo habrás logrado?

Encuentro tu diario tirado entre un puñado de fotos y libros despanzurrados. Lo abro y está en blanco, enmudecido. Ni una mísera línea que revele tus secretos. La ropa sucia está amontonada. A simple vista no echo nada en falta. Alguna posible pista se habrá llevado la policía, aparte de la caja con el dinero. Reordenar tus pertenencias es todo un desafío, más complicado que eliminar el óxido acumulado en una lámpara de latón. Requiere paciencia, tiempo, vinagre y bicarbonato, y no estoy por la labor. Tu amuleto, tu piedra ámbar con un insecto atrapado por la fuerza de la naturaleza, brilla colgado del pomo de la puerta del armario empotrado. No me veo con fuerzas de hacer tu cama deshecha de sábanas negras. Odiabas ver un pliegue. Mantenías tu nido siempre impoluto. Te asombraba que yo fuera tan descuidada con los detalles. Si pudieras ver tu habitación, revivirías.

No sé si podré seguir viviendo en este piso.

En la puerta del frigorífico sigue enganchado, bajo el imán de una sevillana, el selfi en el que estamos felices y borrachos Miqui, tú y yo, frente al Apolo el día que nos echaron por robar bebidas de la barra. Compraste por Internet un imán representativo de cada una de las ciudades donde viviste en hacinados centros de acogida de los que te fugabas a la menor oportunidad, hasta que por fin llegaste a Barcelona, tu destino soñado. Algeciras, Córdoba, Granada, Sevilla, Almería, Huelva, Málaga, Madrid, Bilbao, Zaragoza, Valencia, Castelldefels y Barcelona. Trece figuritas que situabas en orden cronológico dibujando un mapa de vaivenes, de vagabundeo, de vivir con lo puesto, por la geografía de este lado del Estrecho. Bajo otro imán, el del Guggenheim, veo que sigue enganchada la tarjeta de la asociación cannábica en la que trabajaste. Abro el congelador. Está lleno de helado de nueces de macadamia. Hiciste que me gustara. Intenté que apreciaras el helado de vainilla y la fruta confitada, no hubo manera. Siempre ganabas, siempre te dejaba. No lo sabías, no te lo confesé. Quizás no te haya hecho ningún bien.

Subo las escaleras hasta la azotea. El rumor de la calle es relajante, el viento me alivia. Hago añicos la foto. Nos corto las piernas, los brazos, las cabezas. No se nos reconocería, aunque volviesen a pegar todos los pedacitos uno a uno con precisión de orfebre. Me asomo, veo las copas de los árboles, y los lanzo al cielo. Aletean los trocitos de papel mate. No es romántico, no forman una coreografía armoniosa. Grito. Me desahogo estirando los brazos, abriendo los pulmones, rozando con la yema de los dedos ese punto inalcanzable que llaman horizonte.

Regreso a casa de Mercedes. El ascensor funciona de nuevo, pero prefiero no encerrarme en un cubículo claustrofóbico. Si por lo que fuera sufriera una avería y quedase atrapada, no lo soportaría, teniéndote pululando aún por mi cabeza. Mientras bajo las escaleras, me decido, tras días de mutismo, y activo el teléfono. Siento ansiedad hasta que acepto que es previsible que haya acumulado tantas llamadas y mensajes.

Recojo la maleta que no deshice tras el viaje a Andalucía y cierro la puerta de nuestro piso hasta quién sabe cuándo, dejando mis huellas en el pomo. Sí, una mala broma. Rosa María no ha venido hoy, su hijo ha perdido el rumbo y su marido sigue bebiendo como un poseso. Por fin, los va a poner en su sitio. Mercedes lee absorta en el salón. Sostiene entre sus escamosos dedos un grueso libro de Chimamanda Ngozi Adichie. Maria Callas llena el ambiente. Levanta la vista, parpadea para acostumbrase a la nueva luz.

79

—Cuando termine, te lo presto. Te gustará.

Me siento a su lado y me cubro las piernas compartiendo la misma manta. Abro el WhatsApp y busco la entrada más antigua. Ánimos, condolencias, preguntas, videollamadas. Leo los grupos en diagonal. Demasiadas fotos compartidas de Rihanna sonriente. Miqui ha escrito:

—Siento mucho lo de Rihanna. No tengo palabras. Te quiero.

Decido llamarlo.

—En un par de horas, en el parque.

—Vale. ¿Cómo estás?

—En dos horas. No llegues tarde.

Suspiro profundamente. Mercedes coloca el punto de libro, una postal de Toulouse, «la ciudad más bonita de Europa si eres joven», y deja de leer. Se retira las gafas.

—Si quieres desfogarte, aquí estoy. No me voy a mover de mi sillón hasta que un camillero mal pagado me saque con los pies por delante.

Miqui ha llegado puntual, extraño en él. La muerte cambia hábitos. Ha perdido peso y tiene unas enormes ojeras. Está sentado en un banco con una birra en la mano. Esto no ha cambiado. En la mochila lleva otra y sin mediar palabra me la ofrece. Bebo hasta dejar la lata medio vacía. La situación es embarazosa para él. Está pálido, enzarzado en la culpa. No me excita, no siento nada, más allá del aprecio acumulado tras años. Aun así, sigo con inmensas ganas de darle una buena bofetada o un contundente puñetazo en la nariz. Me contengo. Hablar con Mercedes me ha sentado bien.

—Necesito que me acompañes al club.

—Si te apetece fumar, yo tengo.

—No, quiero hablar con Paul.

Obedece. El día que me practicaron el aborto me acompañó Rihanna. El muy capullo no se presentó. Según él, se había confundido de hora. Días después supe que se lo estaba montando con otra y perdió la noción del tiempo. El poliamor requiere de dignidad y él no la tuvo.

—Siento mucho lo de…

—Yo más. Vamos.

De los jardines Balcells hasta la Plaça de Lesseps no hablamos. Él espera que yo inicie una conversación, una retahíla de reproches. Siempre ha sido un zorro, hoy es una oveja asustada que ha perdido al resto del rebaño. En la boca del metro hay una vendedora ambulante de libros. Me detengo para observar los títulos. Qué historia albergará cada libro, qué camino lo habrá conducido hasta esta librería cuya vendedora es una gitana guapísima, con el pelo recogido a lo Lola Flores. Su sonrisa coqueta me ha alegrado el día. Le compraría todos los libros. Me decido por *El arca de Noé*, de Khaled al Khamissi.

—¿Qué te debo?

—¿Cuánto puedes pagar?

En la cartera tengo tres euros en monedas, un billete de cinco y otro de veinte. Le doy el de cinco. Nuestros dedos se rozan.

Abro el libro por la mitad. Caen gotas. Finos surcos de agua se deslizan por el negro sobre blanco. Lo cierro antes de que se eche a perder. Me despido de la librera. Me devuelve un «adiós, guapa».

Es hora punta. El metro va repleto de ralentizados turistas y caprichosos estudiantes con mochilas que ocupan los asientos reservados. El rocío de los paraguas riega el suelo resbaladizo. Pese a que estamos apretados el uno contra el otro, Miqui evita mirarme. No se le ocurre ninguna disculpa, por mucho que sus pensamientos persigan la mejor fórmula. Por megafonía avisan: «Carteristas en el metro». Bajamos en Drassanes sin que nadie nos haya revuelto los bolsillos.

La puerta oscura sin letrero podría ser la de un local abandonado, un garaje privado, un almacén en desuso…, pocos imaginan que Weed Glasgow es un club exclusivo para unos cuantos afortunados donde se encuentra la mejor hierba de la ciudad. Miqui toca el timbre. Nos abre Christopher. Yo no soy socia, por lo que no me permite el acceso. Miqui le dice que soy amiga de Rihanna.

—Voy a preguntar a Paul —dice con su horrible acento australiano.

Paul nos franquea el paso. Saluda a Miqui con un entrechocar de palmas y puños. A mí me estrecha con delicadeza entre sus brazos tatuados. Paul es escocés, simpático, de pelo grisáceo y piel azulada. Se ha mimetizado a la perfección en la ciudad. De poder escoger una época, su preferida hubiese sido los años treinta, antes de la guerra, en el Barrio Chino. Entramos en su despacho y nos ofrece una cerveza belga.

—Horrible. El mundo está lleno de gente asquerosa —dice con tono triste.

—Estoy convencida de que, si se metió con la gente equivocada, fue por verse atrapada en una situación de la que no podía escapar.

—Me gustaría ayudarte. —Una gata se acomoda en su regazo—. Estoy un poco asustado, solo soy un guiri que ha abierto un local en una bonita ciudad y tengo miedo.

Me acerco a él. Se quita las gafas. Sus ojos azules están rojos. Agarro a la gata. Vuelvo a sentarme. La acaricio. Soy Vito Corleone.

—¿Asustado?

—Una noche llegó un grupo de unas ocho personas. La mitad tenía cara de ser gente de poco fiar, de los que no se andan con rodeos. La otra mitad, ladrones de guante blanco, a merced de los otros. Aquí no pueden entrar más de dos personas al mismo tiempo, y menos si no son socias. Mis explicaciones y las de Christopher no les convencieron. Querían acceder sin hacerse socios, sin dejar registro. Estaba a punto de llamar a la Policía cuando Rihanna pidió hablar conmigo. Me llevó aparte y me avisó de que, si no los dejaba pasar, podría tener serios problemas. Era gente sin escrúpulos y muy bien posicionada. Cedí y entraron.

»De inmediato se comportaron como los dueños del lugar. Consumieron a lo loco y dejaron propinas muy generosas. Yo me encargué de servirles. Todo el tiempo estuvieron hablando de menas y no le quitaban el ojo a Rihanna. Era inquietante. Antes de irse, uno se acercó a ella. Le habló al oído y le colgó un par de billetes en el escote. Por fin se fueron. El local estaba vacío. Habían ahuyentado a la clientela y no me extraña. Bajé la persiana y busqué a Rihanna para hablar con ella, pero no la encontré, esa noche se fue pitando por la puerta de atrás, sin despedirse.

—¿Cuándo ocurrió? —pregunto sin ocultar mi preocupación.

—Hará unos tres meses. —La gata salta de mis brazos a las piernas de Paul, que la acoge encantado—. Al día siguiente abrimos con normalidad y a los cinco minutos llegó por sorpresa una inspección de trabajo. La primera en los tres años que llevamos abiertos. Revisaron los contratos laborales de los trabajadores. Sabía que era un país corrupto, nunca imaginé que tanto. Los papeles de Rihanna estaban en trámite, la iba a contratar a jornada completa, aunque faltaba un documento que se demoraba y el inspector no quiso entrar en razón. Nos llegó una sanción de más de diez mil euros. Rihanna, sintiéndose responsable, cogió sus cosas, me dio un abrazo y se fue. Dos días después alguien ingresó en mi cuenta la misma cantidad en diferentes pagos. Desde aquella noche no la volví a ver. ¿Entiendes por qué estoy asustado?

—¿Has hablado con la Policía?

—¿Y qué les digo?

La vuelta en metro la realizamos sentados, va prácticamente vacío. A Miqui le sobreviene un ataque de calor y el sudor sale por todos sus poros. Tiene la cara desencajada, en cualquier momento arrancará a llorar.

83

—¿Te encuentras bien?

Asiente con la cabeza. Llegamos a la estación de Lesseps. Camina sin fuerzas, incapaz de subir las escaleras. Lo acompaño hasta el ascensor. No voy a encerrarme en un espacio tan reducido, menos con él. Quedamos en vernos fuera. No tardo en llegar a la salida. No está la librera. Miqui tampoco. Espero unos minutos por si aparece. ¡Será desgraciado!

# 7

## Cuando un oxímoron es tan apabullante

*H*a sonado el despertador. Siete minutos después, la alarma de la agenda. Ninguno de los dos avisos ha sido necesario. Llevo despierto más de una hora, jugueteando con Muna, poniéndole vídeos de trap marroquí y tunecino, poniéndole y quitándole ropita heredada lavada con detergente hipoalergénico, cambiándola de pañal, alimentándola con sus dosis de leche de cabra, atendiendo a sus lloros, esterilizando los biberones con agua hirviendo, escuchando el motor de los autobuses que recorren la ciudad para darle sentido a tanto asfalto planchado; ejercicios de distracción que no logran destensar los músculos, quitarme de la cabeza la cita de hoy.

En unas horas visito a Soussi. Por fin me atrevo a entrar en una cárcel. Durante todos estos años he aceptado con resignación las reglas del juego. Muchos de los jóvenes, tantas almas extraviadas, acaban entre rejas, otros tantos expulsados y con orden de no volver a ser readmitidos —no se contempla la reinserción para los parias—, alguno muerto y enterrado en una fosa común o incinerado. Lo de Soussi no lo hubiese imaginado ni en mis peores pesadillas. No valen las excusas, ni sirve recordar las llamadas de auxilio a los centros de salud mental para que lo atendieran, que lo acompañasen y evitasen un brote que, a la vista está, acabaría sucediendo. Los negligentes recortes sociales a base de pulcros plumazos engrosan las desgracias y saturan el sistema penitenciario.

Es cierto que jamás ninguno de los que lo tratamos podríamos haber intuido ni por asomo, por muy atentos, comprometidos y experimentados que fuéramos, que al trastornado chaval le daría por agredir y violar a ancianas mientras paseaban al perro. Quien dijese lo contrario, tras conocerse los hechos, jugaría con ventaja, se convertiría en un charlatán oportunista, un bocazas. Nada justifica sus actos, sus abominables crímenes, sus violaciones a mujeres indefensas mientras los perros domésticos, asustados y descolocados, enterraban el hocico ante tanta violencia. Te traicionan los tuyos, afirmaba un buen amigo. Se ha jodido la vida, más aún, y sobre todo se la ha jodido a seis mujeres que no tenían culpa alguna de su locura descarriada. Que se pudra en la cárcel.

No puedo atormentarme, flagelarme. Me he negado a ser yo quien contactase con la familia después de que confirmasen que el ADN coincide. ¿Cómo informar a una madre de que su hijo es un maldito violador de abuelas? En cambio, sí que me he ofrecido a visitarlo, con la estúpida esperanza de encontrar una razón a su delirio. En ningún caso para justificarlo; quizás, más bien, sea para justificarme a mí mismo, para saber que, por muy bien que lo hubiera hecho, no había nada que hacer. Su patología, su destino, estaba escrito y sellado, *maktub*. Es posible que mi interés nazca de la necesidad de asimilar la magnitud de la tragedia a través de sus ojos vacíos. Realizar preguntas que no requieran de respuestas, aceptar que estaba tarado, un bellaco, un enfermo que encontró la manera de masacrar a sus víctimas como venganza por cualquier trauma; en su descenso a los infiernos, subsanar heridas hiriendo al más débil, sentirse poderoso.

He de retomar mis sesiones con Susana. Me estoy oscureciendo. No sé cómo afrontar y ahuyentar este dolor. No puedo derrumbarme, necesito desahogarme, hablar con franqueza, pagar para comunicarme conmigo mismo y ser guiado. En mis ratos de insomnio he escrito una carta. Para dar la cara. La empresa y los técnicos del Ayuntamiento lo han bloqueado. Censurado. Mientras la prensa, que ha olido la sangre, no haga referencia alguna al *casal* o al centro donde vivía Soussi, mientras no nos nombre ni nos coloque en la diana, nosotros tampoco destaparemos la caja de los truenos. El escándalo podría adquirir dimensiones fatales y hay que proteger al resto. He callado, aceptado. No sé quién tiene razón, quién piensa con más claridad.

Cuando no estoy con Muna tengo los nervios electrocutados y los dedos amarillean de tanto tabaco.

Joanna se ha quedado con Muna. Ayer le retiraron los puntos. La cicatriz no es nada bonita. Aseguran que, con el tiempo, el aspecto mejorará, se regenerará, perderá grosor y color y se adaptará al resto del cuerpo. No sé si a todos los primerizos les ocurrirá lo mismo: ante tantos consejos, opiniones, certezas y sentencias, estoy por enviar a la mierda a todo el mundo. Me guardo la carta. De acuerdo con las recomendaciones, seguimos sin follar y cada mañana amanezco con una reveladora erección. Durante el embarazo tuvimos muy buen sexo, probablemente el mejor en nuestros años de relación; en cambio, por razones obvias, durante la llamada cuarentena, no estamos dándonos el cariño que nos agrada, que nos sumerge en un gozoso nido de sudor, flujos y saliva. La falta de sexo y el cansancio aceleran el mal humor.

Reconozco que no todo son agotadoras noticias. A Muna se le ha caído el cordón umbilical después de un mes. Al fin puede bañarse de cuerpo entero. Le encanta la bañera, el agua, los patitos. No saldría del barreño y, al verse obligada, brama con todas sus fuerzas. Como cuando viaja en coche. Un suplicio para ella y para los acompañantes. Dos días atrás, volviendo del carpintero, de comprar unas maderas para construir una estantería que ha de perdurar hasta que se emancipe y más allá, for-

87

zado por sus incesantes aullidos histriónicos, pasé pisando el acelerador un semáforo en ámbar. En el cruce aguardaba, oculta tras los contenedores de reciclaje, la policía, atenta a cualquier negligencia vial. Mi primera multa de tráfico desde que obtuve el permiso de conducir con dieciocho años. Los llantos de Muna no surgieron efecto, tampoco el aspecto cansado de Joanna. Nada ablanda el rigor policial, el temple de los garantes de la ley y el orden.

Y de nuevo, me encuentro en el coche en el que no puedo fumar, dejando atrás la congestionada B-20, con el parabrisas al ralentí, circulando a escasos kilómetros de distancia de la prisión de jóvenes, sin entender todavía por qué estoy de camino. Ignorando en bucle el motivo de mi visita a Soussi, más si pienso que no lo he hecho con los otros chavales, muchos de ellos reincidentes, que dieron con sus huesos en la cárcel y por motivos menos repulsivos. Puede que, por ser padre de una niña, quiera conocer todas las amenazas de las que no me he preocupado antes por ser hombre. O puede que no exista un pretexto razonable y simplemente me esté dejando llevar, esclavo de mis instintos.

Joanna y yo fuimos de los que quisimos conocer el sexo en cuanto las ecografías lo permitieron. En mi caso, para prepararme. Quería, a toda costa, que llegase al mundo con los genitales femeninos y que de mayor escogiese identidad de género si es que tuviese que hacerlo. De ninguna forma deseaba que fuera un niño. Aunque si hubiese nacido con los genitales masculinos, me habría resignado. Así de simple y básico soy. Desde que conocí el sexo de mi hija me relajé, una preocupación menos, y las que se mantenían en la cabeza las aplacé hasta que naciera.

Pasado el plazo, me asaltan de nuevo mis miedos. ¿Mi relación con Joanna será mejor o peor con una bebé de por medio? ¿Seré buen padre? ¿Sabré educar? ¿Quiero educar? Me preocupa que mi hija sea buena persona, cómo lograrlo. No sé si dependerá de mis estímulos, si vivirá un trauma que la marcará o si heredará de Joanna y de mí nuestras experiencias condicionándola e influyéndola para mal. No he captado el significado de la paternidad, como tampoco he logrado definirme, entenderme, mostrarme libre y sin ataduras morales tras mis casi cuarenta años. Sé que albergo algunos principios, que soy capaz de guardar un secreto, que me mantengo políticamente ateo, que desprecio las actitudes burguesas y a los que tienen siempre una opinión o varias sobre cualquier cuestión. Nada de esto importa, es poco relevante y azaroso ante el desconocido porvenir de un nuevo ser. ¿Quién me garantiza que mi hija no se convierta en un Andreas Lubitz y estrelle un avión en los Alpes?

Tras un bosque en el que los árboles han dejado de nacer, rendidos ante la mano codiciosa del hombre, el imponente edificio se planta ante mí con sus muros babilónicos en medio de un descampado artificial. No sé distinguir si he estacionado frente a la prisión de jóvenes o la de adultos. El viento ruge con ganas, arrastra consigo un enfurecido frío mezclado con el zumbido de los coches en la autopista que, más el de los postes eléctricos, ofusca los pensamientos. El cigarrillo se ha consumido como una mecha de dibujos animados.

Avanzo con el cuerpo encorvado hasta la única puerta de todo el complejo. Dentro de una garita, tras un cristal doble resistente a las balas y a los objetos punzantes, un funcionario con cara de personaje de tebeo de los setenta no alza la vista hasta que decido hablar. Con voz inaudible me exige identificarme y entregar mis pertenencias. Me pregunta si quiero aportar dinero al peculio de Soussi. Tardo unos segundos en dar una tímida respuesta negativa. Lo siento, Soussi, búscate la vida. El ceñudo señor, que no ve la hora de jubilarse, custodia los objetos y mi documento de identidad y con la mano derecha señala unos sillones de asientos hundidos. Pronto vendrán a buscarme. No hay revistas, no tengo el móvil, no llevo reloj,

89

pero calculo que han pasado más de quince minutos hasta que se ha presentado el funcionario de seguridad.

—¿Yosuef?

—Youssef.

—Mira que el nombre es fácil.

—Estoy acostumbrado.

—Por aquí han pasado unos cuantos tocayos tuyos y acabo llamándolos por el apellido.

El funcionario, al que no le pregunto el nombre para no incomodar ni romper una norma no escrita, muestra una sonrisa franca. Después de pasar por el arco detector de metales, responde a las pocas preguntas que le hago para romper el hielo y ofrecer un poco de cháchara distendida. El recorrido entre las paredes pintadas con colores primarios no es muy largo, pero nos demoramos esperando a que las puertas se cierren y se abran según los avisos que da mi acompañante con el *walkie* informando de nuestra posición. Nada de llaves. No nos cruzamos con nadie. Alternamos escaleras y pasillos. No se oye ruido alguno. La soledad en este módulo es tan miserable como una ciudad sin gatos callejeros ni musgo. Todo son barrotes y hormigón decorado. En el patio, visible desde las pequeñas ventanas, hay un grafiti que habrán realizado los interinos en un taller de arte, una frase en que cada letra es del tamaño de un cubo de basura. Da un toque colorido y eufemístico al ambiente. «La cárcel reinserta.» El sustantivo está escrito con un trazo limpio, el verbo por manos enfurecidas. Cuando un oxímoron es tan apabullante no hay que escandalizarse. Mi acompañante lee mis pensamientos.

—Hacemos lo que podemos.

Se encoge de hombros y tengo una repentina necesidad de ponerle la mano sobre uno de ellos. Me tomaría una cerveza con él para escuchar con atención sus batallitas, el día a día entre tanto tocho y hierro electrificado. Los que han estado en una cárcel deberían ser los únicos con derecho a escribir novelas.

Quedan tres puertas metálicas y mecánicas. Tres llamadas por el *walkie*. Llegamos a la sala donde tengo que reunirme con Soussi. Me explica que el chico lo está pasando mal y que de aquí dentro saldrá peor. Lo han tenido que aislar porque la relación con el resto se había desmadrado. Demasiado introvertido. No hace falta que diga más, he visto suficientes películas.

Abre la puerta con su huella dactilar. No quiero imaginar los días en que sobrevienen averías. No hay nadie. Soussi llegará en cualquier momento. Una mesita y alrededor unos viejos sillones. En una esquina, un inodoro en el que no mearía ni de pie. Me muestra el botón de seguridad por si el encuentro se tuerce. Se va. No me quito la chaqueta. El frío es igual o más intenso que en el exterior. No hay radiadores, ni ventanas por donde se cuele el sol. Tampoco nombres, fechas tachadas en rojo ni corazones grabados. Me fumaría un cigarrillo. Abren la puerta.

Soussi menea tristemente la cabeza. Está descolorido. El muy zafio no mide más de metro sesenta, no pesa más de sesenta kilos, pero ha adquirido un aspecto amenazador. Le han crecido cuatro pelos en la cara, se ha afeitado la cabeza y se ha dejado una roñosa cresta siux en el cogote. Su rostro, repleto de magulladuras, se ha endurecido después de los golpes que le han propinado y los cabezazos que habrá obsequiado y repartido por las paredes. Tiene la nariz morada, igual que las ojeras. El brazo izquierdo no lo mueve, no lo separa del cuerpo. O bien ha vuelto a autolesionarse rajándose con cualquier objeto o se lo habrán pateado en la ducha. Está claro que ha recibido unas buenas tundas y algo más, que lo han puesto en su lugar a las malas. Viste un apretado pantalón de pana y un anorak con capucha. Camina renqueando.

Obligados a mirarnos, guardamos las distancias. Yo no me he levantado del sillón y él se ha sentado en otro sin esperar un saludo, un abrazo, cuatro besos. Exhibe una mueca frívola y patética que empeora mi ánimo. Siempre ha sido parco en palabras, carente de ideas propias. Aquí dentro todo resulta nuevo y extraño, una escena con un plano fijo. Aparenta ser alguien capaz de adaptarse a la rudeza de la miseria. Sé que él no es así, es un majareta que acabará por ser el hazmerreír para los adultos y el hombre del saco para los niños de los barrios más polvorientos de Larache. No sé si empiezo a almacenar pena o asco. Bosteza, el muy cabrón muestra sus dientes, su blanquecina lengua y la mierdecilla de campanilla bífida que le cuelga como dos diminutos testículos rosados. ¿Qué coño hago aquí?

Soussi no domina bien su lengua materna, menos su lengua adoptiva. Hablar en árabe será complicado, hablar en castellano imposible. Hablar en general, innecesario. Se mira las uñas, se las muerde. Escupe maliciosamente en mi dirección. Es su forma de decirme que está avergonzado o molesto. Absorto, saliva en exceso, la medicación surte efecto, no me extrañaría que se le escapara la orina o vomitase encima de mí. Contempla el techo con sumo interés. Su cuerpo está presente, su alma persigue duendes saltarines. Su pie izquierdo pisa con ritmo frenético el pedal de un bombo de una batería invisible y muda. Sus oídos perciben las manos de espíritus que rascan el yeso al otro lado de la pared. Se está haciendo el loco o está tan embobado y cargado de culpa que en su cabeza germinan las sombras más oscuras. No me sé contener. Quiero darle un buen rapapolvo. Incumplir la promesa que hice al nacer Muna: contar hasta tres antes de soltar mierda por la boca. Así soy, un padre que no sabe cumplir con la palabra dada. Soussi me lo pone fácil. Frente a mí hay una descarada *matrioska* que lograría contagiarme su locura. Rendido y vencido. Es hora de regresar a casa o al bar más barato. Fumar tres cigarrillos en lo que dura una caña. Pensar en el suicidio. Escasean los valientes en este planeta.

Me incorporo, es hora de finiquitar esta farsa. Mi consuelo de tonto no ha funcionado. Con un poco de sentido común, me lo hubiese ahorrado. Sí, por mucho que reniegue e intente convencerme de lo contrario, soy un metomentodo. No me dejo educar por la experiencia y así de mal me va. Soussi toca una pandereta y mueve la cabeza como un *gnawa*. Está imbuido por un ritmo que guarda el secreto de cualquier despliegue musical. Me acerco al puto botón.

—Nawal.

Ratatá. Fuegos artificiales.

—Habla con Nawal.

Sus palabras escabechadas retumban en mi cabeza.

—¿Quién coño es Nawal?

Soussi sonríe. En la cárcel deberían obligar por decreto la higiene bucal.

—Rihanna, Rihanna es una mariposa.

Hay quien dice que las noticias llegan antes a las cárceles y luego se propagan por el exterior. El nombre de Rihanna pronunciado por Soussi suena con la misma vocecita que la de Gollum o Efialtes. Entre ellos existía una relación fraternal, Rihanna lo protegía de las burlas y tomaduras de pelo de los demás y él siempre le estuvo agradecido. Imagino que sufre por su muerte aquí encerrado, donde necesita una protección que no le llegará.

93

Nawal era una amiga de Rihanna y, unos meses atrás, Rihanna se presentó histérica en el *casal*. Había intentado de todo para convencer a su amiga de que no cometiera un grave error y se arruinase la vida.

—Yusuf, te lo ruego, díselo tú.

—No la conozco de nada. No soy nadie para decirle lo que está bien o lo que está mal.

—Casarse con un catarí que ha conocido en una web de matrimonios concertados a distancia está mal, muy mal.

—Sí, no pinta bien, pero ¿quién soy yo para predicar?

—Desaparecerá para siempre.

—¿Y qué alternativa le puedo ofrecer?

—Si se tratase de tu hija, si tu hija te dijera que se va a

casar con alguien que la encerrará de por vida en una casa con candado, que la va a desposeer de todo lo que anhela, en un país extraño, donde las mujeres no pueden salir solas a la calle, con un hombre que tendrá quince concubinas más, con alguien que conoce de apenas unos cuantos chats, ¿no le dirías que es mala idea?

—Ella no es mi hija. Rihanna, entiendo que estés preocupada, pero no tengo ni la más mínima idea de cuáles son sus razones, su situación, lo que sea que la ha llevado a apostar todo en una partida que está perdida y amañada.

—No me mientas. Siempre has tenido buen ojo.

—De acuerdo. Imagino que no tiene a nadie. Que en Marruecos su familia reniega de ella. Que las entidades sociales le han hecho el vacío, que no encuentra un trabajo digno, que los que le ofrecen ni siquiera cumplen con el salario mínimo, que lo tiene crudo para conseguir los papeles, que habrá sufrido un par de desamores, que la han maltratado, que debe dinero, que habrán abusado de ella. Que a toda prisa necesita un salvavidas.

—Dile que es prostitución.

—No me hables de prostitución.

—No me pongas a prueba.

Rihanna recogió sus cosas y, hecha una fiera, abrió la puerta de mala manera. Su amiga, al otro lado, había oído nuestros gritos. Me acerqué para saludarla. Recuerdo su rostro: morena, larga melena, amplias cejas, pestañas pintadas con khol, muy guapa, como casi todas las moras.


—¿Y cómo coño encuentro yo a Nawal?

Soussi se adelanta y aprieta el botón. El funcionario abre la puerta después de informar por el *walkie* de que la reunión ha finalizado.

—No vuelvas. Olvídate de mí. —Soussi se despide a su manera.

Ɣ

Llevo a Muna a la farmacia para pesarla. Ha ganado doscientos gramos en tres días. La farmacéutica se alegra.

—Qué niño tan bonito.

—Es una niña. —Me gustaría añadir que todavía no nos lo ha confirmado.

—Ah, como no lleva pendientes ni ropita rosa, crea confusión.

# 8

## Cuando se prohíbe jugar a la pelota

*E*xisten dos tipos de relojeros: el que crea relojes, piezas aparentemente inofensivas, y el que elabora bombas, preciados y significativos objetos de museo. El primero cumple, sin matices, con los designios de Dios, domestica y mide el tiempo, adquiere el control de las secuencias vitales, pule los pálpitos y los transforma en latidos.

En el reverso de la moneda, se encuentra el altruista, al que no se le es permitido tropiezo ni privilegio alguno, el que se caga de miedo, el que escoge crear con ardor en el estómago, a partir de desperfectos, minuciosos artefactos de los que estallan en las manos; sin blasfemar, vive con el peso de la responsabilidad, prudente ante cualquier pestañeo, ahorrando hasta la última gota de sudor; sin el beneficio de la duda, no conocerá, hasta el último instante, con los nervios rotos, si su obra será capaz de cumplir con su cometido y difundir con ondas expansivas pequeñas partículas que creen nuevos universos.

Y, por si fuera poco, un reloj sobrevivirá a la especie, una bomba no, tiene las horas contadas, va en contra de los designios de Dios, que no acepta competidores. Bastante mal le salió la jugada de la Gran Explosión como para permitir que se repita infinidad de veces.

Disfrutabas haciendo esta broma y la acompañabas con una risa infantil y un abrazo amistoso hasta que llegó el ataque terrorista en Barcelona. No utilizaron explosivos porque no pudieron, porque les reventaron en la cara antes de tiempo. Hubo unos pocos, o demasiados, según se mire, que se libraron, no se encontraban en el chalé en el momento en que saltaron por los aires en mil pedazos los manipuladores, y, alentados por la sacralidad del martirio, murieron matando, atropellando y acuchillando a transeúntes, a *kuffar*, por las Ramblas y por Cambrils.

Te dolía ver que jóvenes de toda Europa y del resto del mundo acudían encandiladas a Siria o a Irak, al funesto califato transnacional proyectado por patéticos califas, tras las llamadas de persuasivos guerreros que tras la pantalla fluorescente no se desenmascaraban del disfraz que ocultaba el rostro de piojosos barbudos. Chicas que hilaban sueños en Internet, deseos desastrosos abocados al fracaso, desfilaron hasta las profundidades opacas del burka y de las ciudades hechas de pesadillas y cascotes. Chicos desprovistos de salud mental, aficionados a las artes marciales y a la videoconsola atendieron al fervoroso aullido de guerra imaginándose musculosos, con barba y sin bigotes, acostándose con hermosas vírgenes, tan impunes como el que sujeta un control remoto y aprieta botones sin riesgo real; se vislumbraban dentro de la piel de Hulk, capaces de salir ilesos de los certeros misiles lanzados desde drones teledirigidos por anónimos asesinos desde una oficina en Nevada. Sí, certeros: logran el objetivo sin tener en cuenta el coste humano de los que se encuentran a pocos pasos. Por cada terrorista eliminado, veintiocho civiles asesinados. ¿Daños colaterales? Un final de mierda para una mierda de vida. Tu frase que hice mía.

Que el atentado ocurriera a pocas calles de donde trabajabas y vivías te conmocionó, te dañó y enterraste la broma. Durante unas horas fuiste una presencia fantasmal. En la noche calurosa de agosto sentiste frío. Te recobraste para rabiar con la avalancha de reacciones que sucedieron con el paso de las horas y de los días en que cada uno cumplió con su previsible función. Te sacaron de tus casillas. Los de izquierdas, con su campaña contra la islamofobia, te parecieron blandos, sin querer ver las evidentes costuras. Los de derechas, cerebros fundidos o bolsas de basura reventadas como te gustaba llamarlos, se personaron con bates de béisbol destrozando mezquitas y comercios, pero no merecieron más desprecio del que ya les profesabas todos los días del año.

«Qué se han creído estos blanquitos, que necesitamos a alguien para que nos diga que somos buenos o malos. A ver si se quitan, unos, su heredada culpa heterocolonial y, los otros, su cuadriculada superioridad por poseer unas cabezas rectangulares que lucen peinados de mierda copiados de jugadores de fútbol de mierda con cráneos igual de llenos de mierda. No necesitamos que exageren nuestras virtudes o que camuflen nuestros defectos. No necesitamos que exageren nuestra ignorancia o que camuflen nuestras bondades. ¿Con cuántos árabes o musulmanes han hablado? ¿Con cuántos han jugado a la pelota? ¿A cuántos países han viajado o en cuántos han vivido? ¿Acaso es tan difícil entender que hay de todo como en todos los lugares? Y en los canales de televisión, progresistas o retrógrados, siempre la misma chica cubierta con estiloso hiyab, defendiendo a la umma con un perfecto acento de joven integrada. Así somos todas las moras, con velo y angelicales. Hijas de la multiculturalidad. Talleres de cocina del mundo y problema resuelto. Claro está, no se es árabe o musulmana sin lucir un trozo de tela que cubra la cabeza. Todas las moras somos exóticas. Sobre todo, el cuello y los hombros encogidos. No sea que aparezca una con el pelo descubierto, voz carajillera, la cabeza entonada, y escandalice.»

Te costaba asimilar tanta hipocresía y torpeza. «Esto no es una película en que los negros son los primeros en morir, los árabes traicioneros terroristas y las protagonistas femeninas bellezas menores de veinticinco años. Esto es el puto día a día. Sin maquillaje ni cartón piedra.» Salvabas a algunas personas de la hoguera, pero la rabia te consumía, sin que te privara del todo de cierta razón. ¿A quién culpar? A la procreación. Difícil arreglo, decías.

10:05. Rosa María ha entrado asustada y no es de las que se asusta con facilidad. «No hay calle en Barcelona que sea más oscura que la mejor iluminada de mi barrio en Manila.» En el rellano, posiblemente sobre las 9:50, ha sorprendido a un hombre encapuchado que salía de nuestro piso. El intruso la ha empujado, golpeado en la cabeza, y ha huido cagando leches. Ella misma, tras recobrar las fuerzas, ha abierto la puerta. Nosotras no hemos oído ningún ruido. Mercedes, con una piedra pómez, se masajeaba y limaba los pies, y yo aprendía a hacer punto con las tres indicaciones que me ha dado, intentando tejer un pasamontañas y viendo los Tiny Desk Concerts, Tash Sultana en bucle, con todo el día por delante. Rosa María, con las piernas temblando, nos ha querido tranquilizar. 10:07. Tiene muy integrado que no puede permitirse la ayuda de nadie. Va hasta la cocina y se prepara una bolsita de hielo para la herida hasta que desfallece. 10:09. Como he podido, la he llevado al sofá. Estirada y con un hilillo de voz, nos ha explicado el encontronazo. A las 10:12 Mercedes ha llamado al 112. A los cinco minutos tenía a Marina Llull al otro lado del hilo telefónico.

—Mi padre. No te he hablado de él porque no lo conocí. En realidad, sí. Era el hombre de la casa grande, el Español. De pequeña tenía prohibido jugar por los alrededores de la mansión. Pocos en el barrio tenían coche propio, y el suyo era grande y gris como los elefantes que veía dibujados en los libros. Una tarde, después de la escuela, tras los cristales oscuros de su coche, me vio jugando sola. El chófer paró y abrió la puerta. «El señor quiere que te quedes con estas monedas.» Con aquel dinero mi madre fue a comprar y no volvimos a

99

saber de ella. Mis hermanas son de otro padre. Mi madre…
Mis hermanas Marifé y Reina se quedaron con su padre. A
mí me llevaron a casa de mi abuela. La familia es importante,
Mercedes. O no. No sé.

Mercedes está al borde de las lágrimas, sin dejar de sujetar
la mano de su amiga, esperando que suene el interfono, que
la ambulancia llegue. 10:25. Los párpados de Rosa María no
sostienen el peso del mareo, todo da vueltas a su alrededor,
y se cierran y abren como el aleteo de una mariposa. Mercedes intenta que no se duerma. Suena el timbre a las 10:26. Es
Marina, que sube corriendo por las escaleras. Entra en casa de
Mercedes resoplando. Me pide las llaves de mi piso y no deja
que la acompañe. Es la escena de un crimen.

La puerta no está forzada. Son especialistas los que entran
y salen a escondidas. Llama por teléfono, quizás a Jodar, que no
responde. Decide no esperar a su compañero. No hay peligro,
quien haya entrado buscaba alguna cosa que lo relacionaba con
Rihanna, o eso explica la inspectora minutos después. El timbre, de nuevo. Es la ambulancia. 10:29. En la zona alta de la
ciudad nunca llegan demasiado tarde. El conserje acompaña al
médico y a los dos técnicos, movido por el deber y la curiosidad. Marina Llull regresa, le pide a Miguel que no se aleje.

El médico examina a Rosa María. Cree que es una pequeña
conmoción, no parece grave. Para estar más seguros se la llevan con ellos. No quiero dejar a Mercedes sola. El marido de
Rosa María no contesta a las llamadas. Los hombres no están
disponibles cuando se les necesita. Llamo a mi madre, son las
10:39, para que vaya al hospital y haga compañía a Rosa María.
Un minuto después llega Jodar con cara de haber sufrido un
bloqueo mental. Marina le pregunta el motivo de su tardanza.
Se encoge de hombros. Marina se queda en el rellano hablando
con el conserje. Jodar entra hasta el comedor. No hay forma
humana de que este tipo sienta un mínimo de empatía y con la
precisión de un cazador dispara donde más duele:

—Tu amigo sigue dando por saco incluso encerrado en un congelador.

—¿A qué se refiere, señor agente?

10:41. Jodar no ha reparado en Mercedes, o no ha querido verla, y al oír su voz se ha arrepentido de sus palabras. Con una joven es atrevido, capaz de interpretar el papel del poli muy malo; con una persona mayor, mejor mostrarse como un chico bien educado.

—Disculpe, no sabía que se encontraba usted aquí.

—Aquí, ¿dónde? ¿En mi casa? Que, por cierto, ha entrado en ella sin pedir permiso.

—Permita que me presente. César Jodar, el agente a cargo del caso de Zakariaa.

—De Rihanna, querrá decir.

—Sí, Zakariaa, Rihanna, es lo mismo.

—No, señor, no pierda la perspectiva, no es ni por asomo «lo mismo», y usted lo sabe. Y le agradecería que mostrara más respeto.

—Lo que sé de Rihanna o Zakariaa, o vaya usted a saber su verdadero nombre, es que nos ha dejado un buen lío por resolver.

—No hay ni buenos ni malos líos. Hay líos. Debería saberlo. Cuando se prohíbe jugar a la pelota, no queda otra que apechugar con los líos.

—No la entiendo.

—Pues debería.

—No hace falta.

—En realidad, no hace falta que sigamos hablando.

10:43. Jodar, incrédulo, menea la cabeza. Ha pisado terreno minado. Da la impresión de que en su cerebro las palabras se cortan y emite una señal indecisa que se refleja en los labios inquietos. Enturbia la mirada, enrojecida, y me busca con ademán vampírico. La vena del cuello palpita: nunca he tenido tantas ganas de golpear a alguien, aparte de a Miqui.

Respiro hondo. Desde que conozco a Mercedes siempre ha necesitado apoyarse en alguien o en su bastón para incorporarse. Esta vez se ha levantado del sofá con la determinación de una joven atleta. Y ese simple movimiento ha sido la señal que da por zanjada la presencia del policía en su casa. Es la bomba.

—Deberían considerar cooperar con la Policía, por el bien de todos.

—Usted no se va a quedar con la última palabra. Váyase, por favor, no se lo repetiré más.

Jodar sonríe, una mancha en su cara. En el pasillo, a quince minutos de las once, se cruza con Marina.

—Espera abajo —le dice ella tajante.

Marina da un sutil golpe con los nudillos en la puerta, que está abierta. Entra sin esperar permiso. Mercedes no se ha sentado.

—¿Cómo se encuentra Rosa María?

—Bien, se recuperará pronto.

Mercedes va hasta la cocina sin apoyarse en nada ni en nadie, llena un vaso de agua, regresa sin derramar una gota y se lo ofrece a la inspectora. 10:51.

—Muchas gracias.

—No hay nada que podamos contarle.

—Vengo a decirles que siento mucho lo ocurrido.

—¿Cuándo podré volver a vivir en mi casa? —pregunto.

—Espero que pronto. He avisado a los de la Científica para que vengan a comprobar si hay nuevas huellas. En todo caso, la última palabra la tiene la jueza.

—¿Miguel ha visto algo?

—Ha visto al agresor de espaldas, justo cuando abandonaba el edificio, pero no ha aportado nada relevante. Está muy nervioso. Esperaré un par de días y volveré a hablar con él. Con el tiempo, los testigos se desbloquean y recuerdan detalles.

—Muy bien. Gracias.

—Cuando Rosa María se encuentre bien, si no les importa, regresaré para hacerle unas preguntas.

Marina me mira. Me despido con un movimiento de la cabeza. Son las 11:01. Mercedes se sienta. Se pasa la mano derecha por la cara secándose la fina capa de sudor. La abrazo. 11:02.

—Tenía la mano roja.

—¿Quién?

—El policía tenía la mano roja.

# 9

## Cuando vuela como una mariposa

*It ain't 2009 no more,*
*yeah, I know what's behind that door.*

*2009*, Mac Miller

Pensando en ti,
ninguna herida sana sin cicatriz.

*Pensando en ti*, Canserbero

A Muna le crece un lunar en la planta del pie derecho que el tiempo borrará. Marina me ha llamado. Rihanna está incinerada. Y la Policía, con demasiados asuntos por resolver. Joanna me ha gritado. En el *casal* esperan mi vuelta o eso expresan mediante afectuosos mensajes. Los técnicos del Ayuntamiento respiran aliviados mientras dura mi ausencia. Istito me ha enviado una foto de cuando fuimos jóvenes. Mis padres han regresado de Marruecos, por fin podrán conocer a su primera nieta. Bilqis ha entregado el TFG y para sorpresa de todos no la han calificado con un sobresaliente. Ayer lloré a escondidas sin poder detener las lágrimas, sin saber el motivo, escuchando sin parar *2009*. Mac Miller, descansa en paz. Tú me enseñaste a este chaval y yo te insistía con Canserbero. Soy yo el adolescente depresivo.

No le he pedido cita a Susana. Mireia, la farmacéutica más guapa de la ciudad, insiste en perforarle los lóbulos a Muna. Por tratarse de mi hija y por ser una bebé tan risueña, lo haría gratis. Debería saber que, a tan temprana edad, la sonrisa es casual. Creo que, desde los trece años, es el primer día que mis pensamientos no se mueven principalmente por zonas eróticas. La farmacéutica, con bata blanca, labios carmín, pelo recogido y ojos verdes, tendrá que esperar. Ser padre y haber perdido a Rihanna con pocas horas de diferencia está cambiando mi forma de priorizar. ¿Es un efecto volátil? ¿Habré perdido el interés por las necesidades pasajeras? Mi virilidad envejece como el espejo al que intento seducir cada mañana. Las amistades desfilan por casa conociéndonos en esta nueva situación. Carme y Ramón traen en cada visita los regalos bienintencionados de sus amigos prejubilados. Prendas rosas. Las que vienen con el recibo, las cambiamos. Las que no, van directas a la maleta de ropa que envío cada verano a Marruecos. He terminado *Desgracia*, la primera novela sobre la paternidad que he leído a conciencia desde que ayudaron a mi esperma a dar en el clavo. La caléndula se ha marchitado tras tantas semanas de lluvia. Los frutos del fresal se han cubierto de moho. Los cactus están podridos, no hay salvación posible. El cambio climático ha llegado para quedarse, fiel a la convocatoria.

Hemos dado por finalizada la cuarentena en un momento de pasión incontrolable, con unos intensos, cautelosos y breves gemidos en el sofá.

—He pensado en volver al estudio el próximo mes.

Joanna está sentada en la taza del váter.

—Por mí, bien.

Abro el agua de la ducha y me sitúo debajo del chorro.

—¿Cómo lo haremos?

La orina golpea contra las paredes del inodoro.

—Puedo solicitar trabajar por las mañanas desde casa o en un *coworking*.

Tengo el cuerpo entero mojado.

—Es una idea. No estoy segura.

Utiliza papel higiénico.

—¿Qué te hace dudar?

Me enjabono.

—Las madres no hacen este tipo cosas.

Se acaricia la cicatriz.

—¿Qué es lo que no hacen?

Me froto la espalda.

—Reincorporarse al trabajo antes de tiempo.

Se palpa la teta derecha con la mano derecha.

—Eres madre y también persona.

Me aclaro.

—¿Y tú qué harás?

Unas gotitas de leche caen al suelo.

—¿A qué te refieres?

Cojo la toalla.

—¿Dejarás el trabajo?

Se mira de perfil en el espejo.

—No tengo suficientes ahorros.

Le cedo el paso para que pueda entrar en la ducha.

—Sabes a qué me refiero.

Joanna regula la temperatura del agua.

—No sé, no lo he pensado.

Dudo si cortarme las uñas.

—Puede que sea buen momento para empezar un nuevo proyecto.

Eleva la voz.

—Sí, puede que sea buen momento para dejar paso a las nuevas generaciones.

Me siento en la taza del váter.

—Siempre has dicho que los educadores noveles no existen. Que hasta que no desaprenden todo lo que les enseñaron en la universidad, no se convierten en buenos referentes.

Grita más para compensar el sonido del agua que la envuelve.

—He dicho muchas tonterías a lo largo de mi vida. Empiezo a creer que la experiencia está sobrevalorada. Los viejos estamos desfasados y no paramos de repetir «Esto ya lo he vivido».

Meo. La primera gota no es orina.

—No eres viejo.

Utiliza la pastilla de jabón de aceite de higo chumbo que trae mi madre tras cada viaje a Marruecos.

—Como si lo fuera. Hace días que pienso que si me dedico a la educación es por el simple hecho de que es una fuente de ingresos que me permite pagar la última ronda.

Corto las uñas del pie izquierdo.

—Te estás autocompadeciendo.

Se enjabona y recupera el timbre de voz habitual.

—Porque soy una persona mayor.

Corto las uñas del pie derecho.

—Si necesitas un par de días para pensar, puedes ir a la casa de la Cerdaña.

No alza la voz y por poco no la entiendo.

—¿Pensar en qué? Y, además, no quiero dejarte con toda la carga.

Recojo los recortes que han caído al suelo.

—Yo me las apaño. Mi madre y tu hermana se han ofrecido a echarme una mano si necesitas tiempo para poner las cosas en su sitio.

Se envuelve en la toalla.

—No hace falta que os preocupéis por mí. Además, está el viaje a Tánger.

El espejo se ha empañado.

—No tientes a la suerte. Nadie sabe cuánto dolor es capaz de soportar. Cuando vuela como una mariposa, pica como una abeja.

Salimos del baño.

—No voy a ir a la Cerdaña.

Doy media vuelta. La abrazo. Le quito la toalla. Le beso los pechos. Siento cosquillas.

—Soussi, Rihanna. Muna. Es demasiado para ti. Piensa o llora, hazlo ya. Te necesito al cien por cien.

Muna se despierta.

Los tatuajes en la planta de los pies desaparecen. El lunar de Muna se borrará cuando aprenda a pisotear. Marina ha comprado los billetes a Tánger. Yo me encargo de recoger las cenizas en la funeraria, soy una especie de tutor legal. La Policía está demasiado ocupada persiguiendo a los top manta y desahuciando a las familias engañadas por los bancos y desprotegidas por la Justicia. Joanna me ve débil, empieza a hartarse.

En el *casal* han organizado un concierto en memoria de Rihanna y las entradas se han agotado en pocas horas. Los burócratas recuerdan que el dinero recaudado en un espacio municipal tiene que ir a parar a las arcas del Ayuntamiento y no a ayudar a los jóvenes que malviven en *jarbas*. Hanane me pide que le envíe fotos de Muna. Mis padres están enamorados de su nieta y no paran de repetirme que le he de hablar en árabe desde ya, cuanto antes mejor, que no prive a su nieta de semejante bendición. *Inshaallah*. Bilqis está atareada preparando el MIR. Yunes, mi hermano, con el que hacía años que no coincidíamos, recorre media Europa con el camión, le ha dado doscientos euros a Joanna para que le compremos algo a Muna. Sabe que yo no los hubiera aceptado.

Rihanna, ayer lloré de camino a casa. Nunca más será 2009. Te presentaste en la puerta del *casal*. Felices dieciséis. Idoia te había anotado el nombre de Yuri y el mío junto con la dirección del *casal*. Diez años después te faltó uno para los veintisiete, como a Mac Miller, como a Canserbero. Sé qué hay detrás de la puerta: ninguna herida sana sin cicatriz. He llamado a Susana, me conviene retomar las sesiones. Mireia me ayuda a pesar en la balanza digital a Muna, que hoy está más rebelde. Ha ganado setenta gramos en tres días, no está nada mal. La

108

farmacéutica me habla de su novio, con el que no está pasando una buena temporada. No lleva maquillaje, luce el pelo suelto, ha dormido poco. Se muerde el labio, está cansada. Ser padre y tener a Rihanna en una urna despiertan en mí la necesidad de lanzarme al vacío. ¿En tres días puedo haber cambiado tanto? ¿Seré capaz de domesticarme, madurar? Mis contradicciones confunden a cualquiera que se fije en mí.

Hemos jugado una partida de Catan con Diana y Fernanda. Carme y Ramón nos han preparado una tortilla de patatas y croquetas de pollo.

—Qué ganas tengo de que le crezca el pelo para poder hacerle coletas.

Joanna y yo nos miramos: mientras esté en nuestras manos, Muna llevará el pelo corto. He empezado a leer *El primer siglo después de Béatrice*. Trasplanto el brezo, aun a sabiendas de que el clima no le favorece y no durará más que una temporada. Preparo bolsitas de lavanda y las reparto por los cajones. He probado la leche materna mientras hacíamos el amor.

# 10

## Cuando la historia de Marruecos
## se explica con un accidente

*N*o hay peor película que la ambientada dentro de un avión. En todas y cada una simulan las mismas escenas: aterrizajes forzosos, momentos claustrofóbicos, gritos desesperados, histeria colectiva, un humilde y acartonado héroe, protagonista masculino. Retorcidos terroristas de origen ruso o árabe. Llamadas de SOS, *Mayday mayday* y bengalas de colores. Problemas para captar las señales de los controladores aéreos, fallos en el sistema de navegación. Montañas sorteadas en el último segundo. Cajas negras y restos calcinados. Vocabulario soez. Bellas azafatas rendidas a los pies del salvador de los cielos. Escarceos en el baño. Maletas que golpean como armas arrojadizas. Gotas de sangre. Mascarillas de oxígeno rebotando contra rostros asustados. Una última escena bajo los rayos solares, suspiros de alivio, amplias sonrisas, abrazos y muestras de infinita gratitud al héroe improvisado. Pero el punto de unión que más las asemeja entre sí es que nada excita más en tales películas que el instante en que desfilan los créditos finales.

Yu me ha cedido el asiento de la ventanilla. Podré ver la ciudad de Tánger, si el cielo está despejado, a vista de halcón. Son las siete de la mañana y no hemos dormido por diferentes motivos. La vida de un padre primerizo supone ciertas renuncias. En mi caso, en vísperas de un viaje en avión no consigo conciliar el sueño. En Marruecos sin ti, Rihanna. O contigo, dentro de una urna cubierta de un empaquetado antirrotura, dentro de una mochila impermeable, dentro de un compartimiento de cabina. El corto trayecto lo aprovechamos para echar una cabezada. Ya tendremos tiempo de ponernos al día. No me he desabrochado el cinturón de seguridad. Despierto con el aviso del comandante de que el aterrizaje está próximo y el clima en el exterior es agradable. He dormido con la cabeza apoyada en el hombro de Yu, que ha aprovechado para leer a Amin Maalouf. Le devuelvo el cárdigan con el que me ha cubierto mientras dormía. Huele a leche materna.

—No te he dejado dormir.

—No te preocupes.

Por la ventanilla veo el mar y unas diminutas barcas de pescadores. El aeropuerto se encuentra en una zona industrial a pocos kilómetros de la ciudad. El avión aterriza en la única pista operativa. Esperamos a que el resto del pasaje, apresurados turistas, surfistas o empresarios, descienda. La temperatura corresponde a la de un día cualquiera de abril en Barcelona antes de la llegada de los efectos del calentamiento global debidos al abusivo trato humano del planeta. Aun así, es más sofocante y la brisa que llega del mar es más cálida. El cielo es espacioso y luminoso como solo puede serlo aquí, en África.

—He pensado que podríamos coger un taxi a Arcila, que está a menos de una hora, liberamos a Rihanna en la costa atlántica, comemos buen pescado y regresamos a Tánger a media tarde.

—Estoy segura de que Rihanna lo prefiere. De Tánger nunca hablaba bien.

—De pequeño, cuando cruzábamos el Estrecho con el ferri, en el mar había delfines.

En la aduana, los policías comprueban los documentos y

preguntan por el motivo de nuestra visita; Yu responde «Turismo»; yo, «Saldar una deuda». A la aduanera marroquí no le gusta mi respuesta, pero como soy una chica blanca con pasaporte europeo me la deja pasar. Los dos evitamos hacer referencia alguna sobre Rihanna. Nada que agregar. Es extraño que la jueza haya permitido la incineración en tan poco tiempo y no sería raro que la Policía del otro lado del Mediterráneo se viera en la obligación de realizar sus propias especulaciones y nos retuviera hasta encontrar respuestas verosímiles, de las que no tenemos. Además, no es un país en el que esté bien visto incinerar cuerpos humanos y esparcirlos en sus costas. La religión no lo permite. Es cosa de hindúes.

Tras cambiar unos cuantos euros por dírhams en las mangantes casas de cambio del aeropuerto, salimos de la terminal. Con el estómago vacío, el tabaco y el café de máquina hacen su efecto. Dejaré de fumar en pocas horas, junto con las cenizas de Rihanna expulsaré el humo del último cigarrillo. Nos dirigimos a la parada de taxis. Yu me explica que se siente aliviado desde que las tarifas están reguladas y ya no tiene por qué acordar la cuantía con el conductor. Siempre lo timan y le toman el pelo, no domina el arte del regateo; con el tiempo llegó a valorar que, marcándose una regla simple para no sentirse estafado en cada compra, viviría mejor: consiste en estar dispuesto a apoquinar como máximo la misma cantidad que en Barcelona o en cualquier lugar con precios estipulados, aun a sabiendas de que está pagando de más.

De todas maneras, Yu negocia con el taxista. Le ofrece veinte dírhams de más a cambio de que evite ir por la autopista y nos lleve por la carretera nacional que bordea la costa. Por otros cincuenta, se ofrece a llevarnos hasta la cueva de Hércules y de allí a nuestro destino. Rechazamos la propuesta. Con tan poco tiempo, dos noches, no queremos perderlo en turismo de masas, sino sentarnos en una terraza y ser testimonio del vaivén cotidiano.

112

La carretera salpicada por la fina arena está plagada de camiones al límite de su capacidad y con desgastadas ruedas, veloces *grand taxis* con siete ocupantes, coches de marca japonesa, motocicletas con pedales, parcheadas y oxidadas bicicletas, humeantes tractores, burros asfixiados. Con la ventanilla bajada siento el refrescante aire matutino y el sabor salado del océano. Los animales campan a sus anchas entre la vegetación primaveral y los restos de la civilización: gatos silvestres, perros ladradores, ovejas sin esquilar, cabras alocadas, vacas lecheras, mulas deslomadas, gaviotas hambrientas, camellos desubicados y un asustadizo conejo blanco. Cruzamos un pueblo en el que niños y niñas de uniforme y pesadas mochilas corren apresurados para no llegar tarde a la escuela.

—Me gustaría ver un erizo de cerca.

—En la granja de mis abuelos había por todas partes.

—¿Te gustaría que fuésemos a tu pueblo?

—No hay nada que ver. En Alcazarquivir encontraremos más burros, polvo y niños que no ven el momento de arriesgar la vida en una patera o bajo un camión. Además, mis abuelos ya no viven en el campo, que es donde me gustaría ir y quedarme durante una buena temporada.

—A mí me gustan los burros.

—Sí, son animales muy leales, siempre que no te coloques detrás.

—¿Tú eres leal?

—A mí me gusta ponerme detrás.

¿Se ha insinuado? Sé que he de contenerme, no ir directa al grano, por difícil que me parezca. El taxista nos observa por el retrovisor, le sonrío y devuelvo la vista al paisaje de pequeñas dunas marrones y verdes bañadas de amarillo. Saco el brazo por la ventanilla, un arrebato que me conecta con mi niñez. No llevamos ni tres horas juntos y mi piel ya se ha erizado. Rihanna, ¿qué tendrá que me atrae tanto?

El taxi nos deja a las afueras de la medina, en la calle Ibn

113

Battuta, cerca del zoco. Con la diferencia horaria, hemos ganado tiempo al tiempo y llegamos justo para el desayuno, el *ftour*. En esta época del año apenas hay turistas en esta blanca ciudad de puertas azules. Yu cuenta con otra sencilla regla. Todas las cafeterías ofrecen desayunos similares por precios idénticos —el turismo ha homogenizado hasta el rincón más recóndito—, por lo que siempre se sienta en la que el camarero no le llama la atención persiguiéndolo con las ofertas del día y, si la comida es de su agrado, igual que el trato, repite todos los días.

Nos sentamos en una terraza sobre unas sillas de hierro soldadas por manos infantiles.

El alboroto de las calles que tanto describiste, Rihanna, todavía no ha emergido hasta llegar al caos del que te enorgullecías en tus días buenos y renegabas en los malos. Es martes, y tal y como decías, a Marruecos hay que venir en temporada baja, en febrero o en septiembre, a poder ser entre semana, cuando los ritmos son más acompasados. En época de vacaciones los actos son frenéticos, teatro *amateur* del que repele, una caza al turista. Un safari a la inversa. Me sorprende comprobar que la mayoría de los comercios no tienen escaparates. Los locales se muestran con todo a la vista. No destaca la particularidad, sino el conjunto, la unión de los detalles. Tampoco disponen de mostradores ni cajas registradoras. La sencillez del comercio, elevada a la más pura relación entre cliente y comerciante. Yu pide por mí un desayuno variado, no quiere distraer mi atención, interrumpir mis plácidos pensamientos.

Percibo el murmullo, el cacareo de los gallos, la fricción de los cuerpos, las primeras olas del cotidiano tsunami. Intuyo que no me atreveré a poner en práctica los escasos conocimientos adquiridos en las clases de *dariya*. Menos todavía, las palabrotas y frases para sobrevivir que me enseñaste. Siento como si conociera tu país desde siempre, de tanto que me contaste. Soy una tonta, nadie debería creerse capaz de asimilar todo aquello que sucede en un lugar en el que no ha estado antes. De repente, la ropa que llevo me resulta ofensiva, obscena. Soy una intrusa, una impostora. No es que deba lucir un atuendo recatado, caftán y babuchas, simplemente desearía pasar desapercibida, fusionarme. Sé que no es cuestión de las prendas que visto, ni del color de mi piel, ni de mis ojos verdes y azulados, ni tan siquiera de mi melena castaña con mechas rubias. Tampoco el cigarrillo que sostengo entre los dedos en un país que obliga a sus ciudadanas a ocultarse para fumar. La razón de todo está en la enfermiza atracción por un mundo desconocido que se encuentra a escasos kilómetros, del que solo se oyen, arrastradas por el viento, maravillas, mitos, leyendas y alguna realidad.

Yu nunca cena. Viéndolo desayunar, no cabe duda. Ha sorbido hasta la última gota del batido de aguacate y plátano, ha devorado un *rgayef* con miel y queso fresco, una tetera de tres vasos y una *harcha* untada con mantequilla salada. Y para redondear, un zumo de naranja natural, un café bien cargado con leche de vaca y dos vasos de agua. El desayuno es exquisito. Ojalá tuviera tanto apetito. De momento, me conformo con atiborrarme del espectáculo que danza a mi alrededor. Permanecería todo el día sentada en esta terraza, bajo la sombrilla, observando la llamativa revelación que desfila ante mí. Soy una aprendiz estimulada.

Yu enciende un cigarrillo.

—Normalmente no suelo desayunar más que un café.

—Cualquiera diría.

—Estamos en Marruecos y por nada me puedo saltar el desayuno. La gastronomía marroquí está a años luz de llegar a su punto más elevado. Vayas donde vayas, encontrarás los mismos platos elaborados de la misma manera: cuscús, tayín, pastela… Los buenos restaurantes son prohibitivos y, aunque quisieras ir, tienen una lista de espera de meses para comensales europeos, estadounidenses, canadienses... Con el desayuno es diferente. No encontrarás otro país donde probar una miel tan dulce, una mantequilla tan sabrosa, unas tortitas o panes tan crujientes. Incluso la leche es fresca. Y por cuatro dírhams.

—Alhamdulillah.

Yu sonríe con una mueca aburrida. Sé por Rihanna que es poco amigo de las ligerezas. Su pecado es que a todo le otorga demasiada importancia. No soporta los dogmas. Se es o no se es religioso, y para serlo no hace falta religión alguna. La relación con Dios ha de ser particular, un diálogo entre el habitante de una cueva y la voz que proviene del exterior. En otra época quizás hubiera sido sufí, experto en vino y en poesía, en Ibn Arabí y Abu Nuwás, dos místicos, dos poetas de los que no sé más que el nombre. ¡Rihanna, cuántas materias nos quedaron por intercambiar, cuántas lecturas por recomendar!

Enciendo un cigarrillo. Los hombres me observan sin disimulo, me repasan de arriba abajo. Murmuran. Están acostumbrados a que las *gaurias* fumen delante de sus narices y, aun así, siempre se sorprenden. Miran de reojo a Yu, que está atrapado con la novela, y deben pensar que somos pareja. Quizás lo maldigan o lo envidien. Quizás me lo esté imaginando todo. Pedimos la cuenta, un rápido recuento mental del festín matutino en el cerebro del camarero, que sonríe agradecido al comprobar que la primera propina del día supera el jornal que recibe por estar entre diez y doce horas de pie, sostenido por unos zapatos remendados con clavos.

Accedemos a la medina por la puerta principal, Bab el Kasbah. Las paredes exhalan el olor del sol y del océano. Azufre y azafrán. Pimienta y cuero. Mimbre y latón. Avanzamos por el empedrado hasta llegar a la primera plaza. Un grupo de estudiantes de secundaria se distrae a mi paso de las explicaciones del profesor y comentan alegremente obscenidades sobre mi culo, mis tetas y mis labios; Yu traduce. Sus compañeras recriminan el comportamiento primario y grosero de los jóvenes con los que conviven diariamente. Lo agradezco en secreto, sin molestarme con los chavales. Orangutanes campan por todo el mundo.

Hay un par de bazares que observo a distancia. No he venido a comprar. Un pintor manco pinta con los pies paisajes de una medina inundada. Una inminente Venecia árabe. El resto de lienzos expuestos a pie de calle son igual de sugerentes, atormentados, gritos sordos de colores ardientes. Los títulos, en francés, son una presentación en toda regla: *Exil définitif*, *Les damnés de la Terre*, *Merde d'histoire*. Torcemos hacia la derecha, serpenteando por callejuelas paralelas a las olas que pronto veremos tras la muralla construida por los portugueses y que siglos después sirve de escenario para series internacionales de dragones, mazmorras y aspirantes a reina. Una gata se refugia en la sombra, perezosa, ajena a las gamberradas de sus crías.

117

Las casas están bien conservadas, conscientes del valor turístico de la zona. Hay un par de *riads* decadentes que, tras un tiempo de especulación, acabarán en manos de promotores de Francia o España, convertidos en hostales prohibitivos. Aparecen otros bazares desparramados por las callejuelas. Vecinas conversan a gritos desde las azoteas mientras tienden sábanas blancas y rosas. Desde las ventanas de una escuela se oye a una niña responder a la duda planteada por la maestra. Una joven pasa a nuestro lado con una bandeja repleta de dulces de dátiles; los preparativos de una boda o un bautizo están en marcha. Desde el umbral de una puerta un chico susurra: «¿Kif?, ¿hachís?». Pegajoso, nos sigue, insistente, deslenguado, hasta que ve llegar a un señor de recortada barba blanca que luce una chilaba marrón impoluta. Una mujer, sentada en la entrada de su casa, machaca almendras con una piedra ovalada. Huele a pipas de calabaza. Unos albañiles restauran la puerta abovedada por la que abandonamos la ciudadela, Bab Krikiya. Anoto en mi libreta el nombre y dibujo un arco. La rocosa orilla espumosa está a un tiro de piedra. Seguimos por un camino de tierra y nos alejamos de la ciudad que crece con nuevas construcciones, edificios costeros que pronto serán las segundas residencias de marroquíes de Rabat y Casablanca, de París y Bruselas. Descendemos hasta la playa. Nos descalzamos. Nos sentamos en la arena. Silencio.

Las comisuras de los labios se inundan de lágrimas saladas. Me pregunto cuál será la distancia más larga nadada por un humano. Las Azores quedan demasiado lejos. ¿Se puede ir demasiado lejos? Para Rihanna, las distancias ya no importan. Dependerá de las corrientes y del hambre de los peces. Me quito el pantalón. Yu el suyo. Antes ha sacado de la mochila la urna, que brilla al sol. Nos fumamos un cigarrillo, mis últimas caladas. Hundo los dedos de los pies en la arena, aparecen unos pequeños cangrejos con el síndrome del topo. Mi último cigarrillo se lo ha fumado el viento. El agua está helada y combativa. Mantener el equilibrio es complicado contigo en brazos, Rihanna. Yu abre la tapa y levanta la cabeza. Habla con las nubes.

—Por decisión propia he rezado en una ocasión, cuando murió mi abuelo. Tenía quince años.

—¿Quieres rezar?

—No lo sé. —Yu no baja la vista—. No.

Un banco de pececitos juega con mis pies, me hacen cosquillas. Rihanna no llegará muy lejos.

—Abdesamad era la persona más risueña que jamás he conocido. Los veranos, en agosto, iba a todas partes con los amigos de mi primo Abdallah, una generación que vio partir a sus hermanos mayores al extranjero sin necesidad de visados ni trabas arbitrarias. Ellos, en cambio, vivirían de las sobras, trabajando en el desagradecido campo, y de los regalos que caían cada verano y por Navidades: zapatos, camisas, tejanos, mochilas y un par de billetes rojos de las antiguas pesetas que gastarían en kif o en vino de tetrabrik. Uno a uno, los amigos de Abdallah y él mismo fueron abandonando Marruecos para buscarse la vida en Libia, España, Francia, Bélgica...

»Solo quedó Abdesamad el Risueño, al que se le apagaba la risa cubierto del polvo de las pobres cosechas y con el certificado de discapacidad amarilleando en el bolsillo del pantalón de pana que vestía en verano y en invierno. Cuatro años después sus amigos reunieron el suficiente dinero y compraron un contrato falso en España que le permitió conseguir, por fin, el permiso para residir y trabajar al otro lado. Antes de viajar celebró una fiesta de la que nadie ha olvidado detalle.

»Durante un año trabajó cubriéndose del polvo de las ricas cosechas españolas, viviendo en una barraca, ahorrando como un abuelo, con un nuevo pantalón de pana que vistió hasta que tocó bajar de vacaciones. Días antes compró un coche de segunda mano, regalos para todo el aduar, se acicaló como si celebrase una boda, cepillándose los dientes y las uñas, sabía que a la vuelta le esperaban más trabajo y más dinero, más del que había soñado en las mejores noches ahumadas de kif, y emprendió el viaje sentado en el asiento del copiloto con la sonrisa que había recuperado, la que solo los niños y los borrachos conservan.

»A tres kilómetros del aduar convenció a Mustafá de que le dejara conducir, quería entrar por el camino polvoriento a mando del viejo trasto que sería la comidilla de todo el pueblo. Discutieron, hasta que Mustafá cedió, ¿cómo negarle la ilusión al mejor de sus amigos, al mejor de los habitantes de aquella aldea? Había que vigilar la curva peligrosa, el resto era un camino recto de arena vieja. Abdesamad no cabía dentro de sí, lloraba y cantaba de alegría. Una de las ruedas pisó una piedra, el volante dio un vuelco, Mustafá intentó enderezar la dirección. Abdesamad hizo fuerza hacia el lado contrario, el equivocado. El coche se precipitó por el pequeño acantilado. Se golpeó la cabeza y murió al instante. Mustafá salió del hospital después de tres días en coma y tres días de reposo. Jamás ha vuelto a sonreír con soltura. Cuando la historia reciente de Marruecos se explica con un accidente, no, no quiero rezar.

No hay ceremonia. Vuelco el contenido sobre las aguas y no espero ver tu reflejo. En los sueños de esta noche aparecerás nadando, sumergiéndote en la oscuridad refrescante. No eres más que una ligera capa grisácea en la superficie y te mueves al ritmo de los latidos de la hidrosfera, perseguida por unos pececitos hambrientos. Poco a poco, las entrañas azules te arrastran hasta donde no puedo verte. Una ola me moja las bragas y el borde de la camiseta. Quiero gritar. De la ciudad llega la voz enlatada del muecín llamando al rezo del mediodía.

Yu usa otra pauta. Ama y odia Tánger a partes iguales y, para no desequilibrar la balanza, nunca se hospeda más de dos noches en ella. Son las cuatro de la tarde y esta ciudad no descansa. Es como si quisiera recuperar su esplendor pero, frustrada, no supiera cómo. El tráfico sobre el asfalto agrietado es un follón de cláxones, humo negro, maniobras funambulescas, reproches entre conductores —la culpa siempre es de los demás— atascos solapados, transeúntes de rápidas cinturas en medio de la calzada; una enzarzada circulación en la que nadie aminora el paso. Los nuevos habitantes llegados del campo han ocupado las colinas con casas a medio construir para escaquearse de pagar los elevados impuestos.

—Es un país de trapicheos hereditarios. Hecha la ley, hecha la trampa. Las cuatro familias poderosas han desmantelado el *bled* y saqueado las arcas. A la población no le queda otra que sobrevivir de pequeñas triquiñuelas que alivian su existencia con la poca dignidad que les permiten mantener. A falta de recursos, de esperanzas, y tras tantas promesas incumplidas, buenos son los pecados. La honradez ha dejado de ser una virtud que dé de comer.

El taxista estaciona en la concurrida plaza Nueve de Abril de 1947. No tenía planeado viajar por el norte de Marruecos en el asiento del copiloto de un viejo Mercedes junto a Yu, pierna con pierna. Nuestras pieles se separan al bajar del taxi y no puedo reprimir el impulso que me lleva a cogerlo de las manos y darle un beso. Los labios se unen, los dientes chocan, las lenguas se enredan. Por fin hemos dejado de rozarnos. Yu, tras unos breves segundos en los que se ha dejado llevar, separa la cara y encoge el cuello como una tortuga asustada. Incómodo, mira a nuestro alrededor. Nos encontramos en un país musulmán donde la policía ladra y muerde. Sugiere que vayamos directos al hostal, descarguemos las mochilas, nos demos una ducha que nos quite la capa de sal y sudor, y, luego, un paseo por la Medina.

No cabe duda de que el tiempo ha jugado en su contra. Tánger no defrauda, es una mezcla de estilos europeos cubiertos con una capa de mugre, de abandono. Una lámpara vieja, sin genio incorporado al que pedir uno, dos, tres deseos. Las calles son un jeroglífico y desprenden un tufillo a fruta madurada al sol. El polen de los árboles se acumula en la superficie para deleite de las farmacias. Las cagadas de las palomas y de las gaviotas marcan la ciudad como manchas de lejía en la ropa. Es imposible caminar en línea recta. Avanzamos sorteando obstáculos, cediendo el paso, frenando en seco, por una calle empinada y bulliciosa en la que conviven tiendas de cosmética de productos naturales, puestos de frutas y verduras a pie de calle, comercios de especias y de dulces —el Ramadán se aproxima—, radiantes joyerías, tiendas de ropa de colores fucsia, un par de cafeterías repletas de hombres bigotudos, un cine abandonado, un taller de reparación de motos…, hasta llegar a Dar el Kasbah, un edificio de arquitectura inglesa y paredes de color blanco y ocre que a finales del siglo XIX acogió las oficinas de la Eastern Telegraph Company, la primera compañía de telégrafos en África.

La recepcionista, una mexicana que ha ido a parar nada menos que a Tánger, da por hecho que somos pareja y nos ofrece, tras comprobar que Yu tiene pasaporte español, una habitación con una cama doble. Yu niega con la cabeza y pide dos habitaciones separadas. Finjo que soy comprensiva y le hago saber con un tono burlón que no me importa que pida dos individuales. Por suerte, Amaranta nos informa de que no queda ninguna libre. Incluso en temporada baja, el turismo no descansa. Optamos por una habitación doble con dos camas.

—Te espero en el restaurante.

Las amplias escaleras de madera crujen bajo mis pies. La habitación decorada con artesanía de tonos rojos y plateados es ideal para tener una tarde de pasión, pero Yu se está haciendo el remolón. Un hueso duro de roer. ¿Me verá con ojos de educador? ¿Como la amiga intocable de Rihanna? Tengo que centrarme, no es momento de perder la cabeza. Cuatro horas sin fumar son muchos minutos.

Poco más de media hora después bajo al restaurante, donde Yu lee las últimas páginas del libro. Pido un zumo de naranja y un guacamole.

—Siento lo del beso.

—Yo no.

No sé a qué juega. Dos camas separadas y, abstraído en la lectura, procura no herir mis sentimientos.

—No quiero aprovecharme de los momentos de debilidad.

—¿Quién te ha dicho que me siento débil?

—Yo lo estoy.

Pensativo, devuelve la vista al libro. Lee la última frase: «Y, en paz, cerraré los ojos». Consulta la hora en el móvil. Va a ducharse. Deja el libro abierto en la mesa. La última página de una novela siempre debería ser arrancada antes de ser leída. Consulto la sinopsis. Huelo y como. Bebo y observo a las dos parejas de franceses jubilados que dormitan en la sombra de la terraza. Amaranta se sienta a tomarse un zumo de higo chumbo que acaba de preparar. Me pregunta si la habitación es acogedora, de mi agrado.

—Me quedaría a vivir.

Amaranta estudió Políticas y Relaciones Internacionales en la Universidad de Guadalajara y amplió su currículum con clases de árabe. En su país, un perfil como el suyo (clase media, cuerpo de modelo aunque de baja estatura, licenciada con magníficas calificaciones, idiomas…), con unos buenos contactos, podría aspirar a un futuro profesional exitoso, siempre que aceptase que las personas con las que se relacionaría no fueran en su totalidad trigo limpio y que por las noches, desvelada por los ladridos de los perros asustados por el ruido de las balas perforando paredes, ventanas y cráneos, le faltaría el aire. Así fue: en Acapulco, por las noches, no podía dormir. Fruto del insomnio y el miedo, se aficionó a un chat donde puso a prueba sus conocimientos del *fusha*. Conoció y entabló amistad con Adil, un tangerino de ojos verdes que le recitaba poemas de Mahmud Darwish y Adonis. Acabaron enamorándose y prometiéndose acortar distancias.

Adil solicitó un visado a México, de allí probarían suerte en Estados Unidos, pero le fue denegado por sus insuficientes ahorros. No les quedó otro remedio que modificar el plan: Amaranta sobrevolaría el Atlántico. En menos de dos meses reunió toda la documentación. Las primeras semanas fueron maravillosas, un cuento narrado en la plaza Jamaa el Fna, salvo por un impedimento: ella no podía hospedarse con su amante en ningún hostal que no fuera un antro. El gusanillo que crecía en Adil no paraba de hacerse grande, la idea de emigrar se convirtió en una obsesión, en su tierra natal veía una larga sombra de cuñadismo y corrupción. Intentó convencerla de que debían partir a cualquier otra parte.

Amaranta entendía su frustración, pero cada día estaba más enamorada de Marruecos, de su gente, del clima, de la comida, del calor de las emociones, de los olores y del sol anaranjado al atardecer. Tres meses después, Adil recibió la aprobación del visado a Indonesia, que le fue concedido a cambio de unos préstamos y unos favores que devolvería con el tiempo. Amaranta no rehízo las maletas. Despidió a Adil con un «Hasta luego y que tengas suertecita», y aquí se quedó. Amaranta no es solo la recepcionista, es una de las cuatro socias que regentan este hotel.

—Vienen unos chicos.

El cortejo no es muy diferente al de otras partes. La carta de presentación: unos pasquines.

—En esta fiesta, la fiesta está garantizada. —Amplias sonrisas—. ¿Eres de Barcelona?, me gustaría mucho conocer tu ciudad. Qué acento tan bonito tienes. Es una banda de Esauira que mezcla diferentes estilos: jazz, R&B, *gnawa*. Despúes una DJ de Casablanca. Te anoto mi número de teléfono, por si acaso.

Se van. Tardan en irse. Otman, alto, de piel brillante, carnosos labios, gira el cuello y balancea las rastas para asegurarse de que lo sigo con la mirada. Ha triunfado. Lo sabe. Sabe cuándo una *gauria* lo desnuda con la vista.

—Los moros guapos hablan muchos idiomas. Están al acecho. Cuestión de supervivencia. Así se ganan sus dírhams. Hacen de guías, intercambio de idiomas, de lengua más bien. Cogerse a la vecina les puede salir muy caro, tanto como un matrimonio. Es un país donde la hipocresía y la magia deambulan de la mano. Es el primero en reconstrucción de hímenes. Los doctores renuncian a sus puestos mal pagados en hospitales de paredes desnudas y abren consultas donde por doscientos euros te garantizan llegar al matrimonio sin sospecha, con la mancha roja que ambas familias quieren celebrar. No imaginas las listas de espera que se forman cada verano.

Amaranta enciende una pipa. Desde la muerte de mi abuelo no veía a nadie hacerlo.

—Que no te quepa duda de que en la cama se conocen todos los trucos.

Yu viste unos pantalones negros y un jersey del mismo color sobre una camiseta blanca. Le muestro la invitación. La fiesta será en el *riad* Mokhtar, a apenas unos cinco minutos a pie. Le parece buena idea. Me sorprende. Un marroquí discute por inercia la idea de otro marroquí. Intercambia con Amaranta un par de frases en *dariya* que no logro entender. Quedamos en vernos a la hora de la cena.

A Yu le gustaría ir a la Librairie des Colonnes y saludar a El Fenni, el artista que regenta una pequeña tienda de ropa en el Zoco Chico, con quien mantiene una amistad de años.

—Siempre le acabo preguntando por Chukri. Fueron amigos, una de las pocas amistades masculinas que cosechó Chukri. Solo se fiaba de algunas mujeres, precisamente de las que nadie se fía, y de El Fenni.

En la librería, en la que las jóvenes tangerinas de clase media-alta hablan en francés, compra un par de libros infantiles para Muna y una edición ilustrada de *Kalila y Dimna*. El bulevar Pasteur está hasta los topes. Pocos se quedan en casa por las tardes. Los locales de colores pastel y luces blancas están llenos de parejas.

—No entiendo por qué en una heladería sí se permite la entrada a mujeres, en cambio en una cafetería está mal visto, *haram*.

Yu está más animado. Pedimos un granizado de sandía en la Terrasse des Paresseux, una plazoleta con unos oxidados cañones apuntando a España. Una mujer con dos criaturas, sentada en el suelo con una bolsa llena de ropa sucia y un cuenco, pide con voz rota una limosna. Es una de las repudiadas, divorciadas, viudas o madres solteras a las que Dios, el Estado y sus familias han olvidado. Le damos todas las monedas magrebíes que llevamos en el bolsillo y diez euros. Calderilla. La mujer quiere besarnos las manos, la frente. Alienta a sus hijos hambrientos para que sean agradecidos mientras espantan las moscas.

125

Yu me lleva por otras calles en las que casi a cada cinco metros hay que pedir perdón a la vida: más mujeres de miradas insostenibles con hijos a los que no pueden ofrecer ni un trozo de pan. Mujeres no mucho mayores que yo, madres de uno, dos o tres niños, fuera o dentro del matrimonio, personas a las que en condiciones «normales» les quedaría mucha vida por delante, y no esta miseria. No es complicado comprender por qué la religión encuentra tantos adeptos entre los hijos del hambre.

Siete horas sin fumar son muchos segundos.

—No he conseguido localizar a Nawal. En Internet hay decenas de Nawal residentes en Catar.

—¿Has probado con Instagram?

—¿Qué quieres decir?

—Hubiera apostado una mano a que eras más inteligente.

A estas horas encaja bien las bromas.

Nos alejamos de las calles olvidadas por Dios y damos una vuelta para observar por fuera la mezquita de Mohamed V, el sombreado edificio que tras las altas paredes de cemento y alambre de espino acoge el consulado francés, galerías de arte, el Instituto Cervantes, el abandonado teatro Cervantes, una iglesia, una sinagoga, un exclusivo club de tenis, el cementerio al que Yu no quiere entrar..., y acabamos de nuevo en la plaza Nueve de Abril, donde un grupo de subsaharianos enarbola pancartas escritas en árabe reclamando respeto y derechos. Su vida en tierra de nadie, en la tierra en la cual se ven obligados a permanecer, es la de un náufrago que contempla impotente los barcos que pasan a escasas millas. La policía llega para cumplir con su cometido: muerde y ladra para disolver la manifestación. No hay apenas turistas y no me atrevo a grabar con el móvil la descarga de palos, porras y patadas en las costillas.

El espectáculo no se detiene. Niños, futuros menas en Europa o carne calcinada por el motor de un camión, merodean evitando cruzarse con los adultos que no dudan en desabrocharse el cinturón, sacudir en el aire una rama de olivo o blandir un trozo de manguera para alejarlos. Son tratados como desechos humanos. Una lacra para un país que se sostiene con el turismo y trata de ocultar la vergonzosa imagen de la pobreza infantil. No es extraño que quieran emigrar a toda costa. En cada calle hay una escena que bien podría formar parte de una película de Nadine Labaki.

Un niño de unos nueve años, quizás más —la desnutrición y el pegamento afectan al desarrollo—, mete la polvorienta mano en un saco de frutos secos y sale corriendo a la velocidad que le permiten las chanclas de suelas agujereadas. El comerciante entrado en carnes y canoso, con una voz cascada de fumar tabaco sin filtro, grita como si le hubiesen arrancado un mechón de pelo, bramando que le han robado. Tres hombres se plantan en el trayecto del pillo y lo retienen hasta que llega con la lengua fuera el propietario de las cuatro almendras. Se descalza un pie, un zapato con el tacón remendado con decenas de clavos, y con él golpea en la cabeza y la espalda al niño que aúlla, suelta mocos por la nariz y pide ayuda con llantos que se desvanecen en los oídos impávidos del resto de transeúntes. ¿Cómo culpar a quien se ha visto obligado a ver estas escenas a diario? Los tres hombres se desentienden.

Contengo el aliento. Miro a Yu, que se siente igual de inútil. Dos niños pasan a toda prisa en dirección a la trifulca. Uno de ellos distrae al canoso y le roza con una piedra la mejilla. El comerciante intenta alcanzarlo con un puñetazo que se pierde en el aire. El pillo se escabulle con la ayuda del otro chaval, sin tiempo a recoger las almendras del suelo, y huye con sus amigos. El comerciante tampoco recoge los frutos secos: es mejor que se echen a perder a que los aproveche un bastardo.

El nuevo puerto de Tánger ha alejado de la ciudad el infernal tráfico de la Operación Retorno y a los miles de niños que, armados de coraje y desesperación, esperan una oportunidad para esconderse bajo el motor de un tráiler y cruzar el Estre-

127

cho. Aun así, no les queda otra que dejarse caer en la ciudad para rebuscar entre la basura o probar a robar cuatro frutos secos. Cuando la historia reciente de Marruecos se explica con un zapatazo en la cabeza de un crío, no, no hay espacio para el rezo.

—¡Hola, paisano!

Se funden en un abrazo. El Fenni es un hombre menudo, risueño, oculto tras unas gafas metálicas que usa para pintar y coser y que no disimulan su cara aniñada. La pequeña tienda, Volubilis, está colmada de ropa con un estilo original que mezcla los colores áridos de las montañas del Rif con las tonalidades intensas del Sáhara. La mayoría de las prendas están confeccionadas por él mismo durante las largas horas en las que la clientela brilla por su ausencia. Las demás se elaboran en un taller de Chauen que pertenece a una cooperativa de mujeres. En todos los rincones cuelgan sus pinturas en miniatura que con sus finas manos realiza en pequeños soportes: lápices, tarros de arcilla, marcapáginas, cristales erosionados por el mar, retales de piel. Materiales que acabarían en un vertedero y que él convierte en piezas artísticas que relatan paisajes cotidianos de un continente rodeado por aguas y cielos de todos los colores. El Fenni tiene prisa. Ha quedado con un francés que quiere dar a conocer su obra en una exclusiva galería de París a cambio de un porcentaje de las ventas, pero para celebrar el nacimiento de Muna se tomará un té con nosotros en la terraza de enfrente, donde tantas veces conversó con Chukri.

—Me quedan pocos amigos con edad de caer en la tentación de rendirse a los pies de una criatura.

Nos sentamos a una mesa del café Central.

Más café, más té y más vasos de agua. Más conversaciones que no atino a entender. Más hombres bigotudos. Más gatos. Más turistas en grupo. Más niños desharrapados. Más calderilla que hace falta. Más mujeres con demasiado pasado y complicado futuro. Más vagabundos. Más besos en frentes y manos. Más miradas atrapadas. Más subsaharianos. Más jóvenes bellas a las que no permiten dar un paso sin la compañía de madres, tías o hermanas pequeñas. Más chilabas con recargados bordados y hiyabs llamativos. Más vendedores ambulantes. Más chicles, más fulares, más gorras. Más wifi y más parchís. Más baños con letrinas. Más teléfonos sonando. Más negocio por todas partes.

Dos hombres se sientan a poca distancia de nuestra mesa al tiempo que El Fenni se excusa, París lo espera. Quedamos en vernos al día siguiente o siempre que regrese a Tánger. Al abandonar la terraza, se cruza con un hombre de unos dos metros y ciento veinte kilos que saluda a El Fenni, pero él evita devolver el saludo. El senegalés no se molesta, *Le vieil artiste ne voit pas où il va*, y comparte una broma mezclando francés y árabe con los dos hombres que se han sentado a nuestro lado, *rahmu allah*. Deja cuatro teléfonos móviles en la mesa. Los desbloquea y los vuelve a bloquear. Nada urgente. Pide un café con leche al *garçon* y dos cafés para sus acompañantes. Que no falte el agua. Los otros dos visten chaqueta, camisa, pantalones y zapatos elegantes. Una elegancia desfasada. De nuevo rico. Destacan entre el resto de clientes, acaparan todas las miradas y los oídos, sobre todo el senegalés.

Yu se instala Instagram en su teléfono. Entramos en el perfil de Rihanna con la contraseña que sé de memoria. Ha usado la aplicación con anterioridad —los educadores pasan más tiempo delante de pantallas que ante los jóvenes: la evolución natural de los trabajos que terminan por desnaturalizarse—, pero es torpe, poco intuitivo y no conoce los atajos ni las herramientas. Me pasa el teléfono y enciende un cigarrillo. Airea el humo de la primera bocanada con la mano para que no me dé en la cara y despierte al monstruo que habita dentro de cualquier exfumadora. Rihanna tiene, tenía, muchas amistades en la red. Entre ellas, seis Nawal. No tardo en dar con la que nos interesa. Aunque ha borrado todas sus fotos anteriores a la boda con el catarí, la reconozco en una en la que muestra el rostro maquillado y feliz, y un anillo con brillantes. Le escribo un breve mensaje: «Rihanna ha muerto».

Yu no pierde detalle de la conversación de la mesa de al lado. Hablan despreocupados de sus tejemanejes. Me traduce, están hablando de pateras, de personas. De cifras. Ayer cruzaron dos. Hoy zarpan otras dos. Mañana está completo. Para pasado mañana hay tres plazas disponibles. El senegalés es el que lleva la voz cantante. No se esconden, no les preocupa que escuchemos. Un chico y una chica de unos veinte años —es difícil calcular la edad de quien lleva semanas esperando el billete con el que han de arriesgar la vida atravesando el Estrecho sobre una lancha neumática— se acercan a la mesa. Cargan un ligero equipaje. Uno de los dos marroquíes anota una dirección en un papel y les pide que lo esperen allí. A Yu no le da tiempo de traducirme toda la conversación. No importa. He entendido que unos pocos se ganan la vida con la miseria de muchos.

Amaranta no se suma a la fiesta en Riad Mokhtar, está cansada y mañana tiene que hospedar a la tripulación de un crucero. Quedamos en vernos antes del *check out*, por si acaso intercambiamos nuestros perfiles de Instagram. En la calle, los gatos rebuscan entre las bolsas de basura. En menos de cinco minutos llegamos a la entrada del hotel. A Yu le cobran la entrada, a mí no. El concierto todavía no ha empezado y Otman no da señales. Decidimos subir a la azotea. ¿Existe algo más bonito que una ciudad portuaria de noche? La brisa es agradable. Pedimos un par de mojitos. En un país musulmán el alcohol se sirve en exclusivas terrazas. Tres parejas en tres mesas diferentes conversan y apuran sus copas. Nos sentamos en los fríos asientos de obra revestidos de azulejos para contemplar las vistas. ¿Cuántas tardes y noches pasaría Rihanna observando el faro de Tarifa soñando con la vida que podría encontrar en la otra orilla? Otman aparece por las escaleras de caracol. En realidad, ha llegado antes su perfume. Viste de pies a cabeza de blanco impoluto y lleva unas botas marrones bien lustradas. Saluda con educación a Yu y a mí me estrecha la mano. Nos informa de que el concierto empieza en cinco minutos y que la siguiente copa corre de su cuenta. Antes de irse a revisar los últimos detalles habla con Yu. No entiendo ni una palabra.

—Alguien ha ligado esta noche.

La sala está colonizada de expatriados neoyupis o neohippies con dinero y marroquíes con cortes de pelo milimetrados y relojes de gama media. La música empieza y las luces se atenúan. Ya no se oye el agua de la fuente del patio, donde el olor de los limoneros impregna el ambiente. Yu se apoya en una de las columnas que sostienen los arcos y observa a los músicos a distancia. Es lo que hacen los puretas: alejarse unos metros para simular que no pierden detalle. La gente mayor hace ese tipo de cosas, como comprarse un ukelele, quedar para tomar el vermú, gastarse el dinero en caras botellas de vino, montar fiestas en las que todo son parejas rodeadas de criaturas, hacer *match* en el Tinder o ir a restaurantes con estrella Michelin. Decido ir a bailar, todavía me siento y soy joven. Otman no tarda en aparecer. Tampoco en preguntarme si Yu es mi pareja o un amigo a secas.

—Bailemos.

Lo lleva en la sangre y se preocupa por todo. Me sujeta con fuerza y marca los pasos cuando los músicos interpretan una versión de Rubén Blades. Me trae una copa. Se interesa por mi vida en Barcelona. Asegura que él no podría estar con una vegetariana, pero que conmigo haría toda clase de excepciones. Y locuras. Compartimos bromas sin sustancia. Me río de que su plato preferido sea un mechui de cualquier tipo de carne halal, por supuesto. «Entiendo por qué hueles a brasas.» Ríe, ríe todas y cada unas de mis ocurrencias. Adora a Morodo y a Calle 13. A Mohamed Zafzaf y a Leila Abouzeid. Añora los cuentos de miedo que le narraba su tía y que algún día reunirá en un volumen y publicará en una editorial francesa. Es el *frontman*

131

de una banda de música de mestizaje y han cerrado unos cuantos bolos por Francia y Bélgica. «Podrías venir.» No podría, no soporto a las *groupies* y no voy a convertirme en una. Calza un cuarenta y uno, un número más que yo. No le gustan los relojes ni los aparatos electrónicos. Le gusta trabajar con las manos. Me sujeta de la cintura y pretende enseñarme a bailar moviendo la cadera y el vientre.

Yu no está mirando. Habla con un entusiasta de la generación Beat. Gafas de montura redonda, bufanda, libreta que no suelta de la mano, lápiz en el bolsillo de la camisa de lino, bourbon sin hielo, libros que sobresalen del bolso y los labios negros de tanto kif —a falta de opio—. Otman manosea mis brazos. Yo le hablo al oído. Semillas humedecidas y abonadas. Serotonina por todo el cuerpo. Aspiramos el mismo aire alimonado y bebemos del mismo vaso. Sudamos. Progresamos adecuadamente. Se acaba el concierto. No hay bis. Nuestros dedos se rozan. Otman va a felicitar a los músicos y a ayudarlos a recoger los instrumentos. Yu y Don hablan de México. El nuevo amigo americano trabaja para la USAID. Voy al patio. Me mojo la cara y el cuello con el agua fresca de la fuente. Acaricio un limón en la rama.

Yu se ha acercado en silencio por la espalda. Me llevo un susto.

—Regreso al hotel.

—¿No quieres quedarte? La DJ tiene buena pinta.

—Prefiero una retirada a tiempo. Tomaré la última copa con Don en el restaurante del hotel. Si prefieres que me quede…

—Rihanna decía que siempre eras el último en irte.

—Eso era antes.

Me da un beso en la mejilla. Nuestros labios no se rozan.

Otman espera su turno y regresa con otro mojito. La DJ mezcla Mashrou' Leila con Hindi Zahra. Lo cojo de la mano y regresamos a la sala. Quiero bailar. Y bailo. Con las más lentas, balanceo mi cuerpo. Con las rápidas, sacudo mis zonas oscuras. Bebo otro mojito. Nos besamos. Un beso corto, como todos los besos ante un público árabe. DJ Ghizlane pincha canciones árabes y me alegro al reconocer muchas de ellas. Gracias, Rihanna. Apuro el tercer mojito o el cuarto, he perdido la cuenta, y recojo mis cosas. Le doy un beso en la mejilla a Otman, que no entiende nada. Gracias por todo, hoy no es tu noche.

Yu no está en el restaurante. Subo a la habitación.

Está sentado en el balcón fumando el último cigarrillo de la noche. Ninguno de los dos se sorprende. Nos acercamos. Nuestros labios se rozan. Nuestras manos se deslizan debajo de la ropa. Me roza el pezón. Le rozo el pezón. Me muerde el labio. Le pellizco los brazos. Con la nariz recorre mi cuello. Con la lengua recorro su oreja. Es meticuloso, ensimismado con mi piel, mis poros, mi sudor. La tiene dura. Meto la mano por dentro, la palpo. Gime y vibro. Me quita la camiseta y se da un tiempo para observarme. Le quito la camiseta y le beso el pecho. Tiene la piel suave como una almohada sin estrenar. Vuelvo a meter la mano por dentro del pantalón. Él me agarra del culo con fuerza, las nalgas suben de temperatura. Nos dejamos caer en la cama. Con los dedos encuentra mi zona húmeda. «Mi jardín perfumado», decía Rihanna. No nos quitamos los pantalones. No tardamos en hacerlo. ¿O sí? Besa mis brazos, mis pechos, recorre con saliva mi vientre, baja más y lame mis labios húmedos como un gatito, como quien disfruta de un helado de chocolate negro con paciencia y sumo placer. «Quiero chuparte la polla.» Se la agarro con la mano y se corre. «Está bien. Está bien.» Nos besamos. Seguimos. Me tumbo. «Te quiero dentro.» Se la cojo y lo guío. Arquea la espalda. Cerramos los ojos. Empuja suavemente. Abro los ojos y veo sus preciosos ojos mirándome con deleite. Soy preciosa, sonrío de placer. Levanto las caderas para sentirlo más adentro. Él se balancea, es un animal resbaladizo que entra y sale. Cubre mis labios con sudor. Nos damos la vuelta. Estoy arriba. Mi sudor

133

cae sobre su torso. Me toco, me acaricio, paso los dedos por mi cabello, me sujeto las tetas, le estiro el pelo. Me encanta. Sí sí sí.

Me quedo dormida encima de él. Rihanna, me has acompañado en sueños, mitad delfín, mitad Rihanna. Volvemos a follar. No salimos en todo el día y la siguiente noche de la habitación. Sexo y fruta hasta que el taxi que ha de llevarnos al aeropuerto viene a buscarnos. Después de este placer culpable, nos comprometemos.

Rihanna, daremos con tus asesinos.

# SEGUNDA PARTE

# 11

## Los tiempos terribles no caducan I

*R*ihanna no reniega de su naturaleza y acepta su timbre de voz: hará contra viento y marea lo que le venga en gana.

Zakariaa siempre aparentó más edad de la que tenía y desconoció el día exacto de su llegada al mundo. Una semana antes, una semana después. Un mes antes, un mes después. ¿A quién le importa, además de a los dichosos habitantes del primer mundo, que sí acumulan derrochadores motivos de celebración? Sus padres, rehenes del analfabetismo y esposados a las labores del desposeído, tardaron meses en acudir al registro civil. El funcionario de turno, otro corrupto sin escrúpulos, miembro de la interminable horda de estafadores del país, sentado tras una máquina de escribir sin engrasar y enlazando cigarrillos sin filtro, inscribió una fecha aproximada en la partida de nacimiento después de recibir una pequeña cantidad que gastaría en las cafeterías clandestinas donde se podía fumar hachís y beber alcohol a resguardo de la hambrienta familia y del Majzén.

La infancia de Zakariaa transcurrió entre un agresivo ambiente doméstico y una cruda fragilidad. La salud no acompañaba en los primeros años de vida. Propenso a habitar en un doloroso *barzaj*, surcó la dureza del limbo montañoso: el frío penetrante, el viento cortante, el calor asfixiante. Alérgico al polvo, al polen, al pelo de los animales. Atraía como una luz en la oscuridad a los mosquitos, a las avispas, a las insistentes moscas que infectaban las heridas mal curadas. Anidaba liendres y los piojos moraban alegres entre sus cabellos. La piel no cicatrizaba, las fiebres cogían el relevo, el estómago no se acostumbraba al agua del pozo y las anginas y la conjuntivitis se sucedían constantemente. La nariz le sangraba a la mínima rozadura, las muelas picadas se duplicaban, las ojeras no se borraban y la tos se hizo crónica hasta bien entrada la pubertad. Para su padre, ella, él, Zakariaa, suponía una vergüenza. Un *shaitán*. Un desperdicio humano que no descendía de Dios sino de los malignos que optaron por vivir en eterno pecado. Una boca que alimentar, un cuerpo que cubrir, unos pies que calzar. De haber nacido con genitales femeninos, la habría casado nada más cumplir los trece años. De Zakariaa, en cambio, no extraería una gota de jugo. Su hijo no rendía en ninguna tarea física. No arrimaba el hombro y tampoco se moría del todo. Escribía con esmerada caligrafía, memorizaba el Corán y destacaba en matemáticas. Pero eso ¿a él de qué le servía? A palos trató de enderezar a su primogénito sin entender que en casa del herrero no hay suficientes clavos para sellar un ataúd.

La primera ocasión en que Zakariaa escapó de casa, precoz como todos los hijos del hambre, estuvo deambulando por las calles, el cementerio judío y el puerto de Tánger reconociendo que el mundo que tenía a su alcance era un lugar en el que era preferible no permanecer sobrio más que en las primeras horas de la mañana. Terminó por regresar a casa después de tres meses en los que se desató de todos los miedos que le habían inculcado y con un tatuaje en el cuello que simbolizaba las raíces de un olivo. Su padre, decrépito por la inclemencia del sol y por el odio a la verdad que lo rodeaba, lo castigó colocándole una pesada piedra sobre el pecho. Rihanna, Zakariaa, no entendía cómo un declarado musulmán, aunque conociera a duras penas tres suras del Corán y tres pasajes de la vida de Mahoma, empleara la misma brutalidad, la misma dureza, el mismo castigo que sufriría siglos antes Bilal el esclavo, Bilal el primer muecín del islam, Bilal el amigo del Profeta, a manos de sus amos, los miembros de las poderosas tribus que lucharon a muerte contra los primeros musulmanes entre los espejismos de las dunas calcinadas de Arabia. Su padre lo habría destripado como un buitre en más de una ocasión si la intervención de los vecinos, más bien de las vecinas, y del abuelo no hubiese llegado a tiempo.

—Si vuelves a fugarte, no regreses jamás. O te enterraré vivo.

Con doce años no pudo ni quiso reprimir la tentación de jugar con su cuerpo por puro placer con un compañero de la escuela tres años mayor al que ayudaba con los deberes aun cursando tres cursos menos. Zakariaa aprendió a encajar los golpes y a sanarse escuchando música y descubriendo los placeres corporales. Remedios del alma. Experimentó con sus pezones, con el ombligo, con los labios, con la lengua. Se acariciaba el pelo, la sien, la cara, la cintura, las ingles y las axilas imaginando que su mano pertenecía a otro cuerpo. Se observaba en el pequeño espejo de mano y practicaba gestos eróticos copiados de una película que había visto en una cafetería. Se agarraba fuerte de las nalgas respingonas. Se masturbaba usando aceite. Aprovechaba las clases de Educación Física y, en ocasiones, el recreo para rozarse con los compañeros y las compañeras en los deportes grupales. Los días que su madre le permitía bañarse a solas, sin la compañía de sus cuatro hermanos menores, jugaba con la pastilla de jabón, se ocultaba el pene introduciéndolo con el dedo hacia la cavidad opaca de las piernas entrecruzadas y se lamía los dedos enjabonados de los pies, los mordisqueaba. Descubrió el escroto. Exploró el ano. Besuqueaba toda zona accesible, todo miembro que la flexibilidad y la gravedad le permitieran.

La primera erección. La primera eyaculación.

El primer latigazo de su madre.

139

Zakariaa contaba con una cabeza privilegiada, pero su madre creía que tenía un cerebro maldito lleno de veneno a causa de un mal de ojo o cualquier otra maldición de la que no lo protegería amuleto alguno ni el humo purificador de todo el incienso del mundo. Zakariaa no tardó en entender que una madre también puede tener los puños y el corazón de piedra.

Con trece años conoció a Milud, el profesor de Historia, Geografía y Lengua Francesa con quien se iniciaría en el arte del amor. Milud, su primer amor. Milud, el fiel protagonista de sus sueños. Milud, el maestro que sembró la semilla. De él aprendió los nombres de los ríos, de las montañas, de las estrellas. Los colores de las banderas. Capitales de todos los continentes. Memorizó fechas y momentos crepusculares de la humanidad. Aguzó el oído con canciones que el profesor insistía en reproducir en clase aun bajo la supervisión de sus colegas de barba poblada y las amenazas de la junta directiva del centro, conservadores y recalcitrantes a la par, en los últimos tiempos de prohibición y censura. La música de los años sesenta sonaba en un radiocasete negro con letras plateadas que Milud cargaba desde su casa junto con el maletín de cuero y emitía verso a verso las palabras poéticas de Jacques Brel, Édith Piaf o Serge Gainsbourg. Y *La mer* de Charles Trénet interpretada por Julio Iglesias, que se convertiría en una obsesión, en una meta, en una canción grabada en lo más profundo de su memoria y que canturreaba siempre que necesitaba alegrarse. *La mer, a bercé mon couer pour la vie.*

Imposible olvidar cómo lo sedujo. Se preparó a conciencia, ensayó delante del espejito de mano, soñó con el momento exacto y lo reprodujo sin vacilaciones cuando llegó la ocasión. Milud entró en el aula. «Zakariaa, ha llegado tu turno.» Asintió con la cabeza, sacó de la mochila un viejo caftán que había tomado prestado de su madre, arriesgándose a más latigazos, se cubrió con él y, espontánea como una diva alumbrada por un foco, recitó, cantó e interpretó con picardía ante el resto de la clase *Tous les garçons et les filles*, sin apartar la mirada de su maestro. Los chicos y las chicas no pudieron reprimir las mofas, que duraron días. A Zakariaa no le importó, se sentía exultante. Milud se había quedado obnubilado. El desparpajo de Zakariaa fluyó con fuerza arrastrándolo a lugares por los que no había transitado y de los que no se regresa.

En las siguientes semanas el acecho, las punzadas en el corazón, el descarado cortejo no cesó y se esforzó con esmero para seguir atrayéndolo. Sacaba las mejores notas del colegio. Ayudaba a recoger el aula. Participaba de los debates con ideas imprevisibles. Lo esperaba a la salida del colegio y deshacían el camino juntos. Le llevaba fruta que robaba de las huertas cercanas a la madrasa —en la de su padre no se atrevía a asomar la nariz—. A Zakariaa le rugía por dentro un tigre siempre que se encontraba con su maestro. El virgen corazón crecía entre sus lisos pechos. Llegó el día. Milud le abrió las puertas de su hogar. Zakariaa se había ofrecido a coserle los bajos de un pantalón. Sonaba Cat Stevens en un viejo radiocasete. Entre las cuatro paredes revestidas con recortes de diarios, se aproximó a él, le metió la mano por el bolsillo de la chilaba y le acarició la polla hasta sentir cómo le crecía y, no mucho después, quedaba impregnada de un líquido lechoso.

Feliz.

Al finalizar ese curso, Milud aceptó obligado su nuevo destino, a cientos de kilómetros, en la cordillera del Atlas. No hubo despedida. Corrieron en sentidos contrarios para no encontrarse, para no enfrentarse a la soledad de los amantes desdichados. En su pupitre encontró un sobre atado con un lazo verde que contenía una breve carta que quemó en la huerta sin leerla.

Milud ejerció de profesor en la nueva madrasa hasta que dos familias lo acusaron de tener una relación demasiado estrecha con sus hijos. Huyó a España antes de que la Policía lo interrogase y descubriese su debilidad. Dar con sus huesos en la cárcel habría supuesto una temporada de extrema

141

violencia y brutal sodomía. En las calles de su nuevo hogar alquitranado se convirtió en un vagabundo que hablaba solo, descendido al infierno sin antorcha que lo guiara, enganchado al tetrabrik de vino Don Simón y malviviendo de las sobras del primer mundo.

Años después, una noche de intensa lluvia, Rihanna se topó con Milud, borracho y apestando a contenedor de basura, dormitando, ahogado en las penas, hablando con fantasmas en un cajero de Barcelona. Cayó enferma durante una semana, sin poder salir de la cama, con fiebre, anginas, sudores fríos y granos por todo el cuerpo. Suerte tuvo de contar con Marina. Milud, su primer amor, no la había reconocido. Rihanna, sin aire que respirar, había lanzado un billete de veinte euros a los pies de su maestro esperando un agradecimiento, un grito de alegría o de odio, un escupitajo, un insulto, un gesto; cualquier señal habría bastado. Del borracho solo había logrado un trueque sordo, un murmuro hueco, un ruido intestinal, un asqueroso silencio. *La mer, des reflets changeants, sur la pluie.*

Rihanna aprendió la lección.

Zakariaa, con catorce años, empezó a entender que se había convertido en una persona sin resistencia a sus instintos más básicos: comer, dormir, follar, pensar, pero para cultivar ideas libres y que nadie las silenciara tenía que cruzar la frontera, asentarse en un nuevo mundo en que podría ser dueña de sus actos y no detenerse hasta lograr una vida glamurosa y con futuro. Para ello no necesitaba ni padre ni madre ni dios.

El viento sopló de nuevo y, como un ligero pétalo de la flor de una chumbera, abandonó el hogar. Antes se despidió del pequeño bulto cubierto por un montón de piedras donde yacía enterrado su abuelo. «La muerte no pertenece a los muertos: que no se te olvide vivir.»

Escogió el nombre de Rihanna la noche después de que la violasen siete compañeros, siete bastardos que compartían con ella el techo con goteras del puente, aprovechando la superioridad numérica; cuatro la sujetaron, tres la violaron. Aquella noche entendió que la peor calaña está siempre en casa, y por mucho que las mujeres perdonen más que los hombres, aquellos cobardes no quedarían impunes. Rihanna implacable. Planeó el escarmiento. Husmeó el rastro y uno a uno les dio caza. Una ninja en la oscuridad, una catártica justiciera que cabalga enfrentándose a sus enemigos sin temor a la mala suerte. A los cuatro cobardes que la sujetaron les clavó la navaja de doce centímetros en las nalgas. Pasarían meses hasta que pudieran volver a sentarse y caminar sin dolor. Con los otros tres lo tuvo más claro. No permitiría que olvidasen aquella noche. Recordar es morir en vida. Con la misma hoja afilada les desfiguró el rostro. Una marca en las dos mejillas, una larga cicatriz que no podrían borrar. En Marruecos, en el resto del mundo árabe y, desde hace un par de décadas, en muchos barrios céntricos de las capitales de Europa, se conoce a quien lleva una cicatriz en la cara, una cara cortada, como portador de la señal que avergüenza a toda madre, la señal que te presenta ante el resto del mundo como un *ould souk*, un delincuente sin ética ni moral. Joker hay uno, y estos tres eran unos seres lamentables y lo serían el resto de sus días.

Rihanna, Zakariaa. Zakariaa. Rihanna. En adelante, ningún viento la volvería a doblegar.

Ya no tenía miedo y escogió, agotada como estaba, dormir durante los siguientes días con un ojo abierto y abandonar Tánger a la menor oportunidad. A la cuarta. Las tres primeras el revisor de turno la zarandeó, la arrojó del tren a patadas, a porrazos tras una retahíla de insultos, con frases que mezclaban Alá con palabras obscenas. Ser pobre en un mundo de adultos insatisfechos y donde los tiempos terribles no caducan no trastocaría sus planes.

Rihanna conquistaría Nueva York costase lo que costase.

En el cuarto tren la descubrió un revisor que, contra todo pronóstico, la ayudó a llegar a su destino.

—Siéntate y no te muevas de este asiento si yo no te lo pido. Me llamo Ahmed. ¿Dónde quieres ir? El tren llega hasta Casablanca, antes realiza muchas paradas. Tú decides, pero por nada del mundo bajes en Alcazarquivir. Te recomiendo una ciudad más grande, donde puedas pasar sin llamar la atención y encontrar ayuda. Quédate con la manta. Duerme. Descansa. Te traeré comida para cuando despiertes.

Rihanna descubrió que era posible alternar lágrimas de alegría y de tristeza. Y dormir con los dos ojos cerrados.

El tren llegó a Casablanca. Ahmed le había preparado una bolsa de comida; comida de tren: galletas, zumos, sándwiches, frutos secos, agua, chocolatinas.

—Llévate la manta. Aléjate de los ladrones. Evita a la policía, siempre les deberás favores. Busca a Fatiha, trabaja en un centro de menores. Ella sabrá cómo ayudarte. Si no te gusta la ciudad, viaja al sur, donde la gente es más amable, más humana. —Ahmed le tendió un saquito de cuero. Contenía monedas y billetes—. Es el dinero que he ido encontrando a lo largo de los años en el tren. Albergaba la esperanza de que, si lo ahorraba, llegaría el momento en que podría darle un buen uso. No lo malgastes. Que no te lo roben. Quédate con el abrigo. Ve con Dios.

La estación olía a hierro, a óxido, a grasa, a azulejos fregados con agua sucia, a viajeros apresurados. En su mundo no existían construcciones de tal envergadura y todo estaba bañado de polvo. En el idílico futuro, en cambio, todo sería inmenso, suntuoso, superpoblado, sorprendente.

Hechizada, vagó por las ordenadas calles de Casablanca sujetando con fuerza la bolsa de rafia sintética de cuadros azules, rojos y verdes y el saquito de dinero ligado a la cintura, bajo la ropa. Insaciable, pateó la ciudad sintiéndose parte del escenario. Recorrió los rincones de la medina, llegó al puerto, se alejó de él, observó desde la distancia la lujosa mezquita, caminó por los barrios sin asfalto ni alcantarillado. Entendió que a una

144

ciudad hay que llegar de día, identificar las zonas donde una pueda hacer noche sin que la oscuridad te sorprenda con puñaladas traperas. Regresó al centro. Flotaba en el ambiente, entre el agradable bullicio, la fascinante sensación del anonimato. Sonreía ante los relucientes escaparates, se sentía embriagada, libre. Aquí, en el desierto de alquitrán y hormigón, podía comportarse a su antojo, caminar sin ser observada ni juzgada.

El cielo se encapotó y en dos minutos quedó atrapada bajo la lluvia. Corrió a refugiarse. Encontró un porche. Anocheció. Colocó en el suelo la manta. Se cubrió con el largo abrigo. Engulló las galletas, bebió agua. Se lamió las heridas del alma. ¿Qué sería de sus hermanos? El sueño la venció.

Cuatro manos la despertaron. Dos policías rebuscaban entre sus cosas. Corrió. Dejó atrás la bolsa de comida, el abrigo y la manta. No llovía, pero el suelo estaba resbaladizo. Las calles con el pavimento húmedo son más bellas, más solitarias. Llegó extenuada, tras dar muchos rodeos, a una amplia calle donde se concentraban en zigzag una decena de mujeres altas y flacas con excesivas capas de maquillaje. Trabajadoras sexuales. Sus nuevas amigas.

—¿Cómo te llamas?

—Me llamo Rihanna.

—Rihanna, no deberías estar aquí.

—No tengo dónde ir.

De las diez mujeres, nueve la rodearon. Rihanna, sentada en un columpio, recibió todo tipo de atenciones. Aguijoneada a preguntas, no les ocultó nada: su padre, su madre, Milud, los siete granujas, el revisor, Fatiha, Nueva York. Le alisaron el pelo. Le compraron comida y una botella de litro y medio de Pom's.

Las nueve hablaban sin guardar turno. Y llegaron a una rápida conclusión: giraron el cuello hacia la décima, la inmutable. Le gritaron que no rehuyera el destino. *Maktub, Sussie. Maktub.*

Sussie era del norte y por eso le presuponían cierta empatía

145

con la recién llegada. Todas sabían que el verdadero nombre de Sussie era Fátima, pero en la calle cada cual escoge cómo prefiere que la nombren.

—Sussie, llévala donde Mamá Nailiya.

—No.

—Sussie, Fátima, por Dios.

—Eres la única que no tiene chulo.

—La única que no tiene marido.

—La única que está aquí porque quiere.

—No puedes rehuir el destino.

—*Maktub.*

—¿Qué sabréis vosotras de las Escrituras, zorras? Y que nadie vuelva a dirigirse a mí por otro nombre que no sea el que yo os tengo permitido.

Sussie apagó el cigarrillo con la suela del zapato. Nadie osaba meterse con ella, ni siquiera los chulos. Tenía fama de ser un escorpión, de defenderse sin dar oportunidad a un segundo ataque. Quien osase no tendría tiempo de arrepentirse. Se rumoreaba que había matado a su marido, antes le había cortado la polla, un maltratador que la tomó como cuarta esposa y que tenía a las tres anteriores y a sus ocho hijas atormentadas. Sussie callaba ante las súplicas de sus compañeras. Tras unos minutos, levantó el brazo. Todas dieron un paso atrás, intimidadas. Encendió otro cigarrillo y observó la calle, por donde no circulaba coche alguno, y se encogió de hombros. En febrero se folla poco. En febrero se gana poco.

—*Take my hand.*

Sussie practicaba las pocas frases que sabía en inglés en el momento más inesperado. Su sueño, que no se cumpliría, que había robado de películas en blanco y negro, era emigrar a Australia y trabajar en una reserva cuidando animales salvajes: canguros y koalas. O a Canadá, con los osos.

Subieron a un taxi que las acercó a la medina. Sussie no pagó, los taxistas de la ciudad no aceptaban su dinero, preferían

146

conservar sus genitales. Sussie la arrastró con decisión por calles estrechas mal iluminadas.

—Busco a Fatiha.

—¿Quién es Fatiha?

—No lo sé.

Llegaron hasta una puerta revestida de hojalata. Sussie usó la aldaba con forma de tortuga. Abrió una joven de unos dieciséis o diecisiete años. April. En casa de Mariam, de Mamá Nailiya, todas usaban nombres anglosajones. April vestía una *gandura* blanca con los bajos remangados y sin ropa interior. De larga melena, ojos negros azulados, con una pulsera en el tobillo izquierdo, voz melosa, piel almendrada.

Rihanna, sofocada, percibió un deseo repentino que le provocó una erección difícil de disimular. Tuvo que sujetarse de la mano de Sussie para no caer de rodillas. No sabía si era hambre o amor.

—Sussie, sabes que no hay espacio para más… —la matriarca meditó qué decir—, para más jóvenes.

—Mariam, Rihanna es especial. Y además tiene su propio nombre inglés.

—Rihanna es árabe.

Mamá Nailiya le ofreció asiento. Tenía el pelo plateado, a la moda, y un tatuaje en la frente y otro en la barbilla. Las manos pintadas de henna, dos aros de oro le colgaban de los lóbulos. Los dientes blancos implantados rejuvenecían su rostro. La matriarca se sentó en su sillón y sujetó la cachimba de la que no tardó en chupar. Expulsó el humo. Pidió para Rihanna limonada y unos dulces. Le hizo preguntas que Rihanna contestó con nerviosismo, ocupada en ocultar su prominente pene. Con el oído y el resto de sentidos perseguía a April. Su aroma y el repicar de sus pasos le erizaban la piel. Esa noche entendió que amaba a las personas sin atender a sus genitales.

Mamá Nailiya permitió que pasara unos días en la casa hasta que decidieran qué hacer con ella. April la acompañó al dormitorio.

147

—Guarda eso o mañana te dolerá.

—No sé qué me ocurre.

April le indicó que se sentara en la cama. Le bajó los pantalones. Rihanna, petrificada, cortó la respiración el tiempo que duró la paja que le hacía April con la mano derecha y le mordisqueaba el cuello y la oreja. Tardó poco en eyacular, menos que Milud.

April salió de la habitación sin decir palabra.

Rihanna se sintió alegremente desvirgada, le habían ofrecido placer sin reclamarlo y sin que esperasen algo a cambio. ¿Cuándo se pierde la virginidad? Se acostó y durmió dieciséis horas seguidas.

Jamás había despertado por un sonido agradable, el eco de unas risas alegres, juveniles. En el suelo había ropa limpia, una toalla que olía a caramelo, un guante de *kessa*, una pastilla de jabón de argán, un cepillo y un tubo de pasta de dientes Miswak. En el hamam se frotó a conciencia, rascó la piel muerta, hurgó bajo las uñas. Eyaculó unas espesas gotitas. Se envolvió en la toalla. El *sarwal* de mujer le quedaba grande. Le encantó la sensación de vestir ropa tan holgada. La *gandura* era nueva, ella misma arrancó la etiqueta con la imagen de la Kaaba.

Abrió la puerta de la habitación y las piernas le temblaron. Los últimos rayos de sol inundaban el patio. Un hilillo musical flotaba en el ambiente. El vapor escapaba de la cocina y esparcía aromas que le abrieron el estómago.

—Apagad ese aparato. En esta casa no están permitidas las noticias tristes.

Un tren que cubría el trayecto entre Casablanca y Tánger había descarrilado debido a las fuertes lluvias. En la radio hablaban de decenas de heridos y de tres fallecidos, entre ellos el revisor.

Tres niñas correteaban tras una pelota de goma. Vestían de blanco. La del cabello más oscuro se detuvo en seco al ver a Rihanna en el umbral. La niña agitó el brazo, sonrió mostrando los ausentes dientes de leche y, con un impulso infantil y determinación adulta, subió las escaleras como una exhalación. Mary abrazó a Rihanna con la fuerza de una hermana pequeña y, sujetándola de la mano, la condujo al patio. Rihanna descendió los peldaños con la cabeza gacha, desbordada. En el patio se encontró rodeada de las niñas y las jóvenes del hogar. Atraídas por la nueva inquilina, una a una desfilaron ante ella repartiéndole besos y abrazos. Muestras de cariño a las que no estaba acostumbrada. Con April el cuerpo se le estremeció, por su espalda se deslizaba un repentino sudor y los párpados nerviosos batían como las alas de una mariposa. Cuatro besos, un tierno abrazo y una mano que peinó sus rebeldes rizos.

—Tendrás hambre.

April no fue la última en saludarla. Carol se acercó a ella secándose las manos con un paño de cocina. Se detuvo a medio metro, la agarró por los hombros, la picoteó con los cuatro besos de rigor y tras un asfixiante abrazo susurró su sentencia:

—Tú no eres una mujer, como nosotras. Esta no es tu casa.

El aliento de Carol despertó en ella visiones que llegaban sin previo aviso, la cólera de su padre en la nuca, un resoplido que la agarró desprevenida, una punzada fulminante que le encogía el corazón y secaba el sudor de la espalda.

—En media hora estará la cena —informó Carol.

Mary y las dos niñas con las que jugaba, Helen y Alice, aprovecharon para mostrarle el resto de la casa, un *riad* de tres plantas con una docena de habitaciones amuebladas (cuatro por planta y distribuidas por edades), una sala alfombrada con pieles de ovejas y de cabras, repleta de sofás de madera y cojines estampados y lámparas de hierro oxidado con forma de minarete y cristales coloridos, dos comedores, media docena de hamames, dos talleres de costura, dos salas de estudio con pupitres y biblioteca, dos almacenes repletos de muebles, bolsas de ropa y colchones enrollados, la azotea donde tendían la ropa y jugaban con las cometas y a la rayuela, un cuartucho con conejos y la cocina, donde Carol servía los generosos platos de garbanzos con acelgas y donde flotaban olores que le abrieron el estómago. El único rincón al que no accedieron y que se encontraba cerrado con candado fue la habitación de Mamá Nailiya. En toda la casa no había hombre alguno.

Comieron sentadas alrededor de tres ataifores. Cinco chicas en cada mesa. Uno o dos gatos bajo cada mantel. Le sorprendió el alboroto a la hora de comer. En la casa a la que no volvería a poner los pies, Rihanna y sus hermanos, incluida su madre, no probaban bocado hasta que el padre se hubiera saciado. En su presencia comían en silencio, sin apartar la mirada del plato, sin rechistar, pobre de aquel que se quejara del guiso o no tuviera hambre. En cambio, en su nuevo hogar, donde los sumisos gatos están bautizados con el nombre de un dictador árabe, las chicas la animaban a comer más, sin pudor; estaba en los huesos y así nadie se interesaría por ella, no encontraría el amor.

# 12

## Los tiempos terribles no caducan II

*L*os días aceleran el paso cuando vives apasionadamente, disfrutas de las telenovelas turcas, engordas y no enfermas. Sin dolor en las encías y en los labios cortados por el viento, ríes las interminables ocurrencias, ríen las tuyas, recibes abrazos, hueles a miel y duermes entre suaves sábanas secadas por un sol que se desliza clemente por el cielo de la nueva ciudad.

Seis meses estuvo Rihanna esperando a que Mamá Nailiya le dijera qué sería de ella. En la jaula de oro, fue paciente. Escuchaba atentamente los consejos de las compañeras, las de su edad y las más jóvenes, que eran bastante espabiladas. Con las mayores no hablaba de sus preocupaciones, se limitaba a ayudarlas y a atenderlas cuando se lo pedían. A cambio recibía unos dulces o un conjunto de ropa que descartaban de su armario por el motivo que fuera. Cuando las mayores, maquilladas y perfumadas, abrían la puerta principal y la cerraban a sus espaldas, Rihanna se quedaba mirando el cerrojo a disgusto, con ganas de acompañarlas allá donde fueran.

A Sussie la veía entrar y salir un par de días por semana. De todas las chicas de Mamá Nailiya, había sido la primera y la única en emanciparse. Con Carol la relación no mejoró. Evitaba quedarse a solas con ella, tenía miedo de su sonrisa, de sus comentarios susurrados que arrastraban golpes endemoniados. Ellas dos eran las que tenían mejor nivel en las clases que recibían por la mañana, sobre todo en francés, en inglés y en literatura universal, por lo que Rihanna se esforzaba en no destacar más de lo necesario, para no despertar en su rival nuevos odios. Por otro lado, April era amable, encantadora, una hermana mayor. Nunca más se repitió entre ellas ningún acto sexual. El cariño se expresaba mediante caricias, risas, una peinando a la otra. El pelo de Rihanna creció y pudo hacerse una pequeña trenza. De April aprendió a amasar pan, a usar una lavadora, a jugar a las cartas, a arreglar un enchufe, a no burlarse cuando las más pequeñas mojaban la cama. A depilarse las cejas, las axilas, las piernas y la entrepierna. A teñirse. Las noches en las que April no se ausentaba sin decir dónde iba, vestidas cada una con un camisón de tintes rosados, hablaban en voz baja compartiendo confidencias y cuentos que no tenían fin hasta que se consumieran las velas aromáticas. El olor que más le gustaba a Rihanna era el del humo de la mecha recién apagada. Dormían acurrucadas o con las piernas entrelazadas, según los estímulos que provocaban sus sueños.

Cada quince días, la noche de los jueves, en la casa se organizaban fiestas a las que asistían las amigas de Mamá Nailiya, y en las que se comía y bailaba hasta altas horas de la madrugada. Aquella noche, horas después de su primera reunión con la matriarca, «Ha llegado tu hora», Mamá Nailiya le ofreció a Rihanna un mejunje que habría de ingerir de un trago. Rihanna se sintió mareada tras beber un líquido viscoso que recorría sus entrañas encendiendo una mecha que se apagaría bailando. Sintió cómo Naomi, una chica senegalesa que siempre permanecía en silencio, la acompañaba hasta el centro de la pista y la ayudaba a girar sobre su propio eje, con los brazos extendidos y con la cabeza inclinada hacia atrás. Rihanna sudaba gruesas gotas que pisaba con sus pies descalzos. El guembri y las carcabas le martilleaban los oídos dejándole en blanco la mente. Giró y giró hasta que cayó de rodillas. Agitó el cuello como una cabra asustada, embistiendo a los espíritus que se mostraban descarados, cubiertos de ceniza, telas de araña y polvo rojizo. Los derribó uno a uno. Un grito sordo salió de lo más profundo de su ser antes de que se desmayara.

Despertó con una sensación gélida en las orejas. Con una aguja le habían perforado los lóbulos y le colocaban dos pendientes bañados en oro. En la palma de la mano izquierda le habían dibujado con henna una espiral. Naomi y otra chica con la piel de color tabaco y cara de pájaro le tatuaban con una maquinilla tres puntos sobre cada tobillo. No notaba dolor alguno, pero de sus ojos asomaban lágrimas. April, que había regresado de madrugada entrando a hurtadillas en la habitación, no pegó ojo y se ocupó de colocarle paños húmedos en la frente y aceite en el pecho, y de arroparla con la manta que caía de la cama tras cada espasmo de Rihanna.

—¿Dónde vas por las noches?

—Pronto lo sabrás.

Como cada viernes realizaron las abluciones. Mamá Nailiya permitía que durante la semana cada una escogiera si practicaba las cinco plegarias o no, pero el rezo de los viernes, el *dhuhr*, era innegociable. En la sala de cojines, alfombrada y con el humo del incienso rascando el techo, orientadas hacia la Kaaba, en filas de cinco con los pies unidos, se colocaban todas las chicas tras Mamá Nailiya, que conducía la oración. Tras el compromiso con lo divino, comían las delicias preparadas por Carol: pastela, tayín, brochetas de pollo, ensalada de zanahoria, patata, judía verde, zumo de jengibre con limón, pan condimentado con hinojo... Las comidas siempre eran alegres, menos la de los viernes, cuando en presencia de la matriarca todas guardaban las formas. El día sagrado comían con cubiertos.

—Esta noche saldrás con Sussie.

Le temblaba la mano y no supo qué decir. Mamá Nailiya, teñida de pelirroja, le había pedido a Rihanna que la peinara, que le deshiciera los nudos y revisara las puntas. De April aprendió la técnica de mojar el peine con aceite.

Rihanna, sin dejar de ser la misma persona, se estaba convirtiendo en otra.

April tenía la ropa preparada. Las tres pequeñas, Mary, Helen y Alice, asombradas tras ver un pene en el cuerpo de una mujer, miraban curiosas la transformación de Rihanna: tanga, pantalones ajustados, blusa, zapatos de tacón, el pelo recogido como una bailarina francesa de los años veinte, los labios pintados, esmalte en las uñas, khol en las pestañas, color en las mejillas, unas gotitas de perfume en el cuello y un bolso.

—Lleva siempre la navaja contigo.

El susurro de April le dio un vuelco en el corazón. Tras tantas semanas esperando el momento, los nervios le presionaban el pecho.

Sussie llegó sobre las siete de la tarde y estuvo una hora en la habitación de Mamá Nailiya hablando de algún tema serio. Los gritos escapaban por la ventana forjada con arabescos. Sussie salió de la habitación alterada y cerró de un portazo.

—Vamos. Hoy es tu debut.

Mudas, recorrieron las callejuelas. Rihanna miraba a izquierda y derecha. Sussie no la agarró de la mano hasta llegar a una calle principal en la que tomaron un taxi. Sussie estaba distante y confusa. Enfadada con el mundo.

—Ha olvidado que nació en Bousbir.

Rihanna por aquel entonces no tenía ni idea de qué era Bousbir ni qué significaba el apodo de Mariam. Semanas después le preguntaría a Sussie.

—Bousbir fue un barrio amurallado que construyeron los franceses para sacar a las prostitutas de las calles y concentrarlas en una ciudadela. Durante más de treinta años, más de seiscientas mujeres musulmanas y judías, aunque alguna europea también ejerció, trabajaron tras las murallas prostituyéndose, bailando la danza del vientre y realizando espectáculos porno-gráficos para satisfacer a los turistas europeos que llegaban a Casablanca en enormes barcos. A estos se les consideraba clientes de primera clase y podían escoger a la carta. En cambio, a los tiradores marroquíes y senegaleses, que morían en campos de batalla que no eran suyos, solo se les permitía acostarse con las chicas autóctonas.

»Mamá Nailiya es hija de una de esas mujeres. Su madre murió contagiada por una de las enfermedades que los blancos metían en los cuerpos de esas esclavas, y fue adoptada por una *madame* de Bousbir. —Sussie fumaba y fumaba—. Y Nailiya es el apodo que usó Mariam tras heredar el trabajo de su madre adoptiva. Las *ouled naïl* fueron una tribu matriarcal que habitaban las montañas del Atlas en Argelia y que usaron las artes amatorias para no depender de los hombres, hasta que los franceses las designaron como prostitutas y las privaron de libertad de movimientos y derechos para que no quitaran el trabajo a las prostitutas blancas. Con la aparición de los burdeles regulados por la Administración, las nailiyas y su tribu desaparecieron, y con ellas toda la sabiduría que se transmitió de madre a hija desde antes del islam. Su historia no se explica en ninguna escuela, en ningún libro, en ninguna universidad. Como nuestra historia: nadie la conoce ni quiere conocerla.

Rihanna identificó la larga calle en la que había estado meses antes y donde había conocido al grupo de trabajadoras sexuales que se convirtieron en sus nuevas amigas. Recibió todo tipo de consejos mientras bebía a sorbos el vino con hielo que le habían ofrecido. El más importante: «No aceptes a un policía y huye de los barbudos. Hacen con nosotras lo que no se atreven en casa».

Era agosto, los turistas querían juerga y hacía calor.

La noche pasó volando. Como le habían advertido, se dejó ver a unos metros de la farola para no llamar demasiado la atención. «Lo bueno no se muestra de primeras, se deja intuir.» Le sugirieron que cambiara de nombre, que no dejara rastro. Ella aseguró que el cielo y la tierra de Casablanca la conocían como Rihanna, nadie más. La avisaron de que tendría mucha clientela, alguien como ella, con su cuerpo, no tendría mucha competencia.

—¿Qué te ha dicho Mamá Nailiya del dinero?

—Nada.

—Ahorra y no le digas a nadie dónde lo guardas.

Sussie escuchaba los consejos del resto de mujeres a distancia, rodeando sus pies de colillas manchadas de pintalabios, humeantes y apestosas. Se sentía responsable del porvenir de Rihanna. Se arrepentía de haberla llevado donde Mamá Nailiya, pero quién sabe qué hubiera sido de ella en un país donde los niños como ella son abandonados a su suerte.

Rihanna regresó de madrugada. April fingía dormir. No quiso hablar con su amiga. Estaba triste, sabía que tarde o temprano llegaría el día, pero se sentía ridícula y asomaba en ella una preocupación de mal augurio.

Los sábados por la mañana no había clases y a ellas les había tocado limpiar el cuartucho de los conejos, hacer la colada, barrer las escaleras y repasar los cristales de las ventanas. Apenas hablaron. Cuando acabaron con las tareas regresaron a su habitación. April cerró la puerta y apoyó la espalda en ella. Se abrió el camisón; estaba llorando. Rihanna se acercó y le secó las lágrimas. April la agarró con fuerza y la empujó contra la cama.

—Los hombres te pedirán más y más y más. Y te dirán: «Más, más, más rápido». Y cuando hayan acabado contigo te mirarán con desprecio, algunos te escupirán, tirarán el dinero y se largarán maldiciéndote.

April liberó a Rihanna.

—Ve al hamam y lávate.

Por la tarde, Sussie regresó a por Rihanna. Mamá Nailiya

no estaba en casa. Rihanna fue con ella y le explicó lo que le había ocurrido por la mañana.

—April ha querido prevenirte. Usarán contigo la fuerza, serán desagradables, asquerosos. Te ha mostrado que no puedes fiarte ni de tu mejor amiga, que siempre debes estar atenta. Hoy tampoco irás con nadie. Me trae sin cuidado lo que diga la Nailiya.

Tres meses después Rihanna se había convertido en una de las prostitutas más solicitadas de la ciudad. Su nombre y sus dotes corrieron de boca a boca por las calles del pecado. En otro siglo, músicos y poetas le hubiesen dedicado hermosos versos recitados a la luz de una hoguera.

Los días pasaban prolongando un estado de satisfacción del que Rihanna no quería desprenderse. Su relación con April volvió a su cauce, no podía ser de otra manera. A Carol, de tanto en tanto, le compraba un regalo que escondía en la cocina sin dejar ninguna pista. Las tres pequeñas ocuparon el lugar de sus hermanos y Sussie se convirtió en su protectora:

—Mamá Nailiya ya no hace homenaje a su nombre.

La *madame* le cobraba un alquiler y la mitad de lo que ganaba. Rihanna no lo veía justo, por ella y también por sus compañeras.

—Es pronto para que exijas una mejora —le aconsejó Sussie.

—Tú te fuiste por tu cuenta.

—Por otros motivos, además del dinero. *Shit!* Si cada vez sois más jóvenes las que trabajáis para la Nailiya.

La noche estaba tranquila, sin ninguna estrella que presagiara nuevos porvenires. Sussie aprovechaba los tiempos muertos para clavarle ideas que brotarían con los rayos de sol, consejos que pondría en práctica según el momento y una serie de mandamientos que Rihanna debía cumplir a rajatabla.

—Guarda tu verdadero nombre. Usa siempre preservativo. No permitas que te graben. Al día siguiente te verás desnuda en todos los cibercafés de la ciudad y no recibirás un céntimo por ello.

Algunos los cumplió, otros no. Hablaban de libros, de música, de comida. Practicaban un poco de inglés hasta que Sussie se hartaba de oír su propia voz. Un coche negro, con los cristales tintados, se detuvo frente a ellas. La ventanilla bajó hasta la mitad y un fresco olor a pino emergió del interior. Conducía un hombre de unos sesenta años un poco entrado en carnes, bien afeitado, bien vestido y con canas. Las miraba con calma. De los más de medio centenar de hombres con los que se había acostado o magreado en los asientos traseros de coches y furgonetas, todos anónimos y desconocidos, este era el primero que le resultaba familiar. Estaba segura de haberlo visto en alguna parte. Tampoco reconoció su voz.

—Tú debes ser Rihanna.

—Tesoro, no hablamos con la Policía.

—Lo creáis o no, no está entre mis planes, a mi edad, trabajar en una comisaría.

Sussie encendió un cigarrillo y se alejó unos pasos. El hombre abrió la puerta del copiloto. Rihanna informó de sus tarifas y miró a su alrededor. Sabía que Sussie memorizaría el número de matrícula y que las demás no perdían detalle del lujoso coche.

—El dinero no es problema. Por cierto, me llamo Malik.

Malik conducía pensativo, sin inmutarse con las tristes noticias de la radio. Las calles por las que transitaban estaban bien iluminadas, bien asfaltadas, a diferencia de los descampados y las callejuelas oscuras a las que la tenían acostumbrada. En poco más de diez minutos llegaron a un complejo residencial con vigilancia privada. La puerta se activó tras escanear la matrícula y accedieron a un aparcamiento subterráneo. Coches y motos de lujo. Bicicletas caras y tablas de surf. Cámaras de seguridad. El ascensor los dejó dentro del apartamento, una vivienda acogedora, discreta, fuera del alcance de curiosos y ladrones, y decorada con cuatro caprichosos detalles. El lugar ideal para encontrarse con la amante.

Rihanna fingía, no quería que Malik se percatara de su asombro, de lo sucia y fea que se sentía. Si Dar Nailiya era un buen lugar para vivir, amplio y luminoso, de repente había entrado en contacto con otra esfera, la de los ricos, la de la élite que calcula en dólares o en euros y no con míseros dírhams.

Malik le mostró por cortesía y con torpeza las habitaciones, los baños con acabados dorados y la cocina equipada con ultramodernos electrodomésticos que enloquecerían a Carol. En el salón había un sofá de estilo afrancesado y una vieja fotografía donde Malik posaba bajo una palmera, unos cuarenta años más joven, vestido con una túnica negra y cogido de la mano de otro hombre trajeado. Rihanna empezó a mover el pie derecho al ritmo del disco de Ahmed Fakroun que Malik había colocado en el aparato de diseño inglés. Después se acercó a ella, siempre manteniendo las distancias y con unos modales que la sorprendían. Le preguntó si tenía sed. Abrió la nevera.

Rihanna nunca había visto tanto alcohol junto. El frigorífico estaba hasta los topes de latas y botellas de cerveza belga y alemana. En un armario había botellas de vino. Rihanna no sabía qué beber. Escogió una botella. Salieron a la terraza para contemplar parte de la ciudad y perder la vista en el mar. Aprendió a descorchar una botella, a apreciar los primeros efluvios, a servir correctamente una copa, a remover el contenido con delicadeza. Se mojó los labios y después tomó un sorbo que dejó reposar en la boca educando el paladar. Tragó y el tinto australiano recorrió sus entrañas encendiendo un nuevo placer. Malik se excusó, tardaría unos pocos minutos. Sus palabras eran vírgenes, nerviosas, pronunciadas con un respeto desbordante. Rihanna no sabía qué pensar ante tanta delicadeza. Sonó *Nisyan*. Encendió un cigarrillo y estiró las piernas sobre una silla. Estaba calmada, ni alegre ni triste, con la cabeza vacía. Contempló las estrellas y las luces centelleantes de los barcos.

Malik regresó vestido con una túnica blanca, los labios pintados, perfumado y un poco de colorete. Descalzo y con las manos entrelazadas a la altura del vientre. Esperaba un gesto de aprobación, una sonrisa cómplice, unas palabras que no le hicieran daño. Rihanna retiró los pies de la silla, prendió un cigarrillo y se lo ofreció. Fumaron en silencio, con las cabezas recostadas, persiguiendo las alejadas trayectorias de los aviones que abandonaban la ciudad.

—La vida ha perdido todo su sentido. Soy un hombre casado y con hijos. Rico, muy rico. El director general de uno de los mayores bancos del Magreb y de toda África. Viajo cada semana y me alojo en exclusivos hoteles reservados a un selecto grupo de millonarios sin escrúpulos. Cientos, miles de familias dependen de las decisiones que yo tome, de las normas del mercado que aplique. Ceno con el rey. Desayuno con ministros. Inauguro escuelas, hospitales, carreteras. Abro y cierro periódicos. Me masajean, me tratan las jaquecas, me cuidan las uñas, las arrugas. Mis trajes son a medida; mis barcos, los juguetes de mis hijos. ¿De qué me sirve todo lo que poseo si no conozco el amor? He fracasado. El pasado solo puede ser doloroso y el mío es una muerte anestesiada.

Malik fumó con los dedos extendidos, como el niño que no sabe cómo indicar su edad sin abrir toda la manita.

—Deseo tener compañía, aprender de ti, sentirme a gusto, ser sincera conmigo y con alguien más. Tener una amiga que me trate como a una amiga. Unos pocos besos, unas pocas caricias, ir de compras. Esto último es imposible. Me colgarían. —Las lágrimas caían sin freno—. ¿Te resulto ridícula?

Rihanna tenía un poco de frío, y cuando su cuerpo no estaba en la temperatura que le correspondía, hablaba y luego pensaba.

—Las personas ricas lloran de aburrimiento.

Malik lloró y se rio. Había hallado una cómplice. Podría ser su abuelo, su abuela, su guía, enseñarle y mostrarle cosas con las que no había soñado por venir de donde viene; sin embargo, era al revés y lo sabía. La joven era la que enseñaría a la mayor a ser ella misma.

—¿Dónde lo has aprendido?

—En una telenovela turca.

Malik la acompañó a casa después de pasar toda la noche hablando. Él, ella, Malik, Malika, se había quitado un peso de encima, ya no respiraba con dolor en el pecho. Con toda clase de detalles, le explicó la historia de su desamor. El joven de la foto murió ahogado (un suicidio ocultado a la prensa), no pudo soportar que la familia no tolerase su orientación sexual. Malik, Malika, no pudo llorar todo lo que su cuerpo y su alma pedían. Sus padres decidieron por él. Lo alejaron durante un tiempo de los rumores que podrían arruinar su milimetrado futuro. Estudió en París, en Bruselas, en Dallas. A su regreso, le esperaba una boda con la hija de una de las familias más influyentes del país, como la suya, como la del joven de la foto. Samir. Un matrimonio concertado del que nacieron dos hijos y una hija que ya ocupan los principales cargos en importantes *holdings* extranjeros. Él, ella, había vivido en una encrucijada, sin poder confesar quién era. No quería vivir más en esa sociedad, en ninguna. Una casa a orillas del mar de una isla deshabitada. No pedía más.

Rihanna descansó menos de dos horas. Mamá Nailiya la despertó con impaciencia. Nunca antes la había visto en su habitación. Sussie esperaba en el patio furiosa.

—Te he estado buscando toda la noche. Podrías haber llamado.

—No llevaba suelto.

Sussie se arrepintió demasiado tarde. La bofetada sonó como un latigazo. Le escocía la mano. Rihanna se tapó la nariz para evitar que las gotas de sangre le manchasen el camisón.

—No volverá a ocurrir.

Sussie regresó por la noche, no pudo dormir en todo el día y estaba arrepentida. Hacía tres semanas que no la iba a recoger. Gracias a ella los taxistas conocían a Rihanna y le cobraban la mitad.

—Te dije que no permitieras que nadie te pusiera un dedo encima sin tu consentimiento.

—Tú no eres nadie. Eres Sussie. Nadie más que April y tú os preocupáis por mí.

—Está mal, está muy mal. Jamás tendría que haberte pegado. Y menos delante de la Nailiya.

Lloraron. Se abrazaron. Con el dedo índice secaron las lágrimas para que el desperdicio del rímel no fuera tan grotesco.

—No te preocupes.

—*I am so sorry!*

—*It's ok.*

Sussie indicó al taxista que las llevase al restaurante de Miguel. Se tomaron el día libre. Cenaron comida española y bailaron flamenco bajo los focos de colores, rozándose con los apátridas europeos que no apartaban la mirada de sus traseros, hasta que los pies no aguantaron más. Sussie bebió más de la cuenta y Rihanna la acompañó a su casa. Le quitó los zapatos, la acostó, la arropó y le dio un beso cariñoso en la frente. Antes de irse y de apagar la luz contempló el retrato enmarcado de una niña esquelética.

El sol asoma cada mañana e ilumina el feliz espectáculo que protagoniza Rihanna. Su vida va viento en popa. Ha entrado en el nuevo año con buen pie. Por las mañanas desayuna rgayef con miel y una taza de café bien cargado. Bebe abundante agua para eliminar los restos de vino que acumula cada noche en sus órganos. Asiste a las clases con el entusiasmo de una astronauta a punto de despegar en una misión extraterrestre. Cumple con las tareas del hogar y juega con las más pequeñas. Los días fluyen y no son tan fríos ni lluviosos como le habían asegurado.

Las noches en que Malik, Malika, está en la ciudad, Rihanna solo «trabaja» para él, ella, aunque a la Nailiya no le parezca del todo bien. No se fía ni un pelo y, al no tenerla en las esquinas, la fama de su protegida se ha estancado. Sabe por experiencia que cuantos más clientes tenga Rihanna, más trabajo para las demás. El dinero no deja de entrar, por lo que de momento la Nailiya no insiste, aunque le preocupa que pueda convertirse en una vaga y que la influencia de su mentora la ponga en su contra. Rihanna empieza a mostrar los conocimientos adquiridos gracias a Sussie. No ha revelado detalles de Malik (para la Nailiya se llama Ahmed) y no confiesa dónde pasan las horas. En diferentes hoteles, suele responder, sin más detalle.

Malik la cuidaba. No había sexo, era algo más. Abrió una cuenta corriente y le entregó una tarjeta de crédito que podía usar sin pedirle permiso y sin que se enterase la Nailiya. Malika la agasajaba con conjuntos de los mejores diseñadores, cremas, alguna joyita, buenos vinos, revistas de moda y libros que compraba durante sus viajes de negocios. Pedían comida a domicilio, paseaban sin bajar del coche, hablaban de las últimas lecturas y de las películas que veían, pero no pisaban un restaurante o la pista de baile de una discoteca.

Había noches en que Rihanna se aburría y se quedaba dormida en el sofá bajo una manta hecha a mano en Chauen mientras veían la televisión. La buena vida. Cuando estaba con Malika no pasaba frío o calor en la calle y no enculaba, es lo que más le pedían, a barrigudos ni a halitosos. Realizó cálculos con la ayuda de Malika. Si continuaba al mismo ritmo y era capaz de ahorrar y no malgastar en tonterías, a los dieciocho años abriría con April un negocio en otra ciudad, donde nadie las conociera. Y compaginaría el trabajo con estudios universitarios. Bióloga y joyera. Cuatro o cinco años después,

163

con una carrera, un oficio y el suficiente dinero solicitaría un visado a Estados Unidos que no le negarían. Malika se asustaba, se entusiasmaba y se conmovía. No había conocido a nadie con tanta determinación. Una adolescente sueña, planifica y prepara el terreno. Rihanna sobrepasa cualquier obsesión, Malik la lleva a terrenos en que solo cabe una posibilidad, una dirección. Una verdad.

# 13

## Los tiempos terribles no caducan III

Ágata, ónix, ámbar, coral. Plata cincelada, plata vieja, plata nielada, plata estampada, plata grabada, plata dorada. Cristal y cuentas de vidrio. Cornalina, conchas y coral mediterráneo. Oro y bronce. Cuero, resina y madera. Amazonita. Lapislázuli, turquesa. Tobilleras *khalkhal*, diademas, colgantes, pendientes, anillos, cadenas y pulseras. Talismanes y amuletos. Piezas únicas, monedas antiguas.

—¡Despierta, Rihanna!

La cabeza le daba vueltas. No terminaba de acostumbrarse a los vinos argentinos. April iba de un lado a otro recogiendo prendas que hundía en una enorme maleta.

—Mamá Nailiya nos invita a pasar una semana en Esauira. Nos vamos en una hora.

En el suelo había otra maleta destinada a las cosas de Rihanna.

—Lávate y coloca tu ropa. Comerás de camino.

Uno de los gatos, Gadafi, se había tumbado sobre sus piernas desnudas. Rihanna no estaba para juegos, no era alguien a quien el motor le arrancase al primer intento y no soportaba tanto ajetreo matinal. Apartó al animal con el pie y este la arañó por su poca delicadeza. Agarró por el cuello a Gadafi y lo lanzó contra la pared. El golpe y el maullido no la ablandaron y le lanzó un zapato que por suerte no hizo diana. La ciudad estaba llena de animales tullidos.

—¿Qué te ocurre?

—Nada. Voy a pasarme un agua.

—Vamos a Esauira porque la semana que viene se cumple un año de tu llegada. Sé agradecida.

Semanas, meses, años después, Rihanna seguiría recordando aquel día como el primero, el inicio de las reiteradas corazonadas, intuiciones y malos presentimientos que le ocasionarían insufribles jaquecas.

Rihanna conoció el significado de unas vacaciones pagadas con todo incluido. La semana pasó volando, exceptuando las cinco horas de ida y las cinco de vuelta. Durante el día, un agradable calor. Por las noches, un inesperado frío. Cientos de barcas en la costa cargadas de pescado y gaviotas revoloteando, miles de estrellas despiertas en la oscuridad. La Nailiya les presentó a sus amistades, todas la alababan, todas le debían un favor. Compartieron una jornada con los organizadores del festival de música de Esauira, en el que los amantes de las raíces del alma sonaban cada verano dentro y fuera de la medina. Conocieron a las bailarinas mauritanas y senegalesas que enseñaban a las turistas a liberarse de sus males físicos y espirituales abandonando sus cuerpos con movimientos ondulantes. Bebieron con un grupo de franceses que regentaban hoteles y restaurantes donde guardaban bajo llave botellas de licores que, según afirmaban, potenciaban la energía sexual. No probaron la carne en siete días. Se alimentaron a base de pescado y mariscos, frutas y verduras, falafel y panes de sésamo que preparaba una amiga judía. Jugaron al parchís y fumaron hachís afgano con dos holandesas mientras Mamá Naiyila se teñía el pelo de azul, se hacía un masaje con arena de las profundidades del océano o se ausentaba sin previo aviso. Flirtearon con dos pescadores a los que dejaron con la miel en los labios. Aprendieron a hacer ceniceros y tortugas con latas de refrescos. Ri-

166

hanna compró una cajita de madera con un cierre secreto. Se le ocurrió que las joyas que vendería en su lujoso comercio irían en cajas similares. Sostuvieron halcones en los brazos. Se adentraron en el desierto donde las dunas son arenas movedizas y los camellos los amos del horizonte. Rihanna estuvo a gusto en todo momento y sufrió en secreto su persistente dolor de cabeza. Los presentimientos no perdonan.

Rihanna dormía con los auriculares puestos. Unas estridencias la despertaron: música mezclada con los gritos del exterior, dos emisoras mal sintonizadas que se solapaban y no permitían disfrutar de un sueño agradable. Rihanna creyó que se trataba de las tres pequeñas, que habrían vuelto a pelearse o, diseccionando una lagartija, se habían asustado al pringarse con las vísceras, pero era demasiado pronto, todavía no había salido el sol.

Carol abrió la puerta de un golpe, lloraba aterrorizada y en la mano le colgaba, enredado entre los dedos, un mechón de pelo que ella misma se había arrancado. Un único motivo provocaría que Carol corriera a avisarla dejando a un lado las rencillas entre ellas. Rihanna saltó de la cama. Se mareó, las paredes encogieron y el techo se derrumbó sobre ella. Carol la sostuvo, lloró en su hombro mojándola con sus lágrimas. Bajaron las escaleras ayudándose como dos viejas amigas. Llegaron al patio.

El cuerpo de April estaba en el salón, tapado con una sábana azul. Los gatos habían olido la muerte y se ocultaron bajo las mesas. Mamá Nailiya, sentada en el rincón más oscuro, tenía un rosario en la mano. Sussie acababa de llegar. Después llegaron las nueve de la avenida. La casa se llenó de visitas. Rihanna estaba en blanco. No gritó, no lloró, respiró obligada por la fuerza de la costumbre. No oía los lamentos, los desgarros de las demás jóvenes y mayores. Rihanna entró en trance, susurró «No no no» como el vespertino viento del desierto que conoció días antes. No se acercó al cuerpo inerte. Rihanna tenía las manos moradas, los labios cortados, la lengua cálida. Se mordía los brazos para borrar de su mente la imagen de April.

167

Mamá Nailiya le había encargado un cliente especial. Un chulo que le cobraba unos elevados intereses. Un policía que llevaba años extorsionándola y al que había que tratar con sumo cuidado, satisfacer sus exigentes peticiones. A cambio le otorgaría otra breve tregua y no denunciaría su actividad a los políticos islamistas que con el paso de los años acapararon mayor poder en el Ejecutivo. En el salón se quedaron Sussie, Mamá, Rihanna y dos de las veteranas que limpiaban y perfumaban el cuerpo de April y que ocultaban con maquillaje la marca de los dedos alrededor del cuello. Acordaron que enterrarían el cuerpo al lado de la madre adoptiva de la Nailiya, en la pequeña parcela del cementerio que alquilaba. La puerta siguió abriéndose sin cesar para las mujeres que acudían, a escondidas de sus maridos, a dar el pésame y a recitar el Corán. Carol preparó centenares de teteras y rgayef. Pinchos y callos.

La procesión, con todas vestidas de blanco, salió a primera hora de la mañana. Nadie preguntaba, nadie quería entrometerse en los asuntos de la Policía. Dos agentes hablaron con la Nailiya con tono amenazador. Una sola palabra y le cerraban la casa. Sussie los escupió a los pies. Mamá no se atrevía a hablar con Rihanna, no podría soportar la fuerza de sus ojos bañados en sangre. De pequeña le tocó callar. A pocos años de su retiro, sufría con la misma condena. En un mundo imposible, las mujeres dominarían a los hombres y fornicarían por placer. Estaba perdiendo la fe y era incapaz de consolar a una de sus «hijas». Estaba extenuada, derrotada. Sussie había conseguido que el funcionario del cementerio, a cambio de una suculenta propina, permitiera que Naomi, la que nunca hablaba, oficiara el rito, recitara las suras y lanzase el primer amuleto de muchos que quedarían enterrados bajo tierra.

Cuando regresaron a casa, Rihanna se refugió en la azotea. Con una pluma de paloma se acariciaba los pliegues de la mano. No oyó los pasos arrastrados de Carol.

—¿Vas a permitir que esto quede así? Nací en esta casa

y probablemente moriré aquí o en otro lugar similar. Tú eres dueña de tu destino y la única capaz de vengar a April.

Rihanna bajó a la habitación de la Nailiya después de que la luna completara su recorrido. Detrás de la cruda luz de una lámpara de gas, Sussie y Mamá Nailiya susurraban conjuros. Las dos se habían colgado del cuello una *jamsa* y arrojaban sobre las brasas del *mejmar* pequeños trozos de papel en los que habían escrito secretos y augurios. Rihanna tenía lagunas, no recordaba nada del último día y quería probar de nuevo el mejunje que bebió el día de su bautizo. Tardaron una hora en preparárselo. Lo bebió de un trago. En sus alucinaciones, vio los cuerpos de Sussie y la Nailiya arder desprendiendo un nauseabundo olor.

En el hamam llenó todos los cubos y barreños con agua ardiendo y agua congelada. Frío y calor alternó sobre su cuerpo desnudo. Con una piedra pómez y con un guante de *kessa* limó las duricias y frotó hasta lograr desprenderse de toda la piel muerta. Se enjabonó con la pastilla de higo chumbo. Carol y Naomi entraron al hamam. Entre las dos la masajearon, le estiraron las extremidades, le desenredaron el pelo, le cortaron las uñas. Le prepararon unas toallas perfumadas. Rihanna pidió que la dejaran sola. Se vistió frente al espejo con ropa de April y se calzó unas deportivas, donde iba no necesitaba tacones. Gadafi le acarició las piernas. Observó impaciente la habitación fotografiando los rincones donde no regresaría, encendió una vela y esperó a que la llama se afianzara para apagarla de un soplido. Inhaló el agradable olor.

Mary, Helen y Alice aguardaban tras la puerta y la acompañaron por las escaleras. En el patio esperaba el resto. Nadie había ido a trabajar. Mamá Nailiya salió de su habitación. No habló, a la mínima palabra perdería las fuerzas. Las pequeñas rompieron en llanto, como el resto de compañeras. Las despedidas, los verdaderos finales son mudos, con alguna lágrima silenciosa y toses desafortunadas.

—¿Dónde vive?

169

—Si te lo decimos, no podrás volver —respondió Mamá aguantando las lágrimas.

—*Please,* no renuncies a tu vida —le rogó Sussie.

Unos ruidos lejanos, de otro mundo, acallaron la voz de la conciencia. Rihanna no se inmutó. Mamá Nailiya apuntó la dirección en un trozo de papel.

—Quémalo. No dejes pistas.

Naomi llevó la maquinilla de tatuar. Las tres se grabaron en la piel del antebrazo el verdadero nombre de April, Fauzia. Sussie y la Nailiya siempre serían amigas, aunque discutieran y se retirasen la palabra durante días. Rihanna, en cambio, se dirigía allí donde las amistades se pierden por culpa de las leyes de los hombres y la insalvable distancia que ha de recorrer una fugitiva.

Rihanna cruzó la ciudad a pie. No podía dejar pistas, no podía ser reconocida. La chica que llegó hace un año había dejado de existir. En la casa dirían que se fugó sin dar aviso. Ni rastro de ella. No tenía teléfono, ni Facebook, nadie conocía su verdadero nombre.

—¿Quién eres?

—Hola. Me envía Mamá Nailiya.

—¿Qué quiere?

—Asegurarse de que todo sigue igual.

—Pasa.

El desgraciado era más arrogante, alto y fuerte de lo que había imaginado. El aliento le olía a alcohol y hacía bastantes días que no se aseaba. La casa estaba desordenada, con botellas vacías por todos lados y cerveza derramada por el suelo y las mesas. Las ventanas estaban cerradas y el televisor encendido. Le indicó que se sentara en una silla de plástico. Rihanna obedeció. En la casa no había frigorífico. El policía abrió una lata. De un trago se bebió casi toda la cerveza caliente. Se acercó a Rihanna. Con la mano mojada la agarró del mentón. Apretó con la fuerza de un alcohólico y la observó de un perfil y del otro. La bofetada la tiró al suelo, y en la caída se rompió la silla.

—Dile a la puta de tu *madame* que las cosas estarán bien cuando a mí me apetezca.

Se sentó en el mugriento catre y se desabrochó el pantalón. Rihanna sabía a qué había ido y a gatas se arrastró hasta él. Empezó con las manos. El policía le tiró de los pelos y la obligó a usar la boca. No le gustaban los preliminares. Rihanna era experta, tenía un don. Necesitaba que se relajase del todo, que inclinara la cabeza hacia atrás. «Más, más, más rápido.»

Le clavó el cuchillo en la cara. Lo quería vivo. El animal no podía gritar, de su garganta emergía el aullido de una hiena. Lanzó una patada que no logró alcanzar a Rihanna. Tropezó como un borracho al intentar agarrarla. Rihanna era una ninja. En la mano sostenía una botella de cristal que le estampó en la cabeza. El policía estaba mareado, casi inconsciente. Rihanna agarró el pequeño ataifor por las patas y machacó con la tabla la cara del asesino de April.

Todavía no estaba muerto. No disponía de mucho tiempo. No podía confiar en que los vecinos no avisasen a la Policía; en Marruecos hay ojos y oídos por todas partes. Encendió las dos velas que llevaba en el bolso y empezó a prender todo lo que encontraba. Vació sobre el cuerpo inmóvil la botellita con el líquido inflamable que le había dado la Nailiya y lanzó sobre él varias cerillas. Esperó. Quería ver cómo despertaba en una pesadilla real. La temperatura aumentaba. En unos minutos podía quedar atrapada o asfixiada. Por fin, el asqueroso recobró el conocimiento. Las llamas hicieron el resto.

Rihanna esperó escondida más de doce horas por los alrededores de la casa de Malik. Por suerte, apareció. Podría haber estado de viaje en Dakar, en Mogadiscio o en Beirut. Le salió al paso y subió rápidamente al coche. Malika no podía evitar que le temblaran los labios, comerse la uñas y decirle que apestaba a basura chamuscada.

—Por favor, dime que no has cometido ninguna estupidez.

Rihanna, en el apartamento, enrollada con una manta, confesó. Había quemado vivo a un policía. Medio país debía de estar buscándola. No tenía dónde ir. Nunca podría cumplir ya su sueño de vivir en Nueva York. Estaba asustada. Malika no se sentó, iba de un lado a otro y llevaba tres whiskis seguidos. Al día siguiente no iría a trabajar, diría que no se encontraba bien.

—En cuarenta años nunca he faltado a una reunión.

Pasó una semana y Rihanna todavía sentía el olor de los fósforos quemados y de la piel de los pies ardiendo. En su guarida, las horas las pasaba durmiendo o en la bañera, acurrucada con su depresión. Las circunstancias la conducían por un camino violento, sin desenlace feliz, un coche de carreras al límite de su potencia y a punto de entrar en una curva insalvable. Malika le había prohibido que encendiera, en su ausencia, la televisión o la radio. No estaba enfadada ni disgustada, era más profundo, más hiriente su dolor. Por dentro, un vacío. La historia se repetía. En su juventud se vio acorralada por un suicidio; décadas después, implicada en un asesinato. No podía decir que estuviera enamorada de Rihanna. El afecto era más próximo a la unión entre dos almas gemelas. Albergaba planes para ambas que incluían a April. Pronto se jubilaría, abandonaría el país y cada cierto tiempo se reunirían las tres y disfrutarían de la vida, de un buen mango, de un suculento bogavante, de una botella fresca de vino blanco, de unos músicos con rastas, de los atardeceres en un pueblo tranquilo y silencioso de la costa mexicana.

Dos semanas, tres semanas. Cuatro meses. La Policía buscaba a una chica, por suerte no habían reunido más pistas. Nada la relacionaba con la Nailiya. Rihanna empezó a creer que quien estaba a cargo de la investigación no deseaba destapar las vergüenzas del cuerpo policial. Malika le recomendó que se dejase crecer el vello de la cara y que cambiara de aspecto. Rihanna se afeitó la cabeza, se acostumbró a la ropa de chico y ensayó una voz nasal.

Por fin llegó el pasaporte. Malik, poniendo en riesgo su reputación, había tirado del hilo de unos contactos que no quería desvelar y consiguió unos documentos falsos y un visado de turista a España. Acordaron que era menos peligroso cruzar la frontera por mar. Los aeropuertos atrapan a pasajeros de los que no se ha vuelto a saber.

Llegó la última noche. Rihanna se vistió con traje y corbata, como el joven de la foto. Cuando llegó Malika, se tapó con la mano un grito. La botella de vino cayó al suelo y el líquido rosado manchó el parqué. Rihanna quería darle una sorpresa, una alegría. No le salió bien.

—Lo siento. He convivido con un fantasma hasta que te conocí. No soportaría que tú también te convirtieras en otro.

Malika corrió a encerrarse en el baño. Lloraba y lloraba y lloraba. Sabía que se trataba de las últimas horas y no podía detener las lágrimas. No volverían a verse. Las dos se jugaban demasiado. La cárcel no es lugar para dos enjauladas en su propio cuerpo. Rihanna sollozaba al otro lado de la puerta. Había perdido a April, a Sussie y llegaba el turno de Malika. La puerta se abrió un par de centímetros. Se abrazaron, se besaron, se acariciaron. Se acostaron juntas con un nudo en la garganta.

Malika no salió del apartamento. Con la espalda apoyada en la puerta, se despidió del presente que había soñado. Rihanna no miró hacia atrás. Un taxi la llevó hasta la parada de autobuses. Volvía a ser Zakariaa. En los documentos se llamaba Ibrahim. Viajaba con un ligero equipaje: una mochila escolar y una maleta con ruedas. Dinero en efectivo y una tarjeta de crédito de un banco que no pertenecía a Malik. Un turista deseoso de conocer La Alhambra y la mezquita de Córdoba. Y por supuesto, el Alcázar de Sevilla.

El autocar viajó de noche y llegó a primera hora de la mañana a Tánger. Otro taxi la llevó hasta el puerto. La policía comprobó el pasaporte y revisó las maletas. La fecha de nacimiento indicaba que tenía veinte años y los aduaneros no lo pusieron en duda. Le desearon buen viaje. Era martes al mediodía, el mar estaba removido y no había delfines. No habían pasado ni doce horas desde que abandonó Casablanca y ya se encontraba en suelo español. Faltaba la última prueba, el control de Policía del otro lado del Estrecho. La observaron con más detenimiento, comprobaron la documentación con más recelo, le hicieron muchas más preguntas, registraron con manos enguantadas sus pertenencias y la husmeó un perro baboso e inquieto. A un fardo de hachís lo recibirían con mejor trato. Le sudaron las manos cuando mostró la reserva del hotel.

—Te recomiendo que visites Doñana. Un estudiante de Biología no debe perdérselo.

—Gracias.

Algeciras era un lugar hostil, gris, de paso. Rihanna no llevaba su navaja y se sentía desprotegida. En la estación de tren compró el billete hasta Sevilla y desayunó un café y un cruasán seco. No había abejas revoloteando entre los dulces de la cafetería. En la tele hablaban de una invasión de medusas en la costa mediterránea. Subió al tren y, aunque era moderno y con los detalles diseñados por ordenador, prefería los viejos trastos heredados de la hipócrita solidaridad francesa. Hacía frío. Se relajó, los músculos se destensaron. Aprende quien se equivoca, y Rihanna cometió la mayor de las estupideces. Se quedó dormida.

Al despertarse le faltaban la mochila, la maleta y la tarjeta de crédito. Adiós a unos meses de tranquilidad. Buscó al revisor y este se limitó a encogerse de hombros y a recordarle que cada cual era responsable de sus pertenencias. El español que aprendió escuchando canciones y mejoró en la escuela de la Nailiya le sirvió de poco. La vida es así y no puede culpar a nadie más que a sí misma. Quienquiera que sea.

La estación de tren de Sevilla era un amasijo de hierros que dejaban en una división inferior a la de Casablanca. Con los euros que llevaba en el bolsillo, más las tres primeras noches pagadas en el hostal, tenía para una semana. No le han robado el pasaporte y le da rabia. Le quema en las manos y es así como acabó, calcinado para que nadie lo encontrase y descubriera la farsa.

Las ilusiones son falsas, no pueden ser de otra manera si no cuentas con dinero en el bolsillo. Rihanna pronto cumpliría dieciséis años. Sospechaba que nació durante el mes de julio. Así lo creerá el resto de sus días. El radiante futuro se había desvanecido y no le quedaban fuerzas para seducir al presente. Un plato de garbanzos o dos de gazpacho rogaba a la diosa fortuna. Llevaba un mes en la ciudad cuando la policía la detuvo *in fraganti* negociando el precio de una mamada con un posible cliente.

—¿Cómo te llamas?

—Ibrahim.

—¿Cuántos años tienes?

—Quince o dieciséis.

—¿Dónde está tu familia?

—Muerta.

La llevaron en el coche patrulla a comisaría. Allí le tomaron declaración. Se inventó los datos personales y una historia: su familia murió en un accidente. Los mismos policías la acompañaron hasta el centro de acogida. En Andalucía no hay educadores de calle que hagan parte del trabajo. Se llevó una buena sorpresa cuando llegó al centro. La recibieron un educador y un vigilante, los dos encerrados con llave en una habitación enrejada y con una pantalla conectada a las cámaras de seguridad. Los chicos, unos doscientos, campaban a sus anchas, sin nadie que les preparase la comida o los mandara a dormir.

A Rihanna le tocó una cama pestilente en una habitación que tiempo antes fue un sótano donde guardarían la maquinaria averiada de la antigua fábrica. Había una veintena de literas. El repulsivo olor a pies, a desinfectante y a Axe hacía imposible respirar. En una hora volvía a estar en la calle. Prefería dormir dentro de un contenedor antes que aguantar los llantos de los más pequeños, que se orinaban en la cama, y las trifulcas de los mayores, que se rajaban por un teléfono o un reloj robado. A pocos pasos la seguía un chico negro con bermudas, una camiseta de tirantes blanca que dejaba a la vista todos los músculos con los que le había dotado la naturaleza y unas zapatillas hawaianas. Ni mochila ni bolsa con ropa sucia. Ligero como una hoja de baobab.

—¿Dónde vas?

—No lo sé.

—Voy contigo.

—Como quieras.

Caminaron en silencio hasta llegar a un parque. Saltaron la verja y buscaron un lugar resguardado. Los mosquitos no los respetaban y, aunque no se quejaban, a los dos los estaban acribillando.

—¿Cómo te llamas?

—Todos me llaman Azzi.

—Eso no es un nombre, es un color.

—Me llamo Seydou. ¿Y tú?

—Todavía no lo he decidido.

Seydou entendió la intención de la frase.

—En cada ciudad debes adoptar un nuevo nombre, si no, te ocurrirá como a mí.

Hacía un año que llegó a las Canarias sin hablar una palabra de español. De allí, un avión lo llevó a Málaga. Estuvo en Madrid, en Bilbao, en Sevilla, en Valencia y en Barcelona, pero como el primer registro como menor constaba en Andalucía, siempre que lo detenían lo enviaban de vuelta al centro de Málaga, del que se fugaba un día después. Hablaron en francés hasta que se quedaron dormidos. Seydou quería mejorar su español, a partir del día siguiente hablarían en la lengua de acogida.

A las seis de la mañana no podía dormir más. Decenas de hormigas picoteaban un gusano que se retorcía de dolor antes de morir del todo. No había rastro de Seydou. Buscó en su mochila. No faltaba nada. En un par de horas abrirían las puertas del parque y un poco antes llegarían los jardineros del Ayuntamiento. Mejor que no la viesen. El olor a jazmín y a naranjo ocultaba el mal olor corporal. Duró poco, no hay fragancia que se inserte para siempre. Miró al cielo, miró al suelo, se miró las manos y prometió no volver a fiarse de nadie, no bajar la guardia. «En las calles de Tánger sobreviviste manteniendo un ojo abierto.» Para los sintecho de cualquier parte del mundo los códigos son los mismos. Seguía creyendo que las ilusiones son mentirosas, pero se aferraba a la idea de que, si después de Tánger encontró un hogar en Casablanca, puede que aquí tuviera la misma suerte. No debía rendirse a la primera y decidió abandonar Sevilla, donde había empezado con mal pie.

Seydou la llamó desde lejos. Su zancada era la de una gacela, podría dedicarse al atletismo y ganar medallas para el país que ha abandonado por la pobreza o para uno europeo que le premiaría por tararear un himno sin letra. En la mano llevaba una bolsa. Compartieron los cruasanes, la botella de bissap y los minibocadillos de queso que le había dado un paisano que trabajaba en una panadería y que en cuanto podía lo ayudaba con comida y con el refresco que preparaba su mujer.

El agua del Guadalquivir es verde.

—Pensaba que no te encontraría.

—Me marcho de Sevilla.

—¿Adónde?

—No lo sé.

—Vayamos a Huelva. Allí encontraremos trabajo.

Más de veinticuatro horas después un camión los recogió a las afueras de la ciudad. Hacer autostop estaba prohibido, como la mayoría de cosas que le gustaban a Rihanna.

—Voy a Almería.

No le pusieron pegas al camionero después de tantas negativas. Seydou y Rihanna emprendieron el viaje de los nómadas que toman cualquier ruta que los lleve a cualquier otra parte. Seis meses: agosto, septiembre, octubre, noviembre, diciembre y enero. Diez ciudades: Almería, Málaga, Granada, Huelva,

177

Córdoba, Madrid, Bilbao... Y diez nombres distintos: Ibrahim, Ilias, Youssef, Ismail, Omar, Naim, Haron... El tiempo de estancia en cada lugar depende de la Policía. Cuando tropiezan con ellos y son identificados como jóvenes no acompañados y llevados a un centro de acogida, se fugan, después de ducharse y de cambiarse de ropa, hacia otro destino.

Todavía no habían decidido dónde asentarse y no serían unos uniformados quienes tomasen la decisión por ellos. Donde más tiempo permanecieron fue en Granada y en Bilbao. En Granada, por el ambiente universitario y porque Rihanna consiguió ganar bastante dinero en pocos días. Además, Seydou había perdido la virginidad con una erasmus estudiante de Antropología, y pasaba las noches con ella, en su cómoda cama. En Bilbao, por las condiciones decentes que ofrecen sus centros, donde recuperaron el sueño y durmieron con los dos ojos cerrados y porque se encontraban a gusto entre una población que los ignoraba y no los juzgaba. De las demás ciudades no guardaban mal recuerdo, tampoco ninguno bueno.

—Me llamo Rihanna.

Semanas antes, después de fugarse de Málaga, quiso confesarle a Seydou que era una mujer en el cuerpo de un hombre. No hizo falta. Seydou, sin bajar el pulgar para que los vehículos se detuvieran y los llevaran a otra parada, rodeó con un brazo a su compañera de viaje.

—Mi prima se suicidó. Era albina y la bautizaron con el nombre de Problema. Si hubiese tenido tu fuerza, todavía estaría viva.

De Bilbao no los expulsó la Policía. La lluvia y el frío estaban bien para ambientar los cuentos de brujas que narraban los abuelos del geriátrico, no para echar raíces. Antes de acceder al museo al que los llevaba Idoia, la educadora que hacía las funciones de tutora, hablaron con ella y le explicaron que no entrarían, que se marchaban. Idoia anotó una dirección en un trozo de papel que arrancó de una libreta.

—Si pasáis por Barcelona, poneros en contacto con los educadores de este *casal*. Esperaré un par de horas antes de avisar de que os habéis fugado.

De nuevo en la carretera dejaron su suerte en manos de los camioneros. Según los cálculos de Seydou, de cada ciento setenta y nueve, uno se detenía y los hacía avanzar hasta el siguiente agujero, como si de fichas de *awalé* se tratase. Pasaron por Zaragoza y Valencia. El racismo, las miradas desconfiadas, el viento y los problemas con la Policía y los vecinos que no toleraban la llegada de nuevos forasteros se repetían en estas ciudades y solo pasaron un par de noches en cada una de ellas. A Castelldefels llegaron tras colarse en unos cuantos trenes y avanzando según lo que permitieran los revisores y seguratas. Seydou, a pocas paradas de Barcelona, quiso confesarse con Rihanna.

—No me quedaré en Barcelona.

Seydou tenía otros planes. España, lo que había conocido, no le gustaba y, estando tan próximo de la frontera, no iba a detenerse. Tampoco lo haría en Francia. Continuaría hasta llegar a Suecia y, de allí, de polizón en un barco, hasta Canadá. La primera reacción de Rihanna fue la de acompañarlo, avanzar juntos hasta llegar a la otra punta del mundo y cumplir el sueño de Sussie. Rihanna, de pronto, enmudeció y se quedó en blanco observando las dos incisiones en las sienes de Seydou. Entendió que las dos cicatrices eran marcas de un pasado distinto al suyo, señales de una tradición que se remontaba a tiempos lejanos, un recorrido del que fácilmente se podría perder la pista si en tus venas no corría la sangre de los que no conocen fronteras. El pecho se le oprimió. Reprimió las lágrimas. Seydou seguiría su camino y Rihanna el suyo: llegaría a Nueva York por otros senderos.

Era un día soleado de invierno y la playa estaba tranquila. Abrieron las latas de atún en escabeche y comieron atentos a las trayectorias de los aviones que cubrían el cielo. No reprimieron el impulso juvenil y se bañaron en el frío mar. Seydou nadó hasta la boya sin comprobar que Rihanna no lo seguía. Oscureció y, con sal en los labios y en la piel, durmieron con las espaldas pegadas en uno de los bancos de la estación compartiendo los auriculares del reproductor MP3. Antes de que saliera el sol, Seydou se alejó por la carretera en busca de un nuevo camionero. Rihanna esperó a que pasara el primer tren. Triste.

Arrastró los pies por el asfalto de la ciudad donde todas las calles se asemejaban. Se perdió y regresó al mismo punto hasta en tres, seis o nueve ocasiones. Intentaba que alguien le indicara el rumbo que debía continuar para encontrar la dirección que tenía anotada en el trozo de papel, pero nadie se detuvo a hablar con ella, todos iban apresurados hacia un destino que ella ignoraba. Solo los captadores de socios para ONG la abordaron confundiéndola con alguien que sí tendría una cuenta corriente abierta a su nombre. En Casablanca, a su llegada era anónima, en Barcelona era transparente. Invisible.

Quince minutos después de las ocho de la tarde por fin dio con la pequeña calle donde se encontraba el *casal*. La persiana estaba bajada. Regresaría al día siguiente.

Esa noche Rihanna recicló comida en el mercado de la Boquería y acabó peleada con una rumana y una mujer mayor que no le permitieron que rebuscase entre los cubos de basura de una panadería. Ellas habían llegado antes y en la ciudad, entre los desperdicios del primer mundo, también existen las jerarquías.

# TERCERA PARTE

# 14

## Donde más duele

*Everything's changing around me*
*and I wanna change too.*
*It's one thing I know,*
*it ain't cool being no fool.*
*I feel different today.*
*I don't know what else to say,*
*but I'm a get my shit together.*
*It's now or never,*
*now or never, now or never, now or never, now or never.*

*Now or never*, THE ROOTS

*S*algo de la cama. De día me mantengo firme, sin heridas.

El sol ilumina el balcón. Todavía no han empezado las clases y el colegio está huérfano de los sonidos infantiles. El ruido de los coches se mezcla con el de las obras públicas y privadas: voces desde los andamios, camiones dando marcha atrás, grúas sosteniendo materiales pesados, radiales cortando piezas de aluminio o de cobre, escombros que caen por amplios tubos de PVC. Una pareja de técnicos del Ayuntamiento retira un nido de cotorras argentinas de una farola ante la atenta supervisión de un grupo de jubilados. Me pregunto qué harán con los huevos. Le he echado demasiada leche de avena al café. El perejil se ha secado. El tallo, las pequeñas hojas, las florecitas con las pequeñas bolitas que en su día pretendieron ser semillas fértiles y las raíces crujen entre mis dedos. El cactus se ha podrido con la lluvia de las tormentas veraniegas. No lo toco, no llevo guantes. De las plantas de la terraza se ha salvado el árbol de jade, bonito nombre para una planta tan común. Un caracol ha abandonado el caparazón.

Con la ayuda de Rosa María, he empaquetado todas tus cosas en cajas de cartón. Apiladas en tu habitación, forman una figura tan fea como una Sagrada Familia. Me he de cuidar y me he de dejar cuidar, más aún tras los últimos días en los que no he salido del baño. Dolor y sangre. Lo primero es lo primero. Y lo primero eres tú, Rihanna. Por las noches robas mis sueños y así no puedo vivir.

Septiembre es el mes más triste y agradable del año. Flota en el aire un entusiasmo colectivo, una colección de promesas autoimpuestas que no se cumplirán. Forma parte del juego, de la vida. Coleccionar ilusiones que causan insatisfacción, que aciertan donde más duele.

Yu está leyendo. Hace casi dos meses que no nos vemos, desde Tánger. Hemos hablado poco, algún que otro mensaje y alguna que otra nota de voz. Agosto anestesia o da la última cornada a las relaciones con poca cuerda. La nuestra está sana, sin llagas, quizás un tanto distante, resbaladiza. Nos hemos dado dos besos, sin rozarnos los labios. Desliza la mano por mi brazo. Es extraño. Admiro y envidio a los que follan sin importarles lo que venga después.

Yu ha engordado unos kilos. Convivir parte de las vacaciones con la suegra pasa factura. Termina su copa y pide una ronda levantando la mano. Jose, el dueño de La croquetería del Poble-sec, conoce sus hábitos. Con paso renqueante no tarda en servir las Estrella Galicia y unas croquetas caseras.

—Jose, invita la casa. Estas son de rabo de toro, estas de cabrales y estas de bacalao.

Yu, que está acostumbrado a que le cambien el nombre, o a que se lo traduzcan, se revuelve en la silla siempre que ocurre sin poder evitar que se le escape una sonrisa maliciosa o de resignación, según el ánimo y la confianza con el interlocutor. Mientras no le cambien del catalán al castellano cuando se enteran de que es moro, es capaz de controlarse. *Soc moro, no imbècil.*

En la plaza, niños y niñas juegan al fútbol con unas porterías improvisadas. Más niños y niñas, entre gritos, llenan globos con agua de la fuente y se persiguen mojándose, espantando a las palomas y a algún que otro vecino malhumorado, aprovechando la temperatura de las semanas del año en que los efectos del cambio climático ofrecen una breve tregua. Las familias vigilan de reojo mientras toman unas cervezas con otras familias y hablan de sus vacaciones finalizadas, de la dureza que supone volver a la rutina y guardar el bañador o las botas de montaña.

185

Sí, en Tánger nos hicimos una promesa. Han pasado ocho semanas y apenas hemos avanzado casilla. La jueza ha levantado la orden y he podido regresar a mi piso. A Mercedes y, sobre todo, a mi madre no les hace ni puñetera gracia. Rosa María me comprende o prefiere callar, bastante tiene con lo suyo. Su marido ha regresado a Filipinas. Bueno, ella lo ha embarcado en el primer avión. Un ultimátum, un acuerdo que no ofende a la familia. Trabajará, como siempre, y le mandará dinero para sus vicios, y para que se haga cargo de la casa de Manila, pero no lo quiere cerca, no lo quiere como esposo, como parásito. A su hijo le ha dado una oportunidad, la penúltima. Este curso empezará un grado de Sistemas Microinformáticos y Redes.

Mis vacaciones, mejor dicho, mi baja laboral, la he pasado pintando el piso (en realidad, lo ha hecho el hijo de Rosa María con un amigo; no es mala gente, solo un chaval que ha crecido sin la presencia cotidiana de una madre), empaquetando las cosas de Rihanna y alguna que otra escapada por las fiestas mayores de los pueblos de la costa. Nada de sexo ni de drogas. Llevo dos semanas instalada, después de que se secara la mano de pintura, colgara los cuadros y los relojes. Las dos primeras noches apenas pegué ojo. Empalmé una tras otra películas de náufragos y piratas. El mar, la soledad. Los clínex. La habitación, de momento, no la alquilaré, aunque Lucía está interesada. Mi madre está encantada con la posibilidad: «Tienes que salir más con tus amigas de la infancia. Retomar la danza, el básquet. Y buscarte una nueva compañera de piso. ¿Lucía?».

Yu ha pasado una semana en Menorca y el resto en el Pirineo. Muna ha cumplido seis meses y le encanta el agua, el del mar y el de la piscina. También ha pasado un par de noches sin dormir, por los dolores nocturnos de su hija a causa de la otitis. Ha visto alguna que otra película, pero se quedaba dormido y verla a ratitos, rebobinando, es otra cosa.

Nawal ha dejado en visto el mensaje de Instagram. Quizás esté todavía anonadada. No hay emoticono que alivie la pérdida de una amiga. Enterarse por una pantalla de que Rihanna ha muerto asesinada en circunstancias sin resolver habrá sido un duro golpe, encontrándose a miles de kilómetros, en la jaula de oro catarí. Pedimos otra ronda y nada más de comer. El del bar lo sabe: Yu toma tres o cuatro Estrellas sin cenar. Para que coma por las noches hay que invitarlo, insistirle o que haya olvidado hacerlo durante el día.

Con su tercera copa, mi segunda, estamos más relajados, más indiferentes a las presunciones, a los prejuicios, a las inseguridades. El sexo fue buenísimo y estoy segura de que los dos tenemos ganas de repetir, pero eso no ha de impedirnos mantener una buena relación y centrarnos en lo que de verdad importa. Entre el luto, el viaje a Marruecos y las vacaciones de verano, hemos dejado pasar demasiado tiempo. De Jodar y Llull hace semanas que no hay señales, ni dan muestras de estar removiendo cielo y tierra. Llegamos a la conclusión de que partimos con cierta ventaja. Los asesinos se habrán relajado, pensarán que el caso está cerrado, y eso juega a nuestro favor, sin saber cómo. La clave está en tirar de los hilos, confiar en que la verdad la tenemos delante de las narices.

Yu saca una libreta de la mochila que le regalaron en el Sónar el año que fue con Rihanna.

—Durante las vacaciones he estado leyendo novelas negras y escuchando un *podcast* de sucesos policiales.

Antes pasaba los veranos de concierto en concierto. Hoy cambia pañales. Su mano no aleja el cigarrillo de los labios y el pie martillea el suelo. Me muestra la libreta en la que ha escrito en la primera página «2009». Entiendo por dónde va. Reconstruir diez años, una vida. Aparte del tiempo, no tenemos nada que perder. No será fácil, habrá miles de detalles que no conocemos. El carácter de Rihanna no ayudaba a saber qué pensaba, dónde iba, en qué agujero se había metido o quién era antes de llegar a nuestras vidas. Muchas páginas quedarán en blanco.

El camarero trae la cuenta y sirve una última ronda, gratis. Es el único bar de la plaza que cierra antes de las once. La pierna que cojea lo agradece.

—Dos meses. En dos meses tenemos que tenerlo todo resuelto. En caso contrario, habrá que pasar página. —Yu habla como un pureta.

Nos conviene marcar una fecha en rojo, aceptar los hechos poco a poco, pero los dos sabemos que para olvidar hace falta toda una vida. Yu ha pedido una excedencia en el trabajo y yo alargaré la baja. Joan insiste en que no hay prisa para que me reincorpore al taller, que no fuerce la máquina. Todavía no le he dicho que me he matriculado en Filología Francesa y que no sé si regresaré.

Aunque es jueves, el día de la ruta de tapas por el barrio, compramos un par de latas y nos tomamos la última birra en los bancos de la plaza. Ya no sé cuántas llevo, he perdido la

187

cuenta. Abrimos el Instagram de Rihanna y hacemos un listado con todas las personas etiquetadas en sus fotos y de los lugares que reconocemos. Sin una lista no somos nadie.

Por mucho que hayamos bebido, va a coger la moto. Tampoco sé si encontraríamos alguno, la huelga de taxistas está a punto de empezar y no es cuestión de subirse en los que les hacen la competencia y les quitan el pan. Se ofrece a llevarme a casa. Por las noches los semáforos están más tiempo en rojo, de todas formas, me sujeto a él con fuerza. La carretera me da miedo y no me gusta la sensación de estar tan expuesta a una caída. Conduce con prudencia, respetando el límite de velocidad, evitando las principales avenidas. La brisa es agradable y hay poco tráfico, pocas motos haciendo el loco.

Llegamos sin percances. Se quita el casco, me quito el casco, se enciende un cigarrillo, no me enciendo ningún cigarrillo. Parece estar esperando a que le diga algo, que lo invite a subir. O puede que solo le cueste despedirse, que sea igual de torpe que yo con las relaciones pasadas por fluidos corporales.

—He abortado.

Yu se atraganta con el humo, tose, se le empañan las gafas. No sabía si decírselo y ha surgido sin esfuerzo, deshaciendo el nudo de la garganta.

—No hace falta que digas nada.

—¿Estás bien? —tartamudea.

—Sí, solo puedo estar bien.

Le doy un beso en la mejilla. No se si finge o es una reacción ensayada, pero se le ha quedado cara de bobo. Quedamos en vernos pronto. Reunir las piezas del puzle, trazar una telaraña con cordel de lana que nos permita desandar los pasos de Rihanna.

—Si necesitas cualquier cosa…

Los hombres. Así son. Se les activa el botón automático a la mínima señal. Imposible que se desprendan de la vena sobreprotectora.

Evito el ascensor y subo por las escaleras tarareando a The Roots. Me ha dado un poco de flato, no estoy segura de si son los nervios o si es que me estoy meando. Abro la puerta de casa. Qué raro, se ha ido la luz del piso. No recuerdo dónde habré dejado las velas. Solo se oyen los relojes de cuerda. Tic tac tic tac. Espero que el ordenador tenga suficiente batería para ver una peli. Enciendo la linterna del móvil. Una sombra se abalanza sobre mí y me coloca una bolsa de plástico en la cabeza.

# 15

## Dónde está el ascensor social

$\mathcal{A}$min, el penúltimo de ocho hermanos, salía de trabajar del restaurante El pebrot i petit cargol, en el barrio de Sants, donde hacía de jefe de cocina y preparaba platos de comida típica catalana (caracoles con conejo, caracoles mar y montaña, pies de cerdo, galtes, calçots…), cuando antes de arrancar la Derbi Variant que lo llevaría hasta L'Hospitalet, a casa de su madre, o al bar donde se tomaría tres o cuatro cubatas de vodka con Fanta naranja sin dar tiempo a que se derritieran los hielos, vio que a pocos metros cuatro abusones con pinta de nazis intimidaban a un negro que había cometido la imprudencia de pasear sin compañía por esas calles a esas horas. Amin encendió un cigarrillo y caminó hacia los cabezas rapadas sin prisa.

Llevaba trabajando desde las cinco de la tarde, sin tiempo para un respiro; los dos turnos de la cena se habían llenado hasta los topes y había sido uno de esos días en que los comensales tenían mucho apetito y muchas ganas de tocar las narices. Todavía notaba el pálpito en los dedos y en la vena del cuello, por la aceleración que despiertan los fogones y el ir y venir de los camareros con notas apuntadas con letra inteligible solo para quien se dedica a la hostelería, y quería bajar de pulsaciones. Lo aprendió en boxeo y en taekwondo: mantén la calma, haz un buen juego de piernas y golpearás mejor. Amin no fumaba, destrozaba los cigarrillos en dos caladas. Pensó en encender otro, pero el paquete de Winston estaba vacío, estrujó la cajetilla y la alcanzó al vuelo con una patada karateka. En un bolsillo del pantalón siempre llevaba una navaja que, por suerte para él o para el otro, nunca había usado. Si hubiese caminado un poco más deprisa, el negro no habría recibido los empujones que lo tiraron al suelo ni las patadas posteriores. Si hubiese ido más rápido, no los habría sorprendido. Sin su juguete, también habría podido con ellos, en una pelea era un buey, pero con el casco de la moto lo tuvo más fácil.

Con los tres primeros le bastó con una buena hostia en la cabeza. Sabía dónde pegar para que no se volvieran a poner en pie. Al cuarto, el casco le había resbalado de la mano; le propinó dos derechazos y lo puso a dormir. Algún vecino alertó a la Policía, que no tardó en presentarse. Así era mi primo y así eran los finales de los noventa en Barcelona: por defender a un negro te caía una multa y una bronca de la pasma.

Mi primo —en realidad, lo es de mi madre— tiene nariz de boxeador, la cabeza afeitada llena de las cicatrices por zurrarse con sus hermanos y con los fachas que se cruzó en más de una ocasión, los brazos de un marinero senegalés y la barriga de un padre de tres hijos. Si no fuera por la curva de la felicidad, porque es un hombre piadoso que practica los cinco rezos y ha dejado la bebida, estaría igual que la última vez que nos vimos, unos cuantos años atrás. Amin se parte de risa con sus propias bromas, que no tienen ni pizca de gracia, esperando causar el mismo efecto en el que escucha, estrecha la mano con la fuerza de un chimpancé, se sienta con las piernas abiertas siempre que no se encuentre cerca ninguna mujer de la familia y mantiene intactos los hoyuelos en unas mejillas rosadas que a tantos habrán engañado.

Nos hemos citado en casa de su madre, mi tía, la tía de mi madre, que hace años que vive en Marruecos y solo regresa para su cita con el médico. Las ventajas de la doble naciona-

191

lidad. La puerta la ha abierto el que creía que era uno de los amigos de mi primo, poco después me he dado cuenta de que es uno de sus trabajadores. Su seguridad personal.

La casa huele a mis veranos en Alcazarquivir y está decorada como el primer día. Cuadros con suras del Corán, fotografías de la Meca, cortinas de flores, flores de plástico en jarrones del mercadillo de los viernes o de tiendas Todo a cien, alfombras mullidas, sofás árabes, una mesa baja y redonda con hule. En la cocina, impregnada del olor a comino, con los electrodomésticos pidiendo un Plan Renove, otro de los acompañantes de mi primo prepara un té con mucha hierbabuena y azúcar. Hasta este momento, nunca me había planteado que las únicas casas de España sin artículos de Ikea, ni siquiera una escobilla de váter, son las de los primeros moros que inmigraron en los setenta.

A mi padre y al de Amin los llaman «la primera generación» porque llegaron cuando Franco, en el lecho de muerte, insistía en dar por culo en sus últimos coletazos. Jamás hablaron de sus primeros años, de cuando sus vecinos creían que eran descendientes del asustadizo Boabdil o aguerridos sobrinos de la Guardia Mora. No hizo falta: alguna foto de la época, mal escondida en algún cajón junto a las revistas porno, los delataba. Botellines de cerveza, peinados a la moda europea, pantalones de campana, rubias en bikini y siempre con un cigarrillo en la boca. Algo ocurrió entre ellos dos, amigos de un pequeño pueblo de la sierra sembrada de kif; con el tiempo se distanciaron. Mi padre se fue haciendo más asiduo a la mezquita, mientras que mi tío no perdía ocasión de disfrutar de un carajillo, de una copita de vino, de un orujo de hierbas, hasta el día que le dio un ictus y poco después estiró las patas. Mi padre lloró durante tres días la muerte de su amigo. Que llevasen casi diez años sin hablarse no significaba que no lo quisiese.

Amin consulta el reloj, un gesto que no le hace falta porque sus acompañantes le avisan siempre que llega la hora del rezo y porque en la pared hay uno viejo que no deja de dar por saco con su tictac cansado. En el suelo he dejado el regalo que ha comprado su mujer para Muna. Tres vestiditos rosas que irán a parar a un carro de Cáritas o a la maleta que cargan mis padres en la baca del coche cuando viajan a Marruecos. Ha agotado todas las bromas que podía hacer sobre la paternidad sin que ninguna fuera picante. No se habla de sexo entre buenos musulmanes, a no ser que sea el practicado fuera del matrimonio.

Me conoce bien y sabe que no he venido a pasar el rato, después de tantos años sin enviarnos siquiera un mensaje.

—Primo, ¿quién es el de la foto?

Le muestro el teléfono con la fotografía que me envió Istito. No le digo de dónde la he sacado, aunque Hanane me dejó claro que no le tenía miedo. Los acompañantes de Amin cargan con la bandeja de té y unos platos de dulces que habrán comprado en alguna tienda árabe del barrio. No se sientan con nosotros, tampoco se alejan. Su trabajo es no fiarse de nadie, por mucho que se trate de un inofensivo primo segundo.

—¿Por qué quieres saberlo?

Amin eleva el brazo para servir un vaso de té espumoso que vuelve a verter en la tetera. Repite la acción dos veces más. Su mujer es medio saharaui y algo ha aprendido de ella.

—La chica de la foto está muerta.

—*Allah y rahma.*

Me ha llenado un vaso. Mi tía habría sacado otros, unos especiales para celebrar el rencuentro de dos familiares que a la fuerza han de quererse. «La familia es lo más importante.» El primer Scorsese moro ajustará cuentas con esta frase.

—Sí, que en paz descanse. ¿Quién está con ella?

—Primo, si has venido para preguntarme por otros, es que te has olvidado de muchas cosas.

—Sí, ha pasado mucho tiempo. La culpa ha sido de los dos. Quizás un poquito más tuya: dejaste de beber y te convertiste en un aburrido.

Con mi primo me atrevo, siempre le he vacilado porque sé que no me pondría una mano encima por muy grande que fuese la ofensa. Su madre y mi madre le darían una buena zurra con la zapatilla de casa.

—Eres padre de una hija preciosa. —Ha visto a Muna en las fotos que le he emseñado—. Va siendo hora de que sientes la cabeza. Prueba los dulces y el té.

—Está demasiado dulce.

—Está en su punto. Morad prepara el té mejor que mi mujer.

Ríe, y sus dos acompañantes hacen lo mismo sin destensarse del todo.

—Primo, a Rihanna la mataron. Antes la torturaron, le quemaron la piel, la violaron, la estrangularon y a saber qué más. Intento entender por qué.

Amin se sirve otro vaso. Yo no he tocado el mío. El que no es Morad le hace una seña. Hace tiempo que no controlo los horarios de los rezos, pero estoy seguro de que todavía no ha llegado la hora de la llamada.

—Hazme caso, no te metas en líos.

—Quiero saber quién es y de qué conocía a Rihanna.

—Demasiado interés tienes tú por este travesti barato.

—¿Qué has dicho? —grito.

—Vigila el tono. No te comportes como un niñato.

Los gorilas se están impacientando. Si no fuera familia, ya me habrían echado a la calle de una patada. Además, mi primo es de mecha corta, basta con que le suene mal una palabra para que no nos volvamos a ver en otros diez años. En su funeral. O en el mío.

—Primo, si lo sabes, dime en qué andaba metida.

Amin escoge del plato un dulce de pistacho y almendras. Es insoportable esperar a que alguien acabe de masticar mientras piensa una respuesta. Con un dulce de esos yo podría aguantar todo un día sin comer. Una pastita y unas cuantas birras.

—No son como los que hace tu madre.

—¡Amin, por favor!

—Y yo que creía que eras educador y no un…, ¿cómo se llaman?

—Detectives privados —responde el que no es Morad.

—Y yo que pensaba que te dedicabas a bajar coches de Alemania y revenderlos aquí o en Marruecos.

—Mira, primo. Hay una Barcelona que no conoces y es mejor así.

—No me cuentas nada nuevo.

—Media hora —interrumpe el que ha preparado el té.

—Gracias, Bachir.

Amin mira el reloj de pared y el que lleva en la muñeca. Un resoplido sale de su boca. Sirve té. O mea antes de hacer sus abluciones o le entrarán ganas durante el rezo. Si vamos a seguir con los reproches, será mejor que le deje con sus cosas, pero irme de vacío no entraba en mis planes.

—Llevas muchos años trabajando en lo tuyo y creo que no te digo nada nuevo. Estos chicos, cuando llegan a España, se las saben todas. Antes era diferente, hoy vienen de Marruecos con mucha calle a sus espaldas, sin miedo, porque no tienen nada que perder y los han tratado peor que a los perros. Huyen de la Policía y de padres maltratadores. De la miseria y de la locura. Llegan zumbados, con la cabeza llena de fantasías. Algunos se meten en berenjenales y luego no saben coger el camino recto. Les importa una mierda todo, y no me extraña. Se han jugado la vida haciendo *risky*, en una patera o pagando con dinero de la familia una deuda que cada día se hará más pesada. Lo pierden todo para venir aquí y para qué. Y ¿qué hacen para sobrevivir en la calle, sin nadie que los ayude? Pues roban hasta que los pillan o se prostituyen con viejos asquerosos. Dime tú, de todos los que has conocido, ¿a cuántos les ha ido bien? A los que se han ido de España: a Suecia, a Dinamarca, a Suiza… —Bebe todo el vaso

195

de un trago—. ¿Dónde está el ascensor social? Siempre serán vistos como moros de mierda.

—Amin, por favor, dime quién es. ¿Qué te lo impide?

—Tu madre y mi madre.

—¿Qué?

—Si te ocurriese algo, vendrían a hablar conmigo. Es hora de hacer mis abluciones.

—¿Eso es todo?

—Deberíamos vernos más a menudo, disfrutar de una buena comida. Que nuestros hijos se conozcan. Que se sientan primos, como nosotros. —Ríe.

—Ya veremos. —Yo no río.

—¿Crees que me quedaría bien un implante de pelo? Estoy pensando en irme de vacaciones a Turquía.

Me he levantado y estoy calzándome. Sus chicos recogen las bandejas. Morad me mira con indiferencia. Amin se despide con los cuatro besos protocolarios y repetimos las fórmulas de cortesía. Puedes molerte a palos con tu primo siempre que envíes recuerdos a la familia.

—El de la foto se llama Taufiq Deulofeu. Le diré que quieres hablar con él y le pasaré tu contacto. Espera a que te diga algo.

—Muchas gracias.

—Tendrías que ir a la mezquita más a menudo.

—Nunca me va bien.

—Esa bolsa es para tus chicos.

—Amin, el número de chavales que salen adelante es nueve de cada diez.

Dentro de la bolsa hay diez *tablets* que se habrán caído de un camión. Amin hace un gesto hacia el cielo y se va al baño. Tiene que hacer las abluciones y cambiarse de ropa o cubrirse con una chilaba. La mezquita está a dos calles y, como es viernes, no quiere llegar tarde al rezo ni al sermón. Morad me acompaña hasta la puerta.

—No es a él a quien buscas.

Es un susurro que no acabo de entender hasta que me desliza un papel doblado. Está claro que sabe hacer bien su trabajo.

En la calle despliego el papel. Hay un número anotado con mucha prisa por una mano inquieta. El uno parece un siete y hay tres unos o tres sietes, o las posibles combinaciones. De camino al metro, cargando con la bolsa, en sentido contrario a la mezquita, me siento en una terraza y pido una cerveza. Muna está con sus abuelos, dormida. Puedo tomarme dos, sin pasarme, que hoy empieza el curso de natación para bebés. Pienso en llamar a Marina, preguntarle cómo se encuentra.

197

## 16

## Donde quisiera

*R*ihanna llegó a Barcelona en 2009. No llevaba pasaporte ni otro documento que la identificara. Se presentó con el nombre de Sajid y calzada de un solo pie. En la playa, donde pasó la primera noche, cerró los dos ojos y le robaron la zapatilla que no hacía de almohada. Yu y Yuri —los educadores amigos de Idoia— la acompañaron en los trámites de los primeros días: fiscalía de menores, centro de acogida, prueba ósea. La radiografía de la muñeca indicaba que tenía unos diecisiete años. Y es inconcebible que la ciencia europea se equivoque, a no ser que un documento oficial de un país con el que se mantenga un colonial convenio de colaboración demuestre lo contrario. Los del sector saben que si un joven llega a España con más de dieciséis años lo tiene muy crudo. Mínimo, es necesario año y medio de tutela para conseguir el documento de residencia, que no autoriza a trabajar. Resignados, admiten que la burocracia del Estado, de las administraciones, de los propios centros es lenta y los jóvenes acaban en la calle sin un permiso que les permita seguir en el circuito legal.

En unos meses Rihanna, Sajid, sería ilegal, irregular, sin papeles (el eufemismo que se prefiera), a no ser que su familia enviase el certificado de nacimiento. Manos a la obra, contactaron por teléfono con la madre, que se negó en redondo, ella no tenía hijo, ni quería tener noticias. Hasta que Yu, con su árabe familiar, el que ya apenas usaba con su madre, su padre y en el trabajo, mintió. Le aseguró que si se negaba a enviar la documentación al día siguiente se presentarían los gendarmes en su puerta con una acusación de obstrucción a la Justicia. Y en Marruecos nadie quiere vérselas con los uniformados. La documentación llegó por mensajería exprés y rebajó la edad lo suficiente para disponer de cierto margen de maniobra.

Yu y Yuri conocían su verdadero nombre, Zakariaa, no el resto del equipo y tampoco los funcionarios que tomaban las decisiones que harían que un joven se encaminara hacia un buen itinerario o se perdiera en la noria de la invisibilidad. Pero si había mentido con el nombre, la partida de nacimiento podía ser falsa. La Dirección General de Atención a la Infancia y la Adolescencia pidió que lo revisara un juez con la ayuda del consulado marroquí. Dos meses después lo dieron por válido, pero habían perdido un tiempo impagable con tanto papeleo administrativo y, de propina, Zakariaa se había ganado la desconfianza de la DGAIA.

El paso siguiente era tramitar el pasaporte. La maquinaria no se detiene, trabaja por inercia, pero si por algo se caracteriza el consulado es por el mal trato del personal y su lentitud para cualquier trámite. Un calvario para los que no son deportistas de élite o no tienen contactos en primera línea ni dinero para sobornos. El tiempo corría y Zakariaa asistía a cursos oficiales de catalán y de cualquier otra formación para los jóvenes tutelados: veinte horas de carretillero, noventa de camarero de hotel, sesenta de carpintero, cuarenta de mecánico de bicis.

En 2010 empezó a estar cansada y aburrida del centro: partidas de pimpón, de damas, de dominó y de parchís todas las tardes. Harta de las ventanas enrejadas, del olor a cerrado, a pies, a comida precocinada, al humo del tabaco barato que fumaban los educadores. Y de la formación sin perspectiva de

199

futuro. Durante el día iba de un lugar a otro con una carpeta azul en la que guardaba las fotocopias de un temario elaborado para niños de primaria. Pinta, colorea y relaciona con flechas. Por las noches convivía con compañeros inestables que se enganchaban al pegamento, a los relajantes musculares, a las autolesiones con cuchillas de afeitar y cristales de botellas rotas. En Plaça Catalunya siempre la abordaban, en la salida del metro o en los bancos desde donde miraba a los chiquillos perseguir a las palomas.

No existe la presunción de inocencia con los *harraga*, ni manera alguna de acostumbrarse al numerito de la policía pidiendo la documentación cada dos por tres y registrando bolsillos agujereados. Un acoso y unas provocaciones que en los primeros meses no le importaban. Con el tiempo, sentiría asco y rabia. Rihanna, Zakariaa, mostraba despreocupada el carné del centro, un papelito plastificado, y con ello bastaba para que la dejaran marchar, no sin unas amenazas ridículas. Disfrutaban riéndose de un moro afeminado. Se dejó crecer el pelo y no vestía con Nike, Adidas o Puma como los demás chavales, sino que combinaba las prendas y los colores según le favorecieran más.

Llegó el pasaporte y fue en busca de Yu y de Yuri. A ellos se lo podía explicar. Sí, en el documento, con una fotografía actual, constaba como Zakariaa, pero ella se llamaba Rihanna. No se sorprendieron tanto como esperaba. Lo celebraron comiendo chocolate con churros en una terraza de la Boquería, y Rihanna a punto estuvo de explicarles su vida. No lo hizo, no lo haría.

Sin familia que la pudiera acoger ni tutelar, a finales de año la pusieron de patitas en la calle. «Buscalavida.» Había cumplido los dieciocho sin que le hubiesen tramitado el permiso de residencia. El director del centro, un marroquí con el síndrome del cura que sienta a los niños en su regazo, había redactado un informe desfavorable para una plaza en un piso de acogida. Y el sicólogo, un profesional que no toleraba que Rihanna no abriera la boca y evitara el contacto visual en las sesiones semanales, la diagnosticó como poco colaborativa, sin empatía, falta de desarrollo emocional, rozando el autismo. Sus escasas pertenencias, las miserias que pudo rescatar del centro, las llevó al *casal* a primera hora de la mañana. Yu y Yuri tiraron de contactos y consiguieron una plaza en un albergue para personas sintecho. Sabían que no era la mejor opción, pero el hombre o la mujer del tiempo había anunciado una ola de frío inusual y, en efecto, nevó como hacía décadas que no nevaba. Con la ciudad completamente gris —la nieve es blanca en la cima de las montañas y en las fotografías retocadas—, Rihanna juró que no volvería a pisar un albergue. Agradeció las intenciones, dejó de presentarse como Zakariaa y empezó a depilarse, a pintarse las uñas y los labios y a buscarse la vida sola.

Justo detrás del *casal*, en la calle Robadors, hizo algunos trapicheos, además de volverse asidua a las fiestas de la Bata de Boatiné, a cinco metros de la mezquita, donde a las maricas, los maricones, los gais de la zona alta, las lesbianas con corbata o con falda, las *drag queens* o cualquiera que entrase por la puerta la trataban como a una más. En Barcelona su historia era una entre tantas y ella no había llegado hasta aquí para pasar desapercibida, para conformarse con las migajas del pastel. Se había terminado el tiempo de agachar la cabeza, de sentirse perdida y culpable. Tocaba retomar el camino que la deslizara hasta Nueva York y lograr la libertad con la que soñaba desde los diez años. Besarse con quien quisiera donde quisiera. Amarse con quien quisiera donde quisiera.

Rihanna evitó a los otros chicos que se habían quedado igual que ella en la puta calle y las zonas donde se concentraban al ponerse el sol: Montjuïc, la Estació del Nord y Els Jardins de Sant Pau. No quería follones ni atraer la atención de la Policía. Era mayor de edad y no podía acumular multas que le harían la vida imposible. El recorrido judicial es intermina-

201

ble para las invisibles o demasiado visibles como ella. Escogió pasar las noches durmiendo en el tejado de la escuela en el Parc de la Ciutadella, oyendo los ronquidos de los animales del zoo, hasta que ocuparon con Ousmane, el único amigo que había hecho en el centro, unos bajos de un edificio en el Poble Nou. Acondicionaron el local con muebles que reciclaron de la calle, pincharon la luz y rellenaban las garrafas en la fuente. El agua la calentaban en el hornillo que habían comprado en el Mercat dels Encants por cuatro euros. Era un buen lugar para vivir, sin apenas vecinos y sin que rondase la policía a todas horas. Si no fuera por las visitas nocturnas de ratas y cucarachas, estarían viviendo una luna de miel, bromeaban.

La crisis económica asfixiaba a la mayoría, los cinturones apretaban, pero en la ciudad se podía encontrar de todo menos dinero lícito y un contrato laboral. Rihanna amplió sus redes de contactos, conseguía ir tirando con sus trapicheos y formaba una buena dupla con su compañero de *jarba*.

Ousmane era un manitas, alguien capaz de limpiar unas sardinas sin destrozarlas y de montar un altillo con cuatro maderas. Era de la Casamance, de un pueblo costero cercano a Ziguinchor, donde había crecido entre cayucos e interminables pistas de tierra rojiza. Con él Rihanna constató que prefería la compañía de los subsaharianos antes que la de los de su propia tierra. «No por ser moro me ha de caer bien. En Marruecos se nos olvida que somos africanos.» A finales de 2011 Yu y Yuri la convencieron para que fuera a vivir con una señora mayor. Si se ocupaba de la mujer, estaría empadronada en un domicilio fijo y tendría techo, comida, una paga simbólica mientras las administraciones resolvían su caso. Nadie aseguraba que le concedieran un permiso de residencia con autorización para trabajar, pero le repetían el mismo mantra: «Ten paciencia y verás los frutos». «Conviu amb la gent gran» era un proyecto destinado a estudiantes universitarias procedentes de otras ciudades y, gracias a los influyentes miembros de la fundación del *casal,* consiguieron que entrara en el programa. Incluso le regalaron una carpeta y un bolígrafo de la universidad.

Rihanna disfrutó los meses que convivió con Rosa. Aprendió a cocinar pasteles de zanahoria y a convivir con una enfermedad terminal. Rosa padecía cáncer y, aunque no se quejaba, veía cómo se apagaba con el paso de los días, un pajarito herido que había perdido el apetito y no volvería a alzar el vuelo. No tenía hijos, solo una hermana en una residencia, sobrinos y los hijos de estos, que nunca la visitaban. Rosa, durante los cortos paseos, los días que no estaba muy cansada, le hablaba de la guerra. Rememoraba una infancia con evidentes lagunas y detalles muy concretos. El primer beso, el primer zapatazo de su abuela, las primeras bombas. Había nacido en 1929 y tenía muy presente las historias que les contaban a los niños sobre los moros, los hombres del saco venidos de África para raptar a las niñas que se portaban mal. Después sujetaba con la fuerza de un bebé la mano de Rihanna y se esforzaba por asegurar que ella jamás había tenido problemas con ningún árabe y que los pocos «morenos» que conocía siempre la habían tratado con respeto. Por las noches, entre los antiguos muebles, compartían un porro de maría, le aliviaba el dolor y dormía sin sueños, tranquila. Con Rosa acostada, Rihanna fumaba el último canuto de la noche en el balcón o, si le daba pereza bajar al centro, en la Plaça del Sol, donde bebía latas de cerveza congeladas y conocía a gente con menos preocupaciones que ella.

Rosa no despertó una mañana de nubes azules. Rihanna llamó a la ambulancia y esperó sentada observando el crucifijo al que apenas había prestado atención y pensó que los dioses y sus profetas eran igual de frágiles y extraños que el cuerpo de una anciana muerta en su lecho, un gorrión que ha estirado la pata. Hizo la maleta, se llevó los pocos libros que había en la casa y que nadie echaría en falta y cerró la puerta sin mirar atrás.

Los del *casal* poco podían hacer por ella. Yu se había tomado un año sabático y estaba recorriendo Centroamérica y

203

Sudamérica de mochilero. Yuri dudaba de si volver a su Chile natal. Mientras tanto, había cambiado de trabajo, se había mudado a Girona y trabajaba como programador cultural del centro cívico. En parte, Rihanna sintió una profunda alegría. *Now or never.* Había llegado el momento de valerse sin la ayuda de nadie, de sustentarse con sus propios medios, de reinventarse. Tenía dos opciones: degenerar y ser tragada por la rueda de la mala vida o hacerse un nombre y comerse una ciudad. Rihanna de Barcelona.

# 17

## Donde más la pudiera avergonzar

*T*engo los pies fríos. Soy un espantapájaros que ha cobrado vida y cuya única capacidad es observar. Hay una silueta frente al balcón. Se está sonando la nariz. Vuelve a estornudar cerrando la boca y tapándose con las dos manos. Estoy atada de pies y manos en la silla que reciclé de la calle. He tardado en reconocer que estoy en mi casa, rodeada de mis cosas, de mis relojes, a oscuras. Amordazada. Me duele el cuello y tengo muchas ganas de mear. La noche está tranquila. Las pálidas luces del exterior no se imponen. Apenas el rugido de alguna moto. Un perro que ladra olisqueando una meada o el rastro de una rata oculta entre las obras. El lavavajillas que me ha regalado mi madre emite un insistente pitido. Una gota malaya. Tendrá incorporado un sistema para avisar de posibles averías sin necesidad de que esté conectado a la corriente. Me siento atolondrada, como una paloma que ha recibido en la cabeza el golpe de un niño. Todo saldrá bien, repite una voz interior que no reconozco. Un chasquido de dedos. Hay otro hombre, otra sombra, sentado en el sofá; con un movimiento de cabeza le señala a la forma oscura que estornuda que me he despertado.

La silueta guarda el pañuelo en el bolsillo y se dispone a empezar el trabajo. Noto cómo me sube la temperatura, de las uñas hasta las cejas. Todo mi cuerpo empieza a empaparse con un repentino sudor que apesta a espárragos. Las croquetas de cabrales me están sentando mal. En el suelo han colocado unas mantas y el edredón. Sobre la improvisada alfombra, el taburete de bar que Rihanna intercambió en un trueque en el Mercat dels Encants. Sin desatarme, me ha sentado encima elevándome con la fuerza de un cóndor. El que está en el sofá no se ha quitado la cazadora negra. Tampoco el pasamontañas, ni los guantes. De negro, de pies a cabeza, son como unos fantasmas proyectados en un televisor apagado. Tengo el cuerpo caliente, la lengua seca, la cabeza aturdida. Mi cerebro envía señales. Un reloj no conoce el significado del tiempo, pero no dejará de dar la hora. Hasta justo este instante yo no conocía el significado del miedo. Parpadeo para vaciarme las lágrimas. Siempre he tenido poco equilibrio, soy torpe, tropiezo con todo y creo que me voy a caer del taburete. Estoy sentada en un telesilla que no conduce a ninguna cima. Ojalá pudiera suplicar. Por favor, desatadme, no sé qué queréis de mí. Tengo vértigo.

Me encuentro en medio de los dos, uno delante, otro detrás. Acorralada en mi propia casa. ¿Cuántas veces habrán hecho esto? ¿Cómo se iniciaron en esta profesión? Un cuchillo pasa frente a mi cara. Noto el frío de la hoja. Saborean el momento, no tienen prisa. Un teléfono me hace una foto. El flash me ciega. Me la enseñan y se me escapa un poco de pis. Las gotas llegan hasta las bridas de los tobillos. Me escuece la herida. Han apretado con fuerza. Es la correa que ata al perro obligado a vigilar un almacén de cobre, la cadena que esclaviza al que ha caído en las garras de comerciantes de personas, el plástico que humilla al que va a ser torturado en nombre de la democracia. Pienso en Momo. Si no lo hubiese abandonado en casa de mi madre, no me sentiría tan sola, tan aterrada. Como si mi gato fuese un tigre.

—Si gritas, nos obligarás a hacerte daño.

Me retira la mordaza. Una sombra habla, la otra ejecuta. Es imposible que despierte en mí un síndrome de afecto por ellos.

Muevo la mandíbula, que cruje igual que una cucaracha aplastada. Tengo los oídos taponados como si estuviese volando a no sé cuántos pies de altura y resoplo como una yegua después de un doloroso parto. No encenderán la luz y no veré más que cuerpos sin rostro. Lloro. No soy un reloj.

—Tranquilízate.

La zeta suena a ese y la te a erre. Un acento que mezcla el árabe con el francés, con el dominicano. Soy tonta. Soy muy tonta y cometo la estupidez de tratar de pedir socorro a gritos. Antes de pronunciar la primera sílaba salgo volando. La silueta ha levantado el taburete conmigo incorporada como quien lanza un *frisbee* en la playa. Me he golpeado la cabeza contra el suelo, justo donde no lo cubren las mantas y el edredón. Soy un escarabajo patas arriba. Con una mano enguantada me agarra de los tobillos, me levanta y cuelgo como un jamón. Es muy alto, mi cabeza volcada le llega a la cintura. Abre la mano y me deja caer. Del golpe creo que me he roto la nariz. Mocos y sangre. Coloca el taburete frente a la otra sombra, que permanece inmóvil en el sofá. Me agarra de los brazos y me encaja de nuevo en el taburete. Lloro. Los vecinos no se van a alarmar, siempre imaginan las cosas más absurdas. Creerán que estoy moviendo un mueble o pintando una pared de otro color. Y Mercedes. Ojalá ella no haya oído ningún ruido extraño y esté durmiendo con la lengua reseca después de haberse tomado un par de whiskis de más. Yo sí tengo la boca seca. La piel de gallina. Los pantalones mojados. La nariz sangrando. La cara hinchada. Me duele el hombro derecho y la oreja.

—Tu amiga. Dinos dónde guardó los vídeos y no volverás a vernos.

No contesto. Son demasiados estímulos nuevos. No sé qué hacer para no empeorar las cosas.

—Por favor. Por favor.

—Chsss. Baja la voz. No queremos despertar a tu vecina, ¿verdad?

207

Mi padre, antes de divorciarse de mi madre y largarse a Cuba para no volver, me enseñó un juego que a él le hacía mucha gracia y que teatralizábamos las contadas tardes que no trabajaba y no estaba borracho. Jugábamos a imaginarnos personajes ficticios o de otras épocas y a buscar las formas más inverosímiles o sencillas para salir triunfantes de las situaciones más difíciles. Fui el niño de la selva que aprende a pescar con las manos. La institutriz que enseña modales a una niña en silla de ruedas. El primer astronauta al que se le acaba el oxígeno. El primer extraterrestre que recibe el ataque de los humanos. El mono que viste pantalones. La náufraga con la ropa deshilachada. Un gigante en tierra de enanos. La esposa de un rey aburrido. Yo frente a unas agresivas sombras.

—Hace unos meses alguien entró en casa y lo removió todo. —Me falta el aire. Hablo y lloro al mismo tiempo—. No sé nada de ningún vídeo.

Hace años que no tengo noticias de mi padre. No sé si está vivo o borracho en la cantina de un pueblo. Se largó cuando cumplí nueve años. Poco después empezaron los problemas. Pegaba en el colegio y hacía *bullying* a algunas compañeras y luego me autolesionaba. Me desahogaba con mi madre rompiendo los objetos que más le importaban, montándole pollos donde más la pudiera avergonzar. Me llevaron a una sicóloga. Con Adriana me sentía a gusto, hablábamos de nada, de todo. Me hacía dibujar y empecé a jugar al baloncesto y a ir a clases de danza. Las sesiones empezaron a dar buenos resultados, pero la muy cabrona tuvo que morirse de cáncer. Con su marido, sicólogo lacaniano, no fluyó, estábamos de luto. No recuerdo mucho más. La adolescencia es una mierda y mejor olvidar la mayor parte.

—Rihanna. Rihanna era mi amiga…, eso no quiere decir que me lo contara todo.

Un día llegó el cartero con una postal. Ni siquiera una carta con sobre, con saliva. Era de la catedral de Nuestra Señora de la Asunción de Granada en Nicaragua. La más barata, la más típica. «Hola, Marina. Tú eres tu templo.» Una bofetada en toda regla. Ni besos, ni abrazos ni «Te echo de menos». Tampoco «Ojalá pueda verte pronto». O «Sería muy bonito que estuviésemos juntos». Nada. Solo una mierda de frase sacada de un libro de autoayuda y su perezosa firma: una pe mayúscula. Una pe de Paco. Una pe de padre, de papá. Una pe de payaso, de puerco, de pobre, de piltrafa, de *putocabrónsintiestamosmejor*. Me lo imagino canoso. Más bien con las canas teñidas. Un poco de barriga, la piel tostada. Camisa de lino con los dos primeros botones desabrochados. Un sombrero panameño, un buen habano. Un ron fresquito y una joven de mi edad a su lado.

—Si fuisteis vosotros los que entrasteis en casa, ya sabéis que aquí no está lo que buscáis.

El abuelo Francisco murió y mi padre no estuvo en el entierro, ni se lo pensó. Nunca se llevaron bien padre e hijo. Crecieron sin una mujer que pudiera mediar entre ellos, enseñarles lo que es el amor: una planta que regar, un gato que acariciar. El abuelo no le perdonó que nos abandonase, para él no existía mayor traición. En el entierro no se contaron anécdotas del abuelo, los asistentes se dedicaron a criticar a mi padre sin disimulo, a pellizcarme la mejilla, a darme palmaditas, a decirme que siempre podía contar con ellos…, hasta que el tío Arnau los mandó callar a todos, los llamó sinvergüenzas, que me dejaran en paz y que, si me tenían tan presente y me adoraban tanto, que no esperasen a encontrarme en un tanatorio o en un cementerio para demostrármelo. Si papá no venía a enterrar a su padre, tampoco vendría a rescatarme.

La sombra que está detrás me acaricia el pelo y la oreja derecha. Pasa el cuchillo por mi cuello, por el lado que no corta.

—No sé nada. ¡Por favor!

«¿Por qué tío Arnau no es mi padre?» Mamá se había enamorado del hermano equivocado. Arnau nunca se casó y, tras la huida de mi padre, siempre estaba en casa, siempre que el trabajo no se lo impidiera. Sé que están enamorados, que se quieren, que hacen el amor en la cama, en el sofá, encima de la lavadora. Entiendo por qué lo ocultan, soy yo el motivo. No quieren decepcionarme, piensan que me afectaría, que todavía estoy esperando a que regrese el cabrón de mi padre. Y lo peor de todo es que les he dado motivos para que piensen así. Hasta hace poco, mi mala baba, mis silencios ingratos, el querer llevar siempre la contraria los tenía tensos, preocupados por un secreto a voces que no se atreven a compartir.

—No me toques los huevos.

La sombra trasera no se está quieta. Ha pronunciado sus primeras palabras, el preludio del golpe final. Se me han tensado los dedos de los pies y no los puedo mover. ¿Cuál es el paso previo a enloquecer?

—No sé de qué me estáis hablando. Si hiciera falta, delataría a mi propio padre.

Hace años que no tengo pesadillas, desde que empecé a vivir con Rihanna. Soñaba que viajaba por Latinoamérica y que en cada país me encontraba a una joven igualita a mí. Hija de mi padre. Más querida, más adorada, más graciosa, más bronceada. Más feliz.

La silueta oscura que tengo delante se ha levantado y con pasos sigilosos se dirige al balcón, que corra el aire. Fuera llueve. Fuma y el tiempo se detiene excepto para él. Tira la colilla a la calle. ¿Es posible morir antes de tiempo?

—Hay una parte de mí que quiere creerte. Mejor que no sepas qué ocurriría si la otra parte tuviera razón.

—No sé nada. ¡Por favor, me tienes que creer!

—Nos vamos a ir. Tú vas a contar hasta novecientos noventa y nueve. Si avisas a alguien antes de tiempo, lo sabremos. Y no quieres volver a vernos, ¿queda claro?

—Sí.

—Y no te metas en líos —sentencia con un tono amable.

La otra sombra me desata las manos cortando las bridas con el cuchillo. Las de los pies no me las quita. Oigo el ruido mecánico del ascensor. Intento bajarme del taburete y me caigo al suelo. Me arrastro hasta mi bolso. No encuentro el móvil.

Como una marine en un campo de entrenamiento, avanzo hasta la cocina apoyándome en los brazos. Abro el cajón de los cuchillos. Corto las bridas. Me duele la herida. El suelo está frío y se me escapa un poco de pis. Apoyo la espalda en los cajones. Lloro. Esto es un ataque de pánico. Intento levantarme para beber agua. Me fallan las piernas. Hay una garrafa en el suelo y bebo a morro. La mayoría cae fuera de la boca, en el suelo, mezclándose con la orina. Me masajeo las piernas. Respiro hondo. Esto no ha sido ni una décima parte de lo que le hicieron a Rihanna. Me pongo de pie. Por fin circula la sangre.

Reviso la casa. El móvil está en el fondo del inodoro, inservible. ¿Habrán pasado los mil segundos? Recorro el pasillo apoyándome en las paredes. Salgo al descansillo. Toco el timbre de Mercedes. Sé que tardará en abrirme. Y cuando lo haga, solo sé de memoria el teléfono de Miqui.

## 18

## Donde lo dejamos hace quince o veinte años

*Menino mundo mundo menino.*
*Menino mundo mundo menino.*
*Menino mundo mundo menino.*
*Menino mundo mundo.*
*Selva de pedra, menino microscópico,*
*o peito gela onde o bem é utópico*
*é o novo tópico, meu bem,*
*a vida nos trópicos*
*não tá fácil pra ninguém.*

*Aos olhos de uma criança,* EMICIDA

*M*una duerme con nosotros. Sus labios en el pezón de Joanna, sus pies en mi cara. La primera patada ilusiona, la quinta desespera. Me tranquiliza comprobar que se está haciendo un hueco, puliendo su carácter: si tiene que sacarme de la cama, ocupar mi lado para descansar a gusto, no lo duda.

Ayer, antes de ayer y el otro me volví a pasar de la raya, bebí más de la cuenta. El alcohol se está convirtiendo en mi motor. Solo si estoy borracho, follo o estoy con Muna, vivo al completo, el resto del tiempo es un vagar a medias, una sombra de mí mismo. Llevo dos meses duchándome con agua fría, bebiendo café hasta camuflar la resaca, comiendo sin masticar, dos bocados y a otra cosa. A otra birra. Evitando pensar en qué hubiera ocurrido si Marina hubiese decidido tirar adelante con el embarazo. En qué hubiera ocurrido aquella noche en el Sónar si Rihanna no hubiese rechazado el beso que le pedí.

Joanna me ha dado el toque, lo mío no dista de una depresión, de un nihilismo autodestructivo. Le conté lo de Tánger, no las consecuencias. Creo que no estoy desatendiendo mis responsabilidades, pero fumo y bebo sin parar. La paternidad anestesia muchas convicciones. La muerte las ratifica demasiado tarde. Y yo pongo de mi parte, me sumerjo en la copa como una abeja desorientada. Rihanna y alguna que otra amistad me animaron a ser padre, a traer a una bebé al mundo. Biológicamente no podía dejar escapar el tren. La sutil presión que te condena. Tener a Muna, ser padre, es lo mejor que me ha pasado y no se lo recomendaría a nadie.

Joanna se va a trabajar. Hoy presenta el informe que le ha encargado el Ayuntamiento sobre el estado de los accesos a los parques y jardines de la ciudad.

—Allí está la tarjeta sanitaria y el carné de vacunas. No te olvides de comprar pañales. No me esperes para comer. Y lávate los dientes, que la pediatra no piense que eres un…

Me da un beso y me pellizca. No hay dolor. Regreso a la cama. Muna lleva puesto el pañal y un bodi, y duerme adoptando la forma de la rosa de los vientos. Alguno de sus primitivos sentidos me ha detectado y con las piernas me rodea el brazo. Dormimos media hora más. Nos vestimos escuchando rap brasileño, Emicida. Bebe su dosis de leche de cabra suiza de camino al centro de salud. La mañana será complicada, siempre que la vacunan le sube la fiebre y no se despega de mí o de Joanna hasta unas veinticuatro horas después.

Ana, sí, Ana es la pediatra, todo el mundo se llama Ana en esta ciudad, apenas nos hace esperar. Tanto ella como la enfermera, Encarna, siempre se alegran cuando reciben a Muna, ven los cambios y los celebran. La evolución de una renacuaja que se ha convertido en una personilla. La pesan y la miden. Ocho kilos y ochenta centímetros, está por encima de la media. A Muna es un dato que le trae sin cuidado y llora porque no le gusta que la desvistan en esta fría consulta ni que la midan con objetos metálicos. No soporto verla llorar cuando le estiran las piernas, le meten un palo en la boca o la auscultan con un aparatejo. Pero no hay más remedio y ahora toca la segunda dosis de la Bexsero.

La siento en mi regazo y la aplaco. Es increíble la fuerza que tiene. Odia las agujas tanto como su padre, aunque yo frente a mi dentista soy una oveja que agacha la cabeza. La enfermera introduce el líquido sin miramientos. Hace falta tener mucho estómago para vacunar a una criatura que berrea como una loca. Visto a Muna como puedo mientras Ana me comenta no sé qué. Acierto a entender que si le sube la fiebre habrá que darle Apiretal cada seis horas. Como es prima de una amiga de Joanna, ya se hablarán por WhatsApp. Salimos de la consulta entre berridos. En un brazo llevo a Muna, con el otro manejo el cochecito. Por suerte vivimos a dos calles. No pasamos por el supermercado a comprar los pañales.

En casa nos estiramos en el sofá tapados con una mantita. Su lloro es el quejido de alguien que se siente incomprendido, traicionado. Pongo música, la lista que usamos para dormirla. Ocho temas después Muna duerme. Le seco las lágrimas de las mejillas. A mí se me cae una, de felicidad, de resaca. Sé que si intento dejarla en el moisés se despertará, por lo que la mantengo en brazos, sobre el pecho, y pongo el primer capítulo de la serie que llevo tiempo esperando. ¿Quién vigila a los vigilantes?

Antes de dar al *play* desbloqueo el modo avión del teléfono. Entran muchos mensajes. Joanna pregunta por Muna. Está contenta, la presentación ha ido muy bien, han prometido más presupuesto. Mi madre envía fotos de burros, olivos, cabras, girasoles, gallinas, melones amarillos y vacas desde Marruecos para que las vea Muna. Memes y artículos interesantes en diferentes grupos. Y Nouzha. Por fin ha respondido. Le va bien quedar hoy a la tarde, sobre las siete, donde yo quiera. Un emoticono de beso con forma de corazón. Muna y yo hemos dormido un capítulo y la mitad del siguiente. Tiene unas décimas de fiebre y no sonríe. Le preparo, con ella colgada, una hamburguesa de garbanzos y brócoli al horno, su comida preferida, que la rechaza porque solo quiere a su mamá. Me la como yo. Hoy puedo decir que he ingerido algo sólido. Tampoco le hace caso al yogur. Le doy un biberón que bebe hasta la última gota y después Apiretal a la fuerza. Tengo los brazos cansados y ganas de fumar, de abrir el primer quinto del día. Vuelve a quedarse dormida en brazos. Rebobino la serie hasta el inicio del primer capítulo. Consigo dejarla en su cuna, al tercer intento ha funcionado.

Fumo dos cigarrillos seguidos y bebo un quinto de dos tragos. Joanna sí viene a comer. Apago la tele, no hay manera, un vigilante me vigila, y cocino albóndigas con sepia bañadas en una salsa de boniato, cebolla y pimiento rojo. Llega con hambre. Yo tengo ganas de follar. Siempre que estoy resacoso me pongo muy cachondo. Pero Muna se ha especializado en despertarse en el preciso momento en que sus padres se meten mano, por lo que Joanna prioriza comer tranquila y hay una parte de mí, microscópica, que lo entiende.

Voy al súper a hacer la compra. Dani está en la entrada con su vaso de plástico para las limosnas y la mochilita de excursionista por si cae alguna donación. Como cada mes, le compro un pollo sin despedazar y un par de paquetes de arroz. Es de Rumanía, vive ocupando unos bajos que antes eran una oficina de La Caixa. Tiene tres hijos y una mujer que pasa la mayor parte del tiempo ingresada en el hospital. Huyó de su país por el racismo y los abusos policiales y aquí no es que le vaya mucho mejor. De su mochila saca un muñeco de madera tallado por él mismo. Es una especie de Pinocho con falda, su regalo para Muna, que cuando regreso a casa está mamando con las manitas sujetando la teta.

215

A Nouzha le he dicho que quedemos en el Forat de la Vergonya. He llegado antes para saludar a los del curro. No falla, Miguel pasea con su bastón y su sombrero por la calle peatonal, arriba y abajo, persiguiendo traseros dominicanos y piernas quemadas por el sol.

—Te presento al moro Musa. Tiene a raya a todos los jóvenes de la plaza —le dice a otro viejete que apenas se fija en mí: no pierde de vista a las guiris que van camino del Raval a tomarse sus birras en el Macba o en el garito de moda.

—Que sea leve, Miguel.

Nouzha llega en un patinete eléctrico. Es empezar con mal pie: se ha metido en política y va de un lado a otro sobre la nueva plaga que invade aceras y calzadas y atropella a ancianas. Nos damos la mano, olvidados quedan los días en que flirteábamos y caía algún que otro beso. Las conversas, las nuevas musulmanas, son más estrictas y obstinadas. En la facultad nos gustábamos, pero si quería llegar más lejos que un beso, el matrimonio era el camino. Adiós muy buenas.

Nouzha va muy elegante. Siempre ha tenido buen gusto y buena planta. Es imposible imaginársela con ropa de estar por casa y desarreglada, con mal aliento y legañas. Viste unos ajustados pantalones verdes turquesa, unos zapatos negros con unos sutiles adornos verdes, una blusa de seda verde pistacho y en la cabeza un pañuelo verde pera que le recoge el moño y deja a la vista las raíces del pelo. Lleva pintadas las uñas de un verde azulado, los labios resaltados y los ojos repasados con khol. Un poco de colorete, quizás venga de un plató de televisión, de morir en diferido defendiendo las nuevas medidas que ha decretado su partido. Sobre la camisa, abrochada hasta el último botón, distingo una cadena y un colgante amazigh con piedras verde melón. A Rihanna le hubiese encantado. Me ha dejado la palma de la mano resbaladiza. Debe de hidratarse la piel por lo menos doce veces diarias.

—¿Dónde te apetece ir?

—Donde tú quieras, es tu barrio.

—¿No te importa que sirvan alcohol?

—No seas condescendiente conmigo. Es un poco tarde para empezar, ¿no crees?

Me pellizca el brazo. Para ir al gallego hay que cruzar la plaza. Es el más barato y el que tiene las mejores tapas del barrio, y si Nouzha viene con hambre siempre podrá comerse una empanada de atún. El Forat está como siempre: un partido de fútbol de todos contra todos, familias en el parque infantil, los dominicanos en unos bancos, los marroquíes en otro, los argelinos más allá, la Secreta sin pasar desapercibida, danzas búlgaras dentro del *casal de barri*, las terrazas de los dos bares casi al completo y escondidos dentro del huerto unos chavalillos inhalando cola a la espera de que la policía desaparezca o mire para otro lado.

Llegamos al bar, en una calle estrecha que todavía resiste a la colonización de las tiendas para modernos con pasta y con gafas de pasta. No tiene terraza, solo un par de barriles de vino en la entrada. Están libres, los parroquianos se acumulan en la barra montando su particular juerga. Pido una gallega y Nouzha un té con limón. Me ahorro los comentarios, es muy pronto para chincharla. Deja su bolso encima del barril y el patinete plegado a un lado de la puerta.

—Si estoy contigo, seguro que no me lo roban.

—No te creas, el otro día intentaron pegarme el palo.

Nouzha va al baño y se lleva el móvil. No pierdo detalle de su espalda, de su culo, de sus piernas. Suspiro. Se me va la olla. Está casada y con dos hijas. Además, tal y como están mis nervios, no me conviene abrir otro frente, ni siquiera soñarlo. Pensar con el nabo no es lo más saludable, no he venido a eso. No estamos donde lo dejamos hace quince o veinte años y seguro que no despierto en ella ningún interés o no el que a mí me está aguijoneando.

Hablamos de amigos de la facultad a los que les hemos perdido la pista. Pido otra gallega mientras me explica, con pocos detalles, una polémica parlamentaria.

—No encajo en política.

—Cualquiera lo diría.

Pasamos revista a la maravillosa vida familiar. Se desabrocha el primer botón de la blusa. No puedo evitar pensar en cómo serán sus tetas, sus pezones. Mira el móvil. Es increíble la de mensajes que le entran. Sé que no debería mirar la pantalla, sé que he de anular cualquier distracción.

—Nouzha, ¿de qué conocías a Rihanna?

Se toma el tiempo de leer un par de chats más y contesta con dedos ágiles alguna conversación pendiente. Me mira con la cabeza inclinada sin desatender las aplicaciones que carga el diablo.

—¿Quién es Rihanna?

La memoria del móvil está ocupada por las fotos de Muna y la de Rihanna con Nouzha. Le muestro esta última.

—Rihanna, la conoces.

—No sé quién es.

—¿En serio? Se os ve muy cercanas.

Nouzha me devuelve el teléfono. No le quita el ojo al suyo, está pendiente como si de su hijita se tratase, quizás esperando la excusa perfecta para dejarme aquí plantado.

—No recuerdo cuándo nos hicimos esa foto. En los actos nos piden decenas de selfis.

—Claro, las políticas sois las nuevas *rock stars*.

—Eres un idiota. Siempre lo has sido.

—No hemos venido a hablar de lo gilipollas que puedo llegar a ser. Rihanna está muerta y no fue un accidente.

—Lo vi en los periódicos. Aquella chica a la que torturaron y lanzaron a una cuneta.

—Bien, ya vas refrescando. Solo quiero saber por qué la mataron.

—Para eso está la Policía.

—Claro, para proteger a los indefensos.

—Te sorprendería, no todos son unos descerebrados.

—Déjalo, es un poco tarde.

—¿Me lías un cigarrillo?

Lío uno para ella, otro para mí. No sabe fumar, se le apaga, lo humedece demasiado.

—¿Quién es Taufiq Deulofeu?

—Un empresario. ¿Qué te importa?

—No sé. He visto que es amigo del *conseller*, cercano a vuestro partido. Conocía a Rihanna.

—Por lo que veo, Rihanna conocía a todo el mundo.

—Desde que te he preguntado por ella no estás tan relajada.

—No eres más que otro señoro que anula a la persona que tienes delante. Ya lo hiciste en la facultad y me costó olvidarte. No te voy a dar otra oportunidad.

—En la carrera quería conocerte más a fondo. No pudo ser.

—Esa es tu mayor ambición, mojar el churro, con cuantas más, mejor.

—¿Sabes qué? Tienes razón, dejaré que la Policía haga su trabajo. Les pasaré esta foto que me envió un número desconocido con alguna intención que desconozco.

Nouzha se levanta del taburete. Coge el teléfono y el bolso y va al baño. Estoy sudando, últimamente no sé mantener una conversación sin perder la compostura. ¿En qué me he convertido? En un mal amigo, en una mala pareja, en un mal padre. Pido otra gallega, la tercera o la cuarta. Dios, hoy hay luna nueva.

Nouzha se ha desmaquillado. Me coge de la mano. Soy un desalmado, me he comportado como un idiota.

—Yusuf, por favor, déjalo. Sí, conocí a Rihanna. Una chica con muchas ideas, ambiciosa, capaz de superar cualquier desafío. La conocí de casualidad y fui encontrándomela en diferentes actos. No sé quién la invitaba, y si lo supiera tampoco te lo diría, para protegerte. Tengo miedo. He oído tu nombre. Alguien no quiere que remuevas la mierda. De momento no nos relacionan y por eso he quedado hoy contigo.

219

—No te entiendo, ¿de qué me estás hablando?

—Fiestas. Fiestas privadas. No sé quién iba ni quién las organizaba. Cuchicheos en los pasillos, famosos e invitaciones exclusivas, pero nadie se atreve a preguntar demasiado. Sin estar del todo segura, creo que Rihanna fue a un par de ellas. Ya sabes cómo son los rumores.

Nouzha se levanta. Despliega el patinete. Recoge sus cosas. No me mira. Desbloquea la pantalla del teléfono. Le entran decenas de mensajes. Abre el bolso para sacar la tarjeta de crédito. Ella ha tomado la mitad de un té con limón, aguachirle, y yo unas cuantas birras. Está claro quién va a pagar.

—Yusuf, no te metas en líos, por favor. No vale la pena.

—Nouzha, estás muy guapa, mejor que en la tele.

Se le escapa una sonrisa, achina los párpados y me abraza. Su fragancia, su respiración que calienta mi oreja despiertan en mí un cosquilleo que no puedo dominar.

—Hazte un nudo, te irá bien para centrar la cabeza.

Ha oscurecido. El ambiente es veraniego, el sueño de todos los nórdicos que invaden las Ramblas y la Barceloneta. Deshago camino, la plaza bulle como una noche del mes de Ramadán en la que nadie quiere irse a dormir. No me apetece volver a casa, aun sabiendo que, si no me acuesto pronto, mañana me costará levantarme cuando Muna lo reclame.

Mierda, Rihanna, no me lo pones fácil.

—¿Un whisky? —pregunta la camarera granadina del Antic.

—Sí, doble. —Vivo en una película de bajo presupuesto.

«Tienes mucha razón. Estoy hasta la coronilla de este asunto y de sus personajes.» Leo la última frase del penúltimo capítulo de *Diario de un fiscal rural*.

# 19

## Donde estés

$\mathcal{F}$arida ve a través de los ojos de Rihanna: los mismos sueños, las mismas pesadillas.

Rihanna está muy ocupada. Es una nailiya. Es la Nailiya, la Rihanna catalana. Su nombre ha corrido como la pólvora. Los nuevos educadores del *casal*, sin saber con certeza a qué se dedica, la ven por la calle y no la saludan. Ni falta que hace. Ya no necesita ayuda de las asociaciones ni de las administraciones locales o estatales. Que les den. Para llegar a Nueva York hay un camino: la ruta del dinero.

En dos años ha estado en la zona del Camp Nou y eso es una mierda babosa, dedos peludos, arrugas en la frente; ha trabajado para una *madame* china con clientes que solicitaban masajes con final feliz, y se ha hecho con las llaves de una de las mejores habitaciones de un Love Hotel con vistas al dedo de Colón. Corre más que la policía y cuenta con la protección de Farida. Los bajos fondos se rigen por sus propios códigos y Rihanna los lleva tatuados. Son iguales estés donde estés.

Farida estuvo estudiando sus movimientos a través de Mamadou. Sabía que utilizaba dos teléfonos, uno para la clientela, otro para las amistades. Conocía de primera mano los cotilleos celosos de las otras chicas, que no aprobaban la presencia de una nueva competidora que pronto ocuparía el trono y los elogios de los entendidos. Y, por otro lado, estaban los chulos, esas bestias disgustadas que querían llevarse un porcentaje elevado de las transacciones que tan buenos dividendos le rendían a Rihanna.

Farida trabajaba en el Barrio Chino desde el 79, cuando llegó a Barcelona con un bebé fruto de una violación doméstica. A Tetuán regresó en dos ocasiones: la primera para rajarle la cara a su tío, el violador, el padre de su hijo. La segunda, para enterrar a su madre, una mujer con problemas mentales que apenas pudo proteger a sus siete hijos. Era una niña cuando pisó la Ciudad Condal, la niña con más desparpajo y garra que conoció el Raval durante años. No quiso relacionarse con las otras moras que hacían la calle. Sus mentoras fueron murcianas, gallegas, de Jaén. Ella tuvo suerte, siempre lo ha reconocido, y aunque jamás ha rezado, la noche veintiséis del sagrado mes del Ramadán agradece a dios su fortuna. Todos estos años ha vivido en el mismo hostal, en el que la dueña cuidaba a su Hasan sin cobrarle más que los gastos mínimos, y solo en una ocasión un chulo se atrevió a extorsionarla, después de saberse que al primero que lo intentó le arrancó la polla con los dientes, esa historia que jamás se sabría si era exagerada o ajustada a la realidad. Aprendió a leer con veintiún años, se casó a los veinticinco con un hombre que se había enamorado tanto que aceptaba su profesión —vivían separados y se veían una vez por semana—. A los treinta, la dueña del hostal, viuda y sin hijos, se lo vendió por una ganga, se iba a vivir a Vigo con su hermana gemela los últimos años de su vida.

Farida, con los papeles en regla y la nacionalidad en marcha, con dinero en el banco, un niño que sacaba buenas notas y tenía buenos puños, contrató a sus amigas y regentó el primer burdel del barrio en que ningún hombre metería mano en la caja. Dejó la calle, sin despreciar a un número de clientes predilectos: su marido, que la quería con locura; el francés que vivía en Saint Louis y venía tres veces al año a Barcelona a visitarla, a agasajarla con artesanía y joyas de plata y a suplicarle que lo dejara todo, que se marchara con él, que en Senegal viviría como la reina de Saba, y dos policías retirados. Era voluminosa, con un culo tremendo, se teñía el pelo de rubio o castaño según la estación del año, sus ojos conseguían despertar una erección con solo mirarte y sus labios oscuros eran los de una *ifrit* capaz de robarte el alma con un beso.

Rihanna recibió el mensaje de una de las camareras de la Bata.

—Farida quiere hablar contigo.

—¿Quién es Farida?

A la tarde siguiente Rihanna fue al número 6 de la calle Guardia. Mamadou la obligó a apagar los dos móviles, a ella le extrañó que supiera que los tenía. La *madame* la esperaba con chaqueta y pantalones grises, un moño flamenco y un fular de seda. Más que la dueña del burdel, parecía la directora de una sucursal bancaria que apreciara, ante todo, la puntualidad. Farida le ofreció una copa de la mejor botella de whisky que reservaba para los clientes exclusivos. Se sentaron una frente a la otra. Saborearon la copa en silencio y fumaron cigarrillos franceses. Rihanna comparaba los diferentes espejos. Farida ordenaba sus años pasados revisando las fotografías que tras la barra formaban un mosaico de amistades. Rihanna se levantó para observarlas de cerca y se detuvo en las imágenes más antiguas, las desgastadas por los focos y el humo de las cachimbas. Reconoció a la mujer que la había convocado; el resto eran chicas de todas partes del mundo, de pueblos que las verían marchar y que no volverían a saber de ellas. Por un momento creyó ver su reflejo, que ella formaba parte de esa familia.

—Sé quién eres.

No daba la sensación de que hablase a la ligera ni que quisiera hacerle daño o chantajearla.

Farida dejó el vaso vacío sobre la mesita acristalada y le pidió que la acompañara. Cruzaron una cortina perfumada y entraron en una sala de billar con el tapete por estrenar. Las

223

bolas estaban colocadas para romper. Rihanna sostuvo el taco con la punta cubierta de tiza azul, como había visto en las películas. Jugaron durante horas. La suerte de la principiante fue interrumpida cuando sirvieron la cena: un crujiente falafel acompañado de una crema de lentejas y un *shish tawuk* bastante alimonado, al gusto de la *madame,* que había preparado la cocinera libanesa. Sobre la una, el local empezaba a llenarse, y Farida se despidió para atender otros asuntos.

En la calle, Rihanna encendió un cigarrillo después de saludar en wólof a Mamadou y dejarle propina. Nunca se sabe y ser amable es una inversión de futuro. Estaba excitada, las horas habían pasado volando y la historia de Farida le daba esperanzas. En la calle tuvo una sensación similar al vértigo, como el día que con las cuerdas ligadas no se atrevió a saltar del puente, decepcionándose a sí misma. Recordó las tardes en que su abuelo le enseñó a montar a caballo. Cabalgar en la yegua le hacía olvidar el carácter de su padre, el hambre, las miradas de terror de su madre, las enfermedades que la atacaban sin descanso. Volaba con la refrescante brisa en la cara, en las manos, en los dedos que sobresalían de las chanclas que le iban pequeñas. Su abuelo la advertía con insistencia, no debía fiarse, la única manera de no caer era anticipar lo que estaba a punto de ocurrir. La tarde de un viernes, Zakariaa, Zaki, Rihanna soltó las correas y extendió los brazos en cruz. Volaba. Fueron milésimas de segundo, suficientes para que la yegua la propulsara a unos diez metros, bajo la higuera. Perdió el conocimiento y despertó en brazos de su abuelo, con un golpe en la cabeza, las rodillas magulladas y los brazos llenos de astillas. No le confesó que había anticipado lo que le iba a ocurrir. Quería sentir dolor, caerse, curarse unas heridas que no hubieran provocado las manos de su padre. Aprendió, y lo mantuvo en secreto. Su abuelo no le volvió a pedir que llevara a la yegua al cercado.

Farida no le dijo de qué la conocía, qué sabía de ella, ni tampoco qué tenía que hacer con su vida, tan solo que anduviera con ojo, que la calle la desgastaría en poco tiempo y que siempre que necesitase ayuda podía contar con ella. Solo se permitió dos consejos: que tuviera pocos clientes —ella podría recomendarle alguno— y que no enfermase.

Rihanna no encendió el teléfono del trabajo ni tampoco hizo caso de los rótulos luminosos. Esquivó a los alborotados, a los excitados que celebraban la nueva Champions conquistada por uno de los equipos de la ciudad y caminó a ritmo lento hasta su casa.

Ousmane no estaba, esa noche dormiría con una de sus novias, alguna futura educadora social o la camarera de un garito de moda. Se duchó con agua caliente, su compañero de piso era un manitas. Se embadurnó con cremas de aloe y se puso unos calzones que había comprado por un euro y que le gustaban mucho. En el ordenador, tumbada en la cama, se puso a ver la última película de Scorsese.

Lloró hasta quedarse dormida.

# 20

## Donde nadie pudiera encontrarla

*U*no o dos helicópteros vigilan el tráfico que a primera hora de la mañana ya será una pesadilla. Los taxistas han empezado la huelga. En días como hoy se tarda menos a pie. Me ha dado tiempo a limpiarme las piernas con toallitas húmedas. Así huelen los bebés. Y a cambiarme de ropa. Hace unas semanas que no funciona la lavadora y Rosa María me hace el favor. Huele a lavanda.

Los primeros en llegar han sido dos patrullas de la Guardia Urbana. Se han ocupado de acordonar la puerta de mi piso y de insistir a los vecinos curiosos que regresaran a sus casas. Miqui ha venido en bici, suda, tiene la piel amarillenta y ha perdido peso, es un personaje de Kapuscinski, un herido de guerra en El Salvador o Angola. El tío Arnau y mi madre llegan después de Marina Llull y Jodar, que están en el salón de Mercedes hablando en voz baja. Todos han subido a pie, el ascensor está precintado.

—Que alguien vaya a ver qué ocurre.

—Es mi madre insultando a algún policía.

—Que la dejen pasar, por Dios.

Para mi sorpresa, mi madre no rompe a llorar cuando ve que tengo la nariz morada. Se limita a abrazarme como una mamá protectora y después abraza a Mercedes como una hija que necesita del calor de unos grandes senos. A Miqui lo mira a distancia, no sé si con cierto resquemor o cierta melancolía. Mi tío Arnau me da un beso tranquilizador en la frente y me aprieta la mano con delicadeza. Es un buen padre.

Jodar es demasiado transparente, se le nota que no le gusta que haya tanta gente, si por él fuera echaría incluso a Mercedes. Por suerte, él no es el jefe de la investigación. Pregunta por Miqui, que permanece mudo en un rincón, y se lo presento. «Es un amigo.» Marina, después de asegurarse de que me encuentro bien, va al rellano a atender a otros policías que van de paisano. Pienso que deben de ser los de la Científica, en las películas los llaman así, por más que estos no vistan un mono blanco de la cabeza a los pies. Los enfermeros de la ambulancia confirman que la nariz no está rota y me curan las heridas superficiales de las piernas. Llull regresa, deja que los demás busquen pistas en mi casa y se lleven todas las muestras sospechosas necesarias. Su cara y sus dedos arqueados expresan que no tienen tiempo que perder. Dos meses después el tiempo apremia, siempre son horas decisivas cuando es demasiado tarde.

—Tenemos que hacerte unas preguntas. Podemos hacerlo aquí, en la habitación de al lado, o en comisaría.

—Aquí estoy bien.

Mi madre se ofrece a preparar un té. Mercedes le dice que se deje de tonterías, que saque la botella de whisky del armario y que sirva dos copas. Enciende dos cigarrillos, uno para mí, el primero que fumo desde Arcila, otro para ella. Mi madre se sirve un vaso y le añade un dedo de agua. Jodar se tomaría uno, pero nadie se lo ofrece. Arnau sale al rellano, a vigilar que no se pasen con el desorden. Miqui sigue ausente, no esperaba menos de él. Marina entra en bucle intentando reconstruir una historia que solo tiene un sentido.

—La puerta no estaba forzada. ¿Cuántos eran? ¿A qué hora llegaste? ¿A qué hora se fueron? ¿Con quién estuviste por la tarde? ¿Dónde? ¿Os seguían? Que alguien se ponga en contacto con Yusuf. Estatura, edad, cualquier detalle sirve. Volvamos a cuando llegas a casa. Te golpean, pierdes el conocimiento, no sabes cuánto tiempo. Despiertas. Por la voz, son dos hombres, van de negro. Hablan con un acento que no sabrías decir de dónde es. Te hacen daño, te golpean, no te torturan en exceso. El que manda se fuma un cigarrillo y lanza la colilla por el balcón. ¿Sabes cuántas colillas debe de haber en la calle? Cientos. Y aunque la encontrásemos, puede que no sirva de nada, que no tengamos un ADN que coincida. No quieren usar más violencia, si les entregas los vídeos no volverás a cruzarte con ellos. Es evidente que contienen material. Y listo, sabe que no merece la pena hacer mucho ruido, que si los tuvieras ya se los hubieras entregado a la Policía. ¿Qué vídeos? Es posible que no exista ningún vídeo y solo pretendan asustarte —concluye Marina.

228    Jodar está a punto de encenderse un cigarrillo, pero Mercedes, primero con un chasquido de la lengua y luego con el dedo índice le señala el balcón. En su casa no se permite fumar a los desconocidos. Además, le irá bien salir, está sudando y Mercedes no va a encender el aire acondicionado por ese tipejo.

—Sí, sí que hay unos vídeos.

Miqui está cabizbajo mordiéndose las uñas. Es la primera vez que ha hablado, más bien tartamudeado, y acaba de soltar una bomba. Nadie, menos yo, sabe quién le ha dado vela en este entierro. Llull le pide que lo repita.

—Rihanna me pidió que la ayudara.

Miqui se frota las manos, entrelaza los dedos y vuelve a bajar la cabeza hasta sostenerla con los dos pulgares quemados por el hachís. Se está ahogando en sus penas y nadie va a mover un dedo para salvarlo. Ha dejado de ser un organismo vivo para convertirse en un saco de arena.

—Háblanos de los vídeos y dinos dónde están.

—No sé dónde están.

Jodar palpa el miedo, guarda el cigarrillo en la cajetilla y se sienta en el borde de la mesa, robando el oxígeno que tanta falta le hace a Miqui, que se ha convertido en el niño del final de la clase, el que se oculta de los demás compañeros. Nunca lo había visto con la cara tan descompuesta, tan insignificante. Siempre rajaba de la Policía y, ahora que tiene uno delante, enmudece.

—Es mejor que nos digas todo lo que sabes o tendrás que acompañarnos a comisaría.

Siento asco, he perdido el olfato y el whisky arde por dentro. Rihanna tenía muchos defectos y el mayor de ellos fue haber confiado en él antes que en mí.

—Estoy nervioso.

—No me vengas con milongas ni marees la perdiz. Aquí o en comisaría.

—Tres semanas antes de que la encontrasen muerta, Rihanna me pidió que la ayudara con unas compras. Había visto por Internet unas microcámaras y quería saber cuál le iría mejor para «un trabajillo». Al principio pensé que era otra de sus bromas. Estaba convencido de que habíamos quedado para tomar algo, para hablar de ti, Marina. Me comporté contigo como un completo gilipollas y quería recuperarte.

»Cuando vi que iba en serio, insistí para que me explicara la movida. Se hizo la remolona, pero me puse muy pesado: o me lo contaba o no la ayudaba. Me hizo prometer que nunca te lo diría. Lo siento mucho, Marina. Siento haberte defraudado. —Con el brazo se seca las lágrimas—. En unos días tenía un evento al que asistiría gentuza, decía. Eran unos aprovechados, según ella, gente que se merecía que alguien les diera una lección. Estaba harta de que maltratasen a sus amigos y quería grabarlos para que no lo volvieran a hacer.

»Me dio la tabarra hasta que me convenció: si no la ayudaba, se buscaría la vida. Claro que le pregunté que por qué no acudía a la Policía. Me contestó que vosotros no moveríais un dedo hasta que no saliera en la prensa. —Mira a Jodar—. Me aseguró que ella no corría peligro, que no llevaría la cámara encima, que la colocaría un día antes y que la recogería al día siguiente. Nadie sospecharía de ella, ni antes ni después. Buscaba una buena cámara, la más micro, para ocultarla donde nadie pudiera encontrarla, que no le fallase, con autonomía para grabar durante toda una noche, y que subiera los vídeos directos a la nube.

»La pasta no era problema, el inconveniente era que no podía pagar con sus datos, para no dejar rastro. Me dio el dinero en efectivo y compramos la cámara con mi tarjeta. Me preguntó que cuándo la había visto meterse en algo que no fuera capaz de controlar al milímetro. Y que pronto se iría, que estaba harta de Barcelona y de España. Le habían concedido un visado de turista. No te lo quería decir porque sabía que te entristecerías. Había comprado dos billetes a Cancún: uno era para ti, de ida y vuelta, pero ella no regresaría, de allí volaría a Nueva York y probaría a comerse la ciudad de sus sueños. Lo siento mucho, Marina. No debí hacerle caso. No debí ocultártelo.

Miqui se frota la cara. Me mira. No reacciono. Debe pensar que quiero llorar, golpearle, echarlo de casa a gritos, no cruzármelo más. Ahora no, a su debido tiempo. No sabe que he entendido que no estoy enamorada, que aquello no fue amor, que no puedo estarlo de alguien que no da la talla. Me parece un roedor asqueado consigo mismo y atrapado en una ratonera que va directa a la basura o al río. Que Rihanna hizo con él lo que hacía con todos. Engatusarnos.

Jodar se sitúa delante de la lámpara que ilumina a Miqui, que queda en la penumbra, bajo la sombra del policía que más que ayudar entorpece con su chulería congénita. Le viene de serie. Los dos me dan pena y asco.

—Tendrás que acompañarnos. Volveremos a tomarte declaración.

Marina está concentrada en sus ideas. Jodar sale al rellano y vuelve acompañado con dos policías para que se lleven a Miqui.

—No hace falta. Que se presente mañana a primera hora —le dice Llull a Jodar y luego habla con Miqui—: Vete a casa.

Jodar no entiende la decisión de su jefa y la acata a regañadientes. Salta a la vista que no le gusta que le paren los pies, menos una mujer. Mercedes se desplaza con la silla de ruedas hasta donde está Miqui. Le alarga una servilleta de papel para que se seque las lágrimas y el sudor. Le vendría bien un viaje a una ciudad seca y gélida, alejada de la civilización. Los informáticos no tienen problema, pueden trabajar desde donde les dé la gana.

Miqui da su número de contacto a un policía que lo anota en una libreta. Recoge su riñonera y se va por el pasillo.

—César, ve a ver cómo van las cosas en el otro piso.

A Jodar se le enturbia la cara, como diría Mercedes. Le gustaría desobedecer a su superiora, estar presente, no perder detalle de lo que Llull nos quiere decir.

—Les diré que se den prisa.

Marina Llull espera en silencio hasta que Jodar entra en mi piso. Mi abuela y Mercedes fantaseaban con poner una puerta en la escalera y un tabique en el rellano, unir sus dos viviendas. Así no serían vecinas, sino compañeras de piso, dos jovenzuelas.

—Marina, admito que tenías razón. Cuando el caso desapareció de los medios nuestros superiores dejaron de darle prioridad. Confiaba en que para entonces tendríamos alguna pista, algún testigo, el lugar de los hechos, un arma… No hemos averiguado más de lo que supimos los primeros días. Los que han entrado en tu casa es muy probable que sean los mismos del anterior allanamiento, y no vamos a encontrar ningún rastro. Todo lo que descubrimos de tu amiga es que era muy buena ocultando su otra vida. Y no creo que Miqui nos diga mucho más. Para mis jefes es un caso menor, un caso imposible que habrá que archivar.

—Entonces, ¿hasta aquí hemos llegado?

—La respuesta está en los vídeos. —La inspectora Llull se lleva las manos a los bolsillos.

—No sé qué me estás pidiendo.

—Un milagro.

## 21

## Donde la gente quema el dinero
## no hay más que carroña y carroñeros

*E*l día ha sido largo. Las calles que llevan a casa, casi todas peatonales o con las aceras ensanchadas después de meses de obras públicas, están poco iluminadas, con bombillas inteligentes que se autorregulan según la estimación de transeúntes. Hace unos pocos años vivía en un piso de tres habitaciones con siete colegas, hoy en un barrio donde un algoritmo decide cuándo encender la luz y a qué intensidad. Unos metros por delante camina una joven. Llevamos ritmos similares, no consigo adelantarla ni alejarme de ella. La chica gira la cabeza y saca el móvil del bolso: tener una sombra masculina a pocos pasos la inquieta. Las ciudades se han convertido en lugares inseguros e inhóspitos para las mujeres. Me lío un cigarrillo para rebajar el ritmo; aun así, tras tantos años jodiéndome los pulmones, la distancia apenas ha variado. Dudo entre detenerme o andar mucho más rápido. Las dos opciones son una porquería. Mierda de hombres. Unos cuantos han conseguido que todos seamos culpables.

Cuarenta y cinco minutos de piscina con Muna dan para mucho. Es un terremoto, un tsunami. *Ponyo en el acantilado.* Gatea sin miedo encima de las colchonetas resbaladizas. Se agarra a los churros de espuma con la fuerza de un mono y mueve las piernas como un perrito. No tiene miedo y se deja caer al agua desde el borde, sin esperar a que le tienda los brazos. Pasa de los demás bebés, que berrean desde el principio hasta el final cada dos por tres. Se sumerge, traga agua y ríe. Las demás madres me miran sorprendidas: «¡Qué espabilada es!». Yo me cago en todo. Llega la hora de dejar paso al grupo de jubilados. No hay forma de convencerla sin que llore. Quiere más y mi espalda y mis oídos piden una tregua. A veces me arrepiento de estimularla tanto. Tiene un motor que no se apaga y yo de día no funciono del todo, no todos los días. Estoy perdiendo peso. Algún día empezaré a comer bien, a dormir al menos seis horas. Dejaré de fumar y de beber. Miro a Muna y le temo a la muerte. «Cuando cumpla los cuarenta», me digo para engañarme.

Siempre que salgo de la piscina, el aire me resulta más limpio, pero me queda la sensación de que la piel, por mucho que me enjabone tras el chapuzón, está impregnada de meado de bebés y pedos de jubilado. Hoy hace un buen día. Joanna se ha levantado antes de tiempo y ha dejado preparada la comida de Muna en unos táperes que cuestan más que la ropa que llevo puesta. Además, el biberón, que me saca del apuro. La mochila del cochecito es un salvavidas, una máscara de oxígeno.

Vamos a recoger mis nuevas gafas. En la óptica ya me conocen, son las terceras que compro en seis meses porque se las suelo dejar a Muna para que juegue.

—No son un juguete, pero para nosotros es un buen negocio —me dice la optometrista, que huele a canela y lleva los labios pintados del color del desierto.

Es colombiana o venezolana, y cuando me da la espada no pierdo detalle. Lo estoy volviendo a hacer. Una tercera parte de mi vida la he malgastado pensando con la polla. Cuántas alegrías, cuántos disgustos. Demasiada pérdida de tiempo. Y más a mi edad, cuando un polvo dura lo que dura, si es que dura.

Los lunes al sol no son desagradables si uno decide que así sea. Nos encontramos con Aidan en la cafetería de la biblioteca, a la hora en que el sol riega las mesas de la terraza. A la amistad de años le hemos sumado una paternidad paralela. Su hijo, Gaetano, se lleva pocos meses con Muna, que duerme en el cochecito. Gae duerme envuelto en la mochila. Cualquiera que nos vea dirá que la vida de padre está regalada. Ya es mediodía —¿cuándo dejaron de dar la hora las campanas de la iglesia?— y no incumplo ninguna norma si me pido la primera. Aidan pide un agua con gas. Así son los deportistas y los que solo prueban la cerveza si es artesana. Nos sirve Laila, una chica que hemos visto crecer en el *casal*, corretear por las calles estrechas del centro y meter más goles que cualquier otro chico en las porterías oxidadas de la plaza. Estudia Integración Social, trabaja para pagarse el alquiler y ha fundado la primera asociación en que los jóvenes no acompañados tienen voz y voto. Aidan me mira. Intuye qué estoy pensando. Hoy no. No quiero preguntarle a Laila qué es lo que sabe. No quiero que me diga que me acompaña a escarbar por el Parc Miró, por la Ciutadella, por los alrededores de la Estació del Nord, para preguntar a algunos de los chavales que, como Rihanna, se ganan unos euros satisfaciendo las guarradas que se permite cualquier viejo verde con dinero. Además, algo me dice que ella se movía por ambientes más selectos. Por la tarde espero salir de dudas.

235

El sol se ha ocultado. Por la sombra o porque ya tocaba se han despertado los dos bebés. Están graciosos sentados en la trona. Se distraen jugando con la comida que cae al suelo para satisfacción de las palomas. De momento no hay peleas, ya llegará el día en que discutan por el mismo juguete abandonado.

De camino a casa me acerco a la librería de segunda mano. No es que me pille de paso, pero por diez euros me puedo llevar cinco libros. Repaso la C y la M, manías de lector pedante. Hoy he triunfado. Obras de McCarthy, Mouawad, Hanna Mina, Murakami y Camus. Dios existe.

Muna está harta del cochecito y yo me estoy meando. La cerveza no perdona. El último tramo la llevo en brazos. Joanna no está de humor. Lleva días peleada con los proveedores, con los técnicos, con los funcionarios que tardan días en responder y cuando lo hacen no resuelven, se van por las ramas. Como siempre, las obras se retrasan, los permisos no están sellados, el material no llega y han detectado un error en la hoja de contabilidad. Muna le muerde un pezón para acabar de empeorar las cosas. Y yo esta tarde tampoco estaré en casa y ni Dios sabe en qué estado volveré.

En el metro hay una mujer vestida de negro, con gafas oscuras, el pelo cubierto con un velo roñoso, calentadores hasta las rodillas, ¡con el calor que hace!, sujetando en cada mano dos mochilas negras con las cremalleras cerradas con imperdibles. Recorre todo el tren. No se detiene a pedir dinero, no quiere nada de la gente. El mundo es su público y no pagan por ver la obra. Ella busca provocar, que sientan la misma sensación que un funambulista a doscientos metros de altura. Pasa de largo. Hay algo en ella que me resulta familiar. Se da media vuelta. Estoy de pie, incapaz de concentrarme en las primeras páginas de *El ancla*. Se para frente a mí. Masculla. Mira a ambos lados. Lo digo o no lo digo, parece pensar. Lo dice: «Eres igualito a Manolo García». Y se va cantando *Por si el tiempo me arrastra a playas desiertas...*

Desde la boca del metro hay menos de dos minutos. El mal siempre está bien conectado. Me han convocado en un casino. Alguna vez me ha picado la curiosidad, pero no estoy de humor para intentar entender qué es lo que hace que la gente se arruine. Donde la gente quema el dinero no hay más que carroña y carroñeros.

El gorila habla por el pinganillo. He llegado. Dentro veo a dos hombres y a la mujer de la limpieza, que quita el polvo de los tapetes con una aspiradora manual, aparte del camarero que repasa con un paño las copas recién sacadas del lavavajillas. Al final de la sala, cruzando entre las máquinas tragaperras y las mesas de póker hay un letrero que no autoriza a entrar más que al personal. Me deben de estar observando porque la puerta se abre automáticamente. Unas escaleras me conducen al segundo piso. Otra puerta de seguridad que se abre a mi llegada. Otro gorila sale a mi paso. El primero era brasileño, este es marroquí, los dos igual de irritados. Me cachea y registra la mochila. Sí, la policía me ha metido mano cuando ha podido, pero nunca un segurata de un local de mierda, y no lo soporto, no dejo que termine con su trabajo. Me hace pasar a un despacho de unos setenta metros cuadrados con luz tenue. Ni la oscuridad impediría que no quedara impresionado con lo que veo. El gorila me abandona entre tres paredes rojas y acolchadas, la cuarta es un falso espejo. Tras el escritorio, cuatro pantallas conectan con las principales bolsas del mercado financiero. Un par de fotografías en blanco y negro: Alepo y el Pont del Diable. En una pared acolchada se abre una puerta. Es una *scape room* de la que no saldría ni con el manual en la mano.

237

Supongo que es Deulofeu, no puede ser nadie más. Anda como un embajador británico en una antigua colonia y la ropa está hecha a medida. Dudo si su milimetrada barba es natural o teñida con henna. Tras él entra otro hombre sacado de una novela de Graham Greene. Deulofeu me pide con gesto educado que tome asiento. No me estrecha la mano, los que van tan impolutos son muy maniáticos, les tienen miedo a las bacterias y a los virus. El sillón es cómodo, encajo como en un calcetín. Si logro ahorrar, compraré uno igual. Se interesa por mí, sabe que he sido padre, una bendición según él. Deulofeu tiene cara de propietario, de haber heredado riquezas y haberlas multiplicado comprando y vendiendo petróleo. Repite el gesto de los ricos: mueve el Rolex un centímetro hacia arriba con un gesto sutil. Les gusta sentir que aprieta, que el tiempo es oro. De fondo suena una música que no reconozco. Es jazz, un saxo hipnótico.

El tercer hombre activa un botón y de la pared surge un mueble bar. Saca una botella de agua embotellada en cristal y sirve un vaso a Deulofeu. Me ofrece tomar algo. Me acerco al mueble y me arrepiento de haber estudiado lo que estudié. Apostaré una moneda en la ruleta, saldrá mi número, me ilusiono, y podré tener este surtido con los mejores whiskis, los mejores vodkas, los mejores rones. Escojo un Macallan de doce años —hoy es el día de las emes— y me sirvo una copa.

La puerta acolchada vuelve a abrirse y entra una chica que es una copia mejorada de Mia Khalifa. Lleva uñas postizas y una carpeta que muestra a Deulofeu sin soltarla mientras el jefe asiente con la cabeza. Da el visto bueno y la secretaria se va sin dirigirme una mirada. Yo y mis sueños. Mi anfitrión se aprieta el reloj y bebe un trago de agua.

—Lo que le ocurrió a tu amiga fue una desgracia. Vivimos en un mundo en que los errores se pagan caros. Ella conocía los riesgos. No me gustaría que pensases que estoy de acuerdo. Pudo haber ganado mucho dinero, hacer contactos, dejar de trabajar para otros y dedicarse a dirigir, y en cambio optó por intentar engañar a quien no se debe. Sé que has sido discreto, que has preguntado por mí sin alzar la voz, sin recurrir a trucos baratos. Por eso, y por la amistad que me une a tu primo, he accedido a hablar contigo. No te puedo decir gran cosa y, aunque supiera quién lo hizo, quién dio la orden, no te lo diría. Me pondría en riesgo y a ti también.

El tono es apaciguador, edulcorado. Si lo viese en la calle o en la televisión pensaría que es el típico que aborrece a los pobres, a los que se quejan de su mala suerte. No sé si me equivoco o si estoy condicionado por su aspecto de atleta de élite, de burgués que no pisa las calles. Me imagino que fue a las mejores escuelas y que no perdió el tiempo haciendo dibujitos en el cuaderno cuando los profesores con acento británico enseñaban las fórmulas para mantener el patrimonio familiar. Se toma un breve descanso y continúa con su monólogo. Es halagador, me habla de lo importante que es el trabajo que realizo. Que los jóvenes necesitan referentes, que su trabajo no tiene nada de especial, que quienes nos dedicamos a ayudar a los más necesitados somos los verdaderos pilares de la sociedad.

—La familia de mi madre es de Siria. Muchos siguen atrapados, de otros hace meses que no recibimos noticias. Sí, al principio de la guerra, el dinero y los contactos sirvieron para sacar a algunos familiares. Otros prefirieron quedarse, no querían abandonar su país. Si dejaban sus casas, lo perderían todo. No les quedaría ningún motivo para vivir. Han perdido la ilusión y luchan por no perder sus recuerdos. Me ha costado trabajo llegar a entenderlos. Pero he aprendido una lección: de poco vale el dinero. Pensarás que lo digo porque a mí no me falta. No, no es este el motivo. En los instantes antes de morir, solo tendremos nuestros recuerdos y a Dios.

—Estoy perdiendo el tiempo. No he venido a hablar de lo jodido que está el mundo. Quiero entender por qué Rihanna se metió con la gente equivocada.

—No te entiendo. Estoy seguro de que ya lo sabes.

Tengo miedo de volver a casa. *Una voz me dice: déjate llevar. Otra voz me dice: ¡mientras puedas, escapa!* Sé que es tarde o el inicio de todo. Tengo un presentimiento y no sé reaccionar. Me muevo en una incoherencia diaria. Ansioso y voraz si estoy animado. Deprimido y caprichoso la mayor parte del tiempo. No he resuelto mis dudas, mis traumas, y ya tengo que empezar a trabajar en las de Muna. Qué le diré si de mayor me pregunta por Rihanna. Que mi corazón se ha enfriado. Que mi corazón es una piedra y tuve el peor de los descuidos.

La chica que camina a pocos metros gira de nuevo la cabeza y vuelve a mirar el teléfono. En su lugar, yo activaría la ubicación en tiempo real, para que alguna amiga, desde su casa, sepa

si se detiene sin motivo aparente o si está llegando a donde-
quiera que vaya. Entre andar más rápido o ir más lento, decido
entrar en el bar donde a estas horas quedan dos o tres parroquianos mirando el programa de turno de cualquier canal de
televisión. Pido una cerveza y un whisky.

# 22

## Donde pasará los próximos diez años

Diez años es una línea recta, con un sentido, sin paradas obligatorias y al llegar al final con la lengua fuera es inevitable sentir dolor en el estómago y en el pecho. Sin duda, es el momento apropiado para girar en U, sacar fuerzas de donde sea y tomar las riendas que conduzcan por nuevos caminos, por aquellas rutas de etapas soñadas que de tanto profetizarlas quedaron sepultadas bajo pirámides de polvo y olvido.

La ciudad es más limpia, por lo menos en su nuevo barrio, que no es nuevo porque lleva dos años compartiendo piso con Marina en una zona bien, desde que dejó de okupar bajos y oficinas con Ousmane. Lejos quedan las colas para llenar el carro de la compra en Cáritas, los niños robando catanas, los yonquis de subidón en los andamios, el olor a shawarma. Hoy vive rodeada de hermosos edificios modernistas y otros de nueva construcción, de balcones engalanados con banderas y azoteas desaprovechadas. Es una lástima que nadie utilice los espacios comunes para socializar con los vecinos, compartir penas y alegrías o contemplar en compañía cualquier alteración climática. No entiende que donde más gente hay es donde menos interacciones se dan. Y donde va, donde pasará los próximos diez años, si Dios quiere, sí, porque en los últimos meses le ha dado por usar esta expresión de tanto verse con Farida, es la cuna de la impersonalidad, un lugar en el que los reencuentros no existen, donde nadie conoce los nidos de las aves nocturnas. No importa, ella cantará victoria y recibirá la atención de todos los focos que proyectarán su sombra hasta conectarla con el horizonte.

Rihanna sujeta los billetes en la mano. Los ha imprimido por pura emoción, con la absurda esperanza de que el tacto le causase una sensación capaz de reconciliarla consigo misma, con el resto de la humanidad. Y no sentirse culpable. En Casablanca le leyeron la mano. Dolor en el pecho, te acompañará hasta tu último día. No sabe cómo decirle a Marina que se va, que no soporta vivir más tiempo en Barcelona o en cualquier otro lugar que la mantenga alejada de su sueño. Son muchos los motivos, el principal: el tatuaje con el nombre de Fauzia. Con April no tenía secretos y, ahora, con su íntima amiga no encuentra la forma de afrontar una charla sincera, dejar caer los siete velos. Son crueles las relaciones vitales y los vínculos terminan por destruir la verdad. Trata de sonreír, de poner en valor todo lo que ha conseguido por sus propios medios, de acordarse del dinero que ha ahorrado, de la fama que ha adquirido dentro del mundillo, de todo lo que ha conseguido sin la ayuda de nadie. De qué le sirve si Marina no la comprende. En Tulum le explicará su vida, de principio a fin, con todos los matices y sin descuidar detalle alguno, y esto la atormenta. Ha sido una estafadora con Marina y rogará para que entienda el engaño. De otra manera, perderá a la única persona que le importa.

Una última fiesta, una última noche que la llevará a la salvación. Se lo ha jurado a Farida. Se irá y dejará tras ella una estela vengativa, a unos cuantos gusanos hundidos en la miseria, a poder ser entre rejas, linchados y humillados públicamente. Quiere hacerlo bien, para que la mierda no salpique a Farida. No le desea mal alguno, por más que su mentora tenga parte de culpa. A su manera, también pertenece, no ha dejado de hacerlo, a los de abajo. Lo tiene todo estudiado. Esta noche grabará a todos esos pichaflojas y en menos de una semana, cuando esté en el aeropuerto, acompañada de una incrédula Marina, recién aterrizada de sus vacaciones en Andalucía, se subirá, sin soltar la mano de su amiga, a un avión que en pocas horas habrá cruzado el charco y, antes de que la voz del comandante recuerde apagar los móviles, apretará el botón de enviar y un par de periodistas recibirán unos vídeos no aptos para estómagos revueltos.

Los alumnos y las alumnas entran corriendo en la escuela refugiándose del viento que arrastra hojas de los árboles y bolsas de plástico. Hace mucho que no piensa en sus hermanos, desde que lloró, incapaz de recordar sus rostros. Han pasado más de diez años y nadie recordará que una vez fueron niños, puede que ni siquiera vivan en Marruecos, que hayan cruzado en patera o escondidos bajo los asientos ahuecados de un coche y estén residiendo en Barcelona, que se los cruce en la calle y no los reconozca. ¿Y las tres pequeñas de Dar Naililya? De Mary, Helen y Alice alberga la esperanza de que estén en este lado de la orilla y, quién sabe, estudiando en Francia o en Bélgica, quizás Biología, Veterinaria, Nutrición… O saltando a la comba.

—¿Carol?
—Chsss. Aquí me llamo Nawal.
Se quedó congelada, atrapada en un cuerpo que no reaccionaba. Primero fueron los pulmones, luego los párpados, las yemas de los dedos, la fuerza en las piernas fallándole, el lagrimal suelto, el hígado saliéndole por la boca. Carol, Nawal, esforzándose por no llorar, la agarró de un brazo y juntas salieron al balcón, alejadas de oídos interesados. Un largo y ahogado abrazo. Las manos en la cara de la otra, palpándose como dos

mujeres ciegas de alegría. ¿Será esto cierto? Otro abrazo. Sonrisas mezclándose con lágrimas manchadas de rímel.

—Ya no hueles a comino.

—Ni tú a colonia de hombre.

¿Qué hace Carol en Barcelona? ¿Qué hace Carol, Nawal, en esta fiesta? Lo mismo que ella. Ganar una buena pasta y, como le explica poco después, conseguir un billete a Catar o a Emiratos, casarse y olvidarse para siempre de tener que trabajar para pagar gastos. Allí las marroquíes son las más cotizadas. Se vuelven locos con los coños depilados, las cejas tatuadas y los trucos de fakir.

Llegó a Barcelona hace dos años. Se jugó la vida en una patera. Las primeras semanas recogió fresa en Huelva. Con la primera paga le dio para comprarse un bocadillo y un billete de autocar. Viajó hasta Mataró. Vivió en casa de su prima una temporada, hasta que empezó a tener miedo de quedarse a solas con el marido de ella. Se insinuaba y un día la acorraló en la cocina. Si quieres quedarte en mi casa tendrás que darme algo a cambio, no pido mucho. Se marchó esa misma noche y estuvo días sin poder desprenderse del mal aliento de ese cabronazo.

Durmió en la playa, bajo un puente, en albergues, en una iglesia hasta que conoció a Farida. Mamá Nailiya murió de un cáncer fulminante, en poco menos de tres meses. Se quedó en los huesos, todo pellejo, no salía de casa, no se sometió a tratamiento alguno. Repartió todo lo que tenía entre las chicas y las vecinas. Sussie no quiso quedarse con la casa, no quería tratar con la Policía. Su exmarido era policía, el que mató a April también, y sus colegas no la dejarían vivir y trabajar en paz. Se fue sin despedirse después del entierro. Algunas dicen que a Esauira, otras que si a Canadá con los osos o a Australia con los canguros.

—La he buscado por Internet. Fátimas hay miles. Sussie millones. Incluso hay elefantas bautizadas como Sussie.

De las tres pequeñas no hay noticias. Carol salió corriendo

antes de que la sorprendieran los previsibles problemas. Desde hace un año trabaja para Farida y por cuenta propia. Ella es otra discípula de Mamá Nailiya, con sus propios sueños. Carol aspira a coleccionar bolsos Louis Vuitton, aunque no pueda pasearlos más que en centros comerciales levantados en medio del desierto. Rihanna es una artista con un talento innato y en Nueva York las tablas vibrarán bajo sus tacones. Deciden salir a dar un largo paseo. No están obligadas ni comprometidas con nadie. Se van, a Nawal le ha bajado la regla y Rihanna la acompaña a casa. Es la peor excusa, la primera que se les ocurre.

Caminan por el paseo marítimo. Les ha entrado hambre. Entran en un McDonald's y piden lo más guarro: hamburguesas de un euro y muchas patatas fritas a las que añaden toda la mayonesa y salsa kétchup del mundo. Hay otras fiestas. Más exclusivas, pensadas para gente de gustos insanos. «Qué te voy a contar que no sepas.» Es donde más dinero se mueve. Carol, Nawal tiene su plan. Catar o ahorrar mucho dinero, tanto como para no depender de la billetera de hombre alguno. Son los dos extremos más opuestos y sabe que se le pasa el arroz. Cada vez son más jovencitas. O jovencitos. Y estos suben como la espuma, porque son los que peor cobran.

Rihanna no le cree. Farida le hubiera comentado alguna cosa. Es su alumna aventajada. Además, ella lleva años compaginando muchos trabajos: el Mercat dels Encants, el Frankfurt BJ, el Glasgow, el Casino, durmiendo poco para conseguir los papeles que abren las puertas de la otra parte del mundo. Anda un poco despistada y cabe la posibilidad de que Farida no la haya querido sobrecargar con trabajitos para novatas. El pensamiento le dura un segundo, no quiere creérselo. Billetes, muchos billetes, y Farida no le ha largado palabra de ello. Se siente dolida y se pone a la defensiva, no comparte el secreto con su reencontrada amiga. ¿Amiga? En Casablanca se detestaban. Rihanna es la Nailiya de Barcelona, no hay otra igual y todos, absolutamente todos, y las mujeres a las que se ha trabajado,

245

quieren repetir. Preguntan por ella, solo quieren con ella y con nadie más, si no la encuentran disponible se marchan hasta el día siguiente. Le dice que tiene frío, que el aire acondicionado está demasiado fuerte. Habla consigo misma: ha dicho fiestas, un viaje al centro más oscuro de la noche y mucha pasta. En Barcelona, y ella sin saberlo.

Lo tiene todo preparado. Ayer colocó la cámara. Engatusó al jardinero que encontró podando la hiedra que cubría una pared. Farida le dijo dónde sería el encuentro, sabía que no se negaría. Es una casa alejada de los curiosos, situada al final de un camino mal asfaltado, en el sur de Castelldefels. La noche promete. Ha caminado todo el trayecto, ida y vuelta, con un presentimiento entre ceja y ceja, con dolor de cabeza, en el pecho. Las últimas noches ha vuelto a soñar con April, una pesadilla que la persigue. April le dice que pare, que le hace daño, que no puede respirar, pero las manos de Rihanna aprietan con más fuerza, hasta asfixiarla, hasta romperle el cuello. Los zapatos que lleva no son los apropiados. Tampoco lo eran las babuchas remendadas con clavos que calzaba para ir a la escuela. El jardinero, un señor marroquí de la edad de Milud e igual de desgastado por la inclemencia que padecen los que llevan trabajando desde los ocho años, no ha hecho preguntas y ha aceptado sin agradecerlo los dos billetes de cincuenta euros.

Esta noche será la segunda fiesta a la que asista Rihanna. La recogerán en Plaça Espanya a las diez en punto. Los hoteles. Los hostales, las pensiones han colgado el cartel de todo ocupado. Los taxistas van de una punta a otra quemando neumático. Los restaurantes han aprovechado para subir los precios y ofrecer en la carta los platos más elaborados y caros. Los menas están haciendo el agosto, en una semana han conseguido más relojes y carteras que en todo el año. Las prostitutas hacen turno doble, triple, no duermen. Airbnb anuncia la ciudad como la catapulta hacia el paraíso. Los feriantes de día venden futuro, de noche juegan a quitarse las máscaras en Sodoma y Gomorra.

Rihanna ha convencido a Nawal para que hable con Yusuf. Te echará un cable, te buscará algo que te ayude a salir del paso. No te encadenes, no vayas a Catar a morir en vida. Tantos años sin salir de una casa en Casablanca para acabar enterrada en otra de un país del que no podrás pisar la calle ni quedar con una amiga para tomar el té sin la compañía de un hombre. Merecemos una vida distinta de la que hemos tenido. Haz como yo. De día un trabajo, por las noches el que da dinero. En poco tiempo conseguirás ser independiente. Volarás a donde quieras.

Yusuf se ha convertido en un auténtico desalmado. Sentado en su despacho, detrás de la pantalla del ordenador, ha perdido la chispa, se ha transformado en todo aquello que detestaba, un educador que no pisa la calle, que no escucha, que relativiza por norma. Inepto y apático. Su nuevo trabajo consiste en tachar los días que quedan para cobrar el sueldo. Los educadores tendrían que cambiar de sector al cumplir los treinta, justo cuando dejan de ser valientes para convertirse en previsibles adultos. No le late el corazón más que cuando se pone ciego y entonces busca unos labios que apaguen la ardiente mediocridad que coloniza su cuerpo como un cáncer detectado demasiado tarde. Sin Yusuf, solo le queda una opción para que su amiga no eche su futuro por la borda: que salga todo a la luz.

Hay un hombre metiendo mano en la caja del burdel. No es el hijo de Farida, lo ha visto en fotos y este no se parece ni en las orejas. Ni siquiera es marroquí. Tiene cara de policía. Se llena los bolsillos de dinero y se marcha guiñando un ojo a Farida, que no se inmuta y enciende uno de sus infumables mentolados.

—Nawal y yo nos conocemos de hace muchos años.

—Lo sé. Ya te dije que sé quién eres.

—Quiero ir a una de esas fiestas.

—¡Ni hablar!

247

Farida le lanza una mirada de desaprobación a Nawal. Quiere ir a una, a dos como mucho. Si de verdad se gana tanto dinero, ella quiere participar. Con dos noches apostando al máximo, asaltando la banca, podrá cruzar el charco con unos billetes que no le irán mal.

—¿Cuándo te he decepcionado?

—Siempre hay una primera vez.

—Farida, no lo lamentarás.


Hizo mal en dejar de trabajar para Deulofeu. Es tarde para arrepentirse. Le cuesta respirar y el ruido del motor de la furgoneta es demasiado soporífero como para despertar en ella algún indicio de adónde pueden estar llevándola.

Del aeropuerto de Cancún irán directamente a Tulum. Ha reservado una cabaña en primera línea de mar. Por las mañanas desayunarán frutas, zumos, café kilómetro cero y huevos revueltos. Comerán ceviche y tacos picantes. Cenarán carne o pescado a la brasa. Beberán cerveza, de cualquier marca que no sea Coronita, y litros de tequila y mezcal. Se bañarán en las playas de color turquesa y se harán cientos de selfis frente a las iguanas del tamaño de los perros que cagan en las aceras de Barcelona. Palmeras y *snorkle*.


Nawal y Rihanna se suben en el coche de lunas tintadas. Es lunes y la ciudad está adormecida a las diez de la noche. El chófer, camisa blanca, corbata negra, un señor que no ve el día de jubilarse, les pide que no bajen la ventanilla, normas de la casa. Quince o veinte minutos después llegan al garaje de un edificio sin balcones de la zona alta de la ciudad. El portón se abre a su llegada y el coche estaciona sin apagar el motor frente al ascensor. Entrar y salir sin ser vistas por nadie que no tenga por qué verlas.

ϒ

El M le quema en el bolsillo. Marina quiere más y, aunque saben que es mejor administrarlo, no abusar, la noche es joven. La DJ está pinchando temazos de artistas africanas y caribeñas. Bailan twerking y afrobeat y el grupo de chicos de la esquina no les quitan el ojo de encima. A Marina le sienta bien mover el esqueleto. Todavía está jodida, a nadie le gusta que la engañen. Hoy está recuperando la actitud que la hace especial. Si no fuera su amiga, se sentiría un poco celosa. Tiene la piel tersa, una sonrisa perfecta, una melena castaña que en verano atrae los reflejos del sol, un culo bien puesto, unas tetas que no conocen la gravedad, un corazón libre de malicia, una voz de maestra que encandila a todo un colegio.

—¿Qué es eso?

—¿El qué?

Hace calor, el local sin licencia para montar fiestas está mal ventilado y hoy hay más gente que de costumbre. Rihanna suda y se ha recogido el pelo dejando a la vista un arañazo en el cuello, la marca de cuatro uñas.

—Me di un golpe el otro día en la piscina.

Van al baño. Otra chupadita. Las acompañan dos chicos que han estado invitándolas a cubatas y a birras. Se lían con ellos, están de cachondeo, unos buenos morreos y a bailar de nuevo.

Regresan solas a casa un poco antes de que salga el sol. Llegan con hambre. Rihanna cocina unos huevos revueltos con cebolla, champiñones, tomate rallado y queso fresco. Ven la parte final del documental que narra la vida de tres transexuales en Irán. Se quedan dormidas en el sofá, bajo la manta, con las piernas entrecruzadas, Rihanna abrazando a Marina. Empalmada.

No hay alfombra roja, es un felpudo. Rihanna, que ha aprendido nociones básicas de arquitectura gracias a la madre de Marina, sabe que son dos pisos unidos, ocupa toda la planta. Es enorme, no sabría decir los metros cuadrados, por lo menos cuenta con cinco baños. No son de las primeras en llegar. El servicio de cáterin ha dejado preparados unos canapés y los frigoríficos están hasta arriba de alcohol y refrescos. En una de las terrazas hay un grupo de hombres hablando, consultando el móvil y bebiendo champán o cava. Nadie deja el teléfono en casa.

Nawal va al baño. Rihanna sabe que va a meterse unas rayas de algo o un relajante muscular. Alguien ha subido el volumen de la música y ha bajado la intensidad de las luces. La casa se ha llenado. En los últimos cinco minutos no se han movido de sitio, hay algo que a Rihanna no le cuadra, que huele a podrido. «Cada vez son más jovencitos.» Recuerda las palabras de Nawal. Son todos marroquíes, o de familias mestizas. Jovencitos, la mayoría chicos. Niños de centro o de calle que duermen en la Ciutadella, o en el parque Miró o en las playas del Masnou. Van bien vestidos, por lo menos con ropa recién estrenada, duchados, desprendiendo una fragancia infantil. Cada grupo de chavales está rodeado de señores que han dejado a la mujer en casa. Alemanes, ingleses, catalanes, cataríes.

Dos hombres se acercan a Nawal y a Rihanna. El que viste un conjunto elegante a medida y habla con acento de Oriente Próximo coge de la mano a su amiga y se la lleva. Rihanna se queda a solas con el otro. Hay dos tarifas: por asistir y por acostarse con la clientela. Prefiere esperar.

Pasea con una copa en la mano por los diferentes ambientes. En un salón unos hombres juegan al póker, cada uno acompañado de una muchacha que espera en un rincón a que acabe la partida. Por un momento cree que son egipcias. Se lleva una decepción: son moras, como ella, imitando a unas actrices de una telenovela famosa. En otra sala repleta de sofás hay señores sentados con niños desnudos en sus piernas, acariciándoles el pelo, besándoles las orejas, pellizcándoles las nalgas, poniéndose a tono antes de obligarlos a hacer todas las guarradas imaginables.

Un hombre la agarra del brazo. Rihanna se resiste, es una tigresa con las uñas limadas. Es al que ha dejado plantado cuando su amiga se ha ido a pasear con el catarí. A ella nadie la obliga. Se zafa del agarrón y avanza hasta la siguiente sala, donde unos chiquillos comen a dos manos bajo los efectos de las sustancias que les han administrado. Un cuarto oscuro, en el que no entra. Ha venido sin su navaja. Un pasillo que conduce al «otro» piso. Se oyen gritos. Reconoce la voz de Nawal. Entra.

Está atada de pies y manos, boca abajo. Desnuda. Con el cinturón le han pegado en la espalda, en las nalgas, en las plantas de los pies. Rihanna intenta desatarla. Nawal le dice que no, llora de dolor. Rihanna comete un error, no tiene ojos en la espalda, y un golpe la deja noqueada.

251

No preparará las maletas hasta el último día. Tiene en mente qué se llevará: cuatro prendas. Le gustaría cargar con el cactus, el San Pedro, se lo regaló Yusuf cuando se mudó a vivir con Marina. No se va a despedir de él. Tampoco de Istito, de Hanane, de Tariq, de Ousmane, de los chavales del *casal* que la quieren a montones. No, hay emociones que no quiere conocer o revivir, no está preparada, le cuesta aceptar que la quieran.

Con Yusuf está resentida. Que te fallen una vez es suficiente para alzar un muro. Sí, la ha ayudado siempre, incluso durante su viaje por Latinoamérica llamaba para saber de ella, para mover hilos. Incluso cuando dejó un *casal* por otro continuó en contacto. La enchufó en los Encants, en el BJ, en la casa de Rosa. Será mejor decírselo con tierra, con un océano de por medio. Comprará una tarjeta desechable y gastará todos los minutos con él. Preguntará por su hija, y por Joanna, le dirá que le regala la cámara Nikon que tanto le gustaba, que está resentida, pero todo pasa. Que le quiere. Nunca se lo ha dicho y no tendrá que mirarlo a los ojos, compartir un abrazo mientras pronuncia las palabras.

Son las nueve y cincuenta y nueve minutos. Reconoce el coche, son todos del mismo estilo. Está en el semáforo. Cuando se ponga verde parará frente a ella y la recogerá rumbo al destino pactado. Plaça Espanya vibra, las luces de la fuente cambian de color, el MNAC, por fuera, no tiene nada que envidiar a ningún otro museo. No está segura de si Nawal va a asistir a la fiesta de hoy. Ha tratado de disuadirla. No le gustaría que Nawal saliera en los medios. Rihanna sabe dónde está la cámara y no pasará por delante del objetivo en ningún momento.

Mamadou no puede contenerla. Harían falta tres como él para impedir que entre a hablar con Farida. No quieren un escándalo y la dejan entrar. Los turistas observan la escena como otro de los pasatiempos que ofrece la ciudad. La *madame* está sentada fumando narguile. Con ella hay tres chicas que, al ver llegar a Rihanna, se van a la sala del billar.

—Te dije que no era una fiesta para ti.

—¡Son niños!

—Yo no tengo nada que ver con eso. Me encargo de las chicas.

Recobra el conocimiento. Tarda unos segundos en reconocer dónde se encuentra. Nawal está vestida, comiéndose las uñas, la cara manchada de rímel, el pintalabios corrido, respira haciendo ruido por la boca. A Rihanna le molesta la luz, la música, el olor a sudor. Le escuece el cuello, justo por encima del primer tatuaje que se hizo. Tiene las piernas frías. Tiene sangre en las piernas. La han drogado, está segura, ha tenido muchas resacas y esta es muy intensa, un martillo que la golpea por dentro de la frente. No se acuerda de nada. No hace falta que se lo expliquen.

No le ha costado convencer a Farida para que la incluya en la siguiente fiesta y que le diga dónde se celebrará. Rihanna ha preguntado a las otras chicas. Ha buscado en Internet, rebuscado entre la basura. Ha descubierto que los asistentes a la anterior fiesta eran políticos, empresarios, proxenetas, algún policía capaz de conseguir buena mercancía, gente que invierte mucho dinero en la ciudad de moda.

La hiedra está recortada. Nunca le ha gustado, atrae a las ratas. Reconoce a dos hombres de la anterior fiesta. Ve al grupo de las chicas de Farida llegar en una furgoneta Ford negra. Los niños, si no son los mismos, son como gotas de agua. El que se llevó dinero de la caja de Farida está en la fiesta. No ve a Nawal por ninguna parte. Ojalá le haya hecho caso, ojalá no se vaya a Catar. Retiene las ganas de vomitar, no come ni bebe. No se acerca a nadie. Cobra por asistir y hoy no le va a dar la espalda a nadie. Podría haberse quedado en casa y ver los vídeos comiendo palomitas y con sonido envolvente. Prefiere asegurarse de que su plan está funcionando, observar desde cerca las caras de estas malditas ratas con corbata.

No la culpa, Nawal perdió a Mamá Nailiya y se quedó con lo puesto. Ahora no puede permitirse perder a Farida y no conseguir el pasaporte que le abra las puertas de sus sueños. Se está mareando. Le duele el pecho. El olor a concesionario le provoca arcadas. El vídeo está en la nube. Ha abierto un nuevo correo vinculado con la cámara. Ha dejado escritas la dirección y la contraseña detrás de la postal de Granada que Mercedes tiene sujeta con un imán en su frigorífico.

—Hay andaluces que son mucho más fogosos que cualquier caribeño que te pongan por delante.

Ríen, siempre que pueden ríen de la mierda de vida que les ha tocado. De repente Rihanna llora y llora. Un ataque de ansiedad. Corre por la casa, le falta el aire. Sale al balcón en bragas. Gatea hasta el baño y se acurruca sobre las baldosas. Marina no sabe si llamar a una ambulancia. Ayuda a Rihanna a ponerse bajo la ducha. Abre el grifo. El agua está helada, pero Rihanna no siente más que el arañazo en el cuello. Son muchos años mintiendo a su amiga, a la única persona que de verdad le importa.

—Marina, cuando regreses de Andalucía haremos un viaje juntas.

—No hables. Respira, relájate.

—Prométemelo, Marina.

—Por mi madre.

—¿Tú me quieres?

—Claro que te quiero, tonta.

—Hola, eres Rihanna, ¿verdad?

—Sí.

—Tienes una llamada de Farida.

Rihanna mira su móvil. No tiene ninguna llamada perdida de Farida. Son las dos de la noche y la *madame* se acuesta siempre a las doce.

—No. En el teléfono de la casa.

Rihanna acompaña a ese marroquí cuarentón con barriga y sonrisa lateral. Es febrero, el único mes sincero del año, y no hace frío. Entran en la casa.

—Eres Rihanna, ¿verdad?

—Ya me lo has preguntado.

—Sí. ¿No me recuerdas? Trabajo en el consulado. Conozco muchas historias sobre ti. Una de ellas es muy interesante, empieza en Casablanca con un policía muerto.

A Rihanna le sudan las manos. Es tarde para salir corriendo. Tiene la navaja en el bolso. No le da tiempo a meter la mano. Dos gorilas la sujetan uno de cada brazo y la meten en una habitación. Nawal, Carol, está dentro con otros dos hombres.

—Lo siento mucho, Rihanna —se atreve a decir antes de que la obliguen a salir por la puerta.

Cae al suelo. Recibe patadas. La levantan. Vuelve a caer. Una patada en el estómago. No ha comido en todo el día y el vómito es una masa viscosa amarillenta. La sientan en una butaca que huele a piel de cordero. Le colocan una bolsa de tela en la cabeza y la llevan en volandas hasta la furgoneta.

# 23

## ¿Dónde? Ni yo lo sé

Me voy pa'l pueblo,
hoy es mi día,
voy a alegrar toda el alma mía.
Tanto como yo trabajo
y nunca puedo irme al vacilón.
No sé lo que le pasa a esta guajira,
que no le gusta el guateque y el son.
Ahora mismo la voy a dejar
en su bohío asando maíz.
Me voy pa'l pueblo a tomarme un galón
y cuando vuelva se acabó el carbón.

*Me voy p'al pueblo*, LOS PANCHOS

**M**arina tiene los pies en el agua y las manos en los bolsillos. Son las doce en punto y el sol oscila por encima de nuestras cabezas. La arena está húmeda, anoche llovió. Una tormenta eléctrica. El cielo se despeja a gran velocidad. Las nubes marrones, atraídas por un imán oculto en la atmósfera viajan hacia el norte cargadas de partículas del Sáhara. Las olas arrastran hasta la orilla plásticos, compresas, toallitas y peces muertos. En el aire flota un ligero olor a amoníaco. Las gaviotas asustan a las palomas y los perros sin correa van de un lado a otro recogiendo palos con el hocico manchado y baboso. Los surfistas han disfrutado de las olas y se retiran hasta el próximo día de mar revuelto. Para los que no van en patera, el Mediterráneo es una piscina, salvo en días como hoy. Marina se da media vuelta. Ha notado mi presencia.

—¿Te apetece caminar?

Recoge sus zapatos. Apenas me mira y aprovecho para observarla. Lleva gafas de sol para disimular las ojeras, el pelo sin lavar y la misma ropa con la que se presentó en casa de Mercedes el día que me asaltaron. Su llamada no me ha sorprendido. Ha insistido en que no viniera acompañada, ella tampoco lo haría. En tres días no habrá averiguado gran cosa.

Han pasado más de seis meses, tiempo suficiente para dar carpetazo. Pensándolo bien, es hora de pasar página. Pensándolo bien, la playa es un buen lugar para dejar partir historias que no tienen fin. Una botella con un mensaje en blanco. Caminamos siguiendo el rumbo de las nubes. ¿Habrá alguien que haya dado la vuelta al mundo recorriendo todas las costas del planeta? A lo lejos, las tres chimeneas. Antes, el espigón donde muchos jóvenes pasan las tardes y las noches de agosto y septiembre acumulando multas de la Guardia Urbana. Es una zona prohibida para el baño e ideal para grafitear el nombre de la madre rodeado de un corazón. Rihanna no los comprendía. Tantos días, semanas, meses, años esperando en el puerto de Tánger o Agadir para llegar a la otra orilla, y una vez en Barcelona queman las horas en los mismos lugares comunes. Rihanna olvidaba que el agua salada lo cura todo.

Marina me ofrece un cigarrillo. Lo rechazo. Me explica que ha vuelto a fumar, que pronto lo dejará. Su voz ha perdido fuerza, igual que su imagen cuidada ha perdido brillo. No es la mujer que me interrogó hace tres noches. La mujer que mandaba callar a sus compañeros con un pestañeo. Le falta cuerda, está desgastada. El calor no ayuda. Lleva los pantalones arremangados, pero no se quita la chaqueta. El sudor se desliza por

257

su nuca, por sus sobacos, por la nariz. Yusuf tiene razón, es muy guapa. Si fuese un robot, la reanimaría. Le daría ritmo a su latido cansado. No es lástima, estoy harta de que las personas se apaguen a mi alrededor.

—¿Te apetece una cerveza?

No digo que sí ni que no. Con los calcetines se sacude la arena de los pies. Tiene las uñas pintadas de verde. Se calza los zapatos y vamos a comprar un par de cervezas en uno de los bares de primera línea. De nuevo en la playa, nos sentamos en la arena. Los horizontes son melancólicos para cualquiera que desayune con alcohol.

—El viaje de final de carrera fue a Marruecos. Marrakech y unos días en el desierto. Perdí la virginidad bajo un manto de estrellas, en lo alto de una duna, con el guía. Otman.

Bebe como todos los policías atormentados de las películas. Es la gota de aceite que mantiene engrasado el engranaje. Con el segundo trago vacía la botella. Se levanta y va a por dos más. Cuando regresa, me sigue quedando más de la mitad. El legado de Rihanna es un botellón con la policía.

—Marina, tendrás que ocultarte durante unos días. No le digas a nadie dónde vas. Ni siquiera a mí.

Bebe. Consulta la hora en el reloj de pulsera que tiene pinta de ser un regalo familiar, una herencia que ha sobrevivido tres generaciones. Un modelo que dejó de fabricarse tras la llegada de la modernidad. Olvidamos que los avances suponen retrocesos.

—Con diez días bastará.

Los turistas despiertan. Este fin de semana son las fiestas de la Mercè y empiezan a calentar motores, a dejar las playas con un manto de basura que el servicio municipal de limpieza, de madrugada, retira con una excavadora. Llegan en manada y con los altavoces al máximo. La música electrónica hace creer a la gente que es más guapa de lo que en realidad es. Marina llena la botella vacía de arena.

—Si se confirman mis sospechas, en una semana, diez días, podrás regresar a casa sin más preocupaciones.

Si el mar no estuviera cubierto de una sábana de plástico, me daría un chapuzón reparador, aliviar durante unos minutos la erosión que cubre mi piel.

—Voy a tomar un atajo. Me la estoy jugando y no quiero que te salpique.

No quiere y no puede decirme más. Siempre igual. Hace unas cuantas horas Marina necesitaba un milagro. Ahora pide, exige, que me oculte en un lugar seguro, que apague el teléfono y que no abra el correo. Saco de la cartera el papel que he guardado durante todos estos meses. Lo abro, lo leo, lo doblo en dos. Se lo entrego a Marina. Lo abre, lo lee, lo vuelve a doblar en dos. Le explico dónde lo encontré. Lo deslizaron por debajo de la puerta del baño en el bar que hay frente a la comisaría. Le aclaro que nunca confié en ella, ni en nadie de la Policía. Que entre Yusuf y yo queríamos averiguar qué había sucedido. Quién era nuestra amiga. A la vista está, como el rebelde horizonte, que no sabemos hacerlo, y no me queda energía suficiente, demasiado esfuerzo para tan poca compensación. Ha llegado el momento de la puesta a cero.

—¿Puedo quedármelo?

Marina se levanta. Tiene hambre. Conoce un lugar a pocas calles donde sirven las mejores tapas de la Barceloneta. Ha recuperado el pulso. Los policías de carne y hueso son como en los libros. Se sumergen en la mierda y, al cabo de un rato, con la ayuda de aspirinas y otras sustancias, se reflotan hasta el siguiente naufragio.

Sabe que no encontrará la cámara ni los vídeos. Quizás estén copiados en una tarjeta de memoria, en un USB que nadie volverá a utilizar, perdidos en la nube o hundidos en los kilométricos cables de fibra óptica que cruzan los océanos. Los informáticos de la Policía no tienen dónde buscar y la geolocalización es una herramienta útil solo para dar coherencia a

259

los guiones cinematográficos. Y los *hackers* en el cuerpo están ocupados con asuntos de Estado. Queda ella, Marina Llull, la que no da un caso por perdido, con una corazonada que la mantiene despierta, más bien con insomnio, encajando en su cabeza piezas que, de unirlas, harían saltar todas las alarmas.

Entramos en el pequeño bar del que no hay que pronunciar el nombre en voz alta para que no lo invada una plaga de turistas que rompa el conjuro. Al fondo hay un patio con tres mesas, tres ceniceros y en una esquina un limonero. Dos conejos brincan asustados. El cocinero, que cojea, sale de la cocina con un trapo con el que se seca las manos. Lo cuelga del delantal. Abraza a Marina, le frota los hombros. Le preocupa su aspecto. La peor enfermedad es el trabajo en exceso. Lo dice un experto de la hostelería, el curro más sacrificado. Me saluda.

—Y a ti, ¿qué te ha pasado en la nariz?

Marina, a punto de encenderse un cigarrillo, le da un codazo en la barriga de fogonero.

—Dios os cría…

Pregunta si tengo manías, si soy alérgica o intolerante a algún alimento. Soy una vegetariana que todavía no ha dado el paso al veganismo, nada más diagnosticado.

—Algo haremos.

—Es mi tío. Prepara los mejores fritos de la ciudad.

El camarero nos sirve dos copas de vino blanco y deja la botella. Si he de escabullirme durante unos días, mejor hacerlo con el ánimo lleno de burbujas. Huele a maría. Antón, el tío de Marina, coloca en la mesa los tres primeros platos: alcachofas rebozadas, espárragos trigueros al vapor y bañados con la yema de unos huevos fritos poco hechos y un surtido de quesos. No falta el pan con tomate. Le rula el canuto a su sobrina. Marina le da dos caladas. Le digo que no quiero e imagino que, en la Policía, como en las películas, apañan los análisis de sangre. Atacamos. No he comido mucho en estos tres últimos días. Llegan más platos. Antón se suma a la mesa y descorcha otra botella de vino espumoso. Marina y Marina. Nos hemos sincronizado. Bebemos, comemos, tenemos las hormonas disparadas y reímos, yo más que Marina, con las historias del jefe de la casa.

Descubro que son de la Barceloneta de toda la vida, cuatro generaciones, y si Marina no trabajase tanto y hubiese sido madre, serían cinco. El tío se da cuenta del comentario y se golpea la frente con la palma de la mano. Entre ellos existen lazos bien atados, nudos marineros: no quedan más miembros en la familia. Con el padre de Marina abrieron uno de los primeros restaurantes de arroces en el barrio, años antes de que empezaran las obras de las Olimpiadas, los años en que los barceloneses no sabían que en su ciudad había playa. Después de perder al socio, decidió vender el restaurante y abrir uno más pequeño en este edificio de tres plantas que es de su propiedad. No quiere jubilarse. Quiere morir con el delantal puesto, como su cuñado. Los parroquianos, charlatanes que sueltan verdades, son parte del negocio y algunos entran en la cocina, bajo la supervisión del chef, para preparar lo que les apetezca. Más que un bar de tapas, es un comedor social. Rihanna habría disfrutado como una niña trabajando aquí de camarera, de cocinera o vaciando los ceniceros. Por la mañana iría a la piscina, durante el día estaría en la barra, por la noche bebería en la orilla.

261

—¿Qué te hizo ser policía?

—Agatha Christie y D'Artacán.

Entiendo la mitad de la broma. Abrimos una tercera botella. Antes de seguir bebiendo tengo que hacer un par de llamadas. Salgo a la calle. Las burbujas se me han subido a la cabeza y camino de puntillas.

—Mamá, no te preocupes… Son diez días… Necesito un poco de aire fresco… No llevaré el teléfono… Necesito desconectar… Sí, un retiro… Yo también te quiero… Mamá, gracias por todo.

Lo entiende. Lo agradece. A la vuelta le propondré hacer un viaje juntas en verano. A México, a la costa pacífica.

En la segunda llamada no recibo respuesta. Envío un audio de más de cuatro minutos. Yo no lo escucharía. No sé cómo se lo va a tomar, más después de saber que me he acostado con su pareja. No recuerdo por qué tengo su número y no sé por qué en este momento solo me fío de ella. Es lo que tiene el alcohol. Entro al bar, voy al baño, me refresco la cara, salgo al patio, me siento. Suena el teléfono.

—Hola. Muchas gracias por devolverme la llamada.

Tengo la copa llena. Antón ha sacado una guitarra. Rasguea y canta. Lo suyo es la rumba y los boleros. Bajan la persiana del bar, y los vecinos, amigos de toda la vida, asomados en el balcón, se apuntan a la fiesta improvisada del patio trasero de este local desconocido para los turistas y los mosquitos. Descorchan una cuarta, quinta, sexta botella.

Es hora de irse. Tengo que preparar la mochila. A las ocho de la mañana salimos hacia el norte, a mi refugio. ¿Dónde? Ni yo lo sé.

No me permiten pagar. La parroquia me despide con un bolero de Los Panchos que tarareo hasta llegar a casa. «Hasta pronto.» Dejo propina en la barra. Marina me acompaña a la calle. Ella vive en el tercer piso, su tío le ha regalado el apartamento, todo quedará a su nombre cuando sufra un ataque al corazón frente a los fogones. Me da la mano, es torpe, falta de afecto. Le doy un abrazo, soy torpe, sobrada de emociones fuertes. Sí, no me extrañaría que no se haya duchado en tres días, huele a sábanas acartonadas, a sexo rápido con algún compañero de trabajo.

—En diez días, llámame a este número.

—No. No te llamaré.


—Mami. No he entendido la película.

—Sí, estoy segura de que sí, a tu manera.

—El final, la última mitad, es muy rara.

—Quizás la película quiera transmitir que la vida no es real ni imaginaria. Es un símbolo. El amor vive en el presente y en otros presentes. Es como cuando duermes profundamente y sueñas con una realidad que no conoces. Ese sueño forma parte de ti, es solo tuyo. No tiene por qué ocurrir, pero el sueño podría cumplirse y que nadie más supiera que se trata de un sueño.

—Hay que tener cuidado con qué se sueña. —Mercedes se enciende un cigarrillo.

—Yo duermo con la luz encendida desde niña —bromea mi abuela antes de robarle el cigarrillo a Mercedes.

—¿Es como tener una amiga imaginaria?

—Sí —responden las tres al unísono.

263

# 24

## Donde las dan las toman

Yusuf, Youssef, Youssefy, Youcef, Yusef, Youseff, Yosef, Yosuef, Josef, Jusef, José, Josep, Joseph… Mi nombre no me pertenece, me bautizan a diario sin yo pedirlo.

Joanna va a quedarse unos días más en la casa del Pirineo.

Me cuenta que ha llamado al trabajo y ha pedido recuperar las horas libres acumuladas y consumir los días personales. Y que Muna se encuentra muy bien, sin tos ni pitidos. Respirar aire fresco le sienta fenomenal. Para la bronquitis crónica, el mejor remedio es vivir fuera de la ciudad y aceite de oliva en el pecho. El remedio de mi madre, que heredó de su madre y esta de su madre, y así hasta llegar a la primera madre que caminó descalza por las dunas vírgenes. Tengo la boca pastosa, Joanna lo nota al otro lado del teléfono.

—Bebe agua, dúchate, que te dé el sol.

Se despide. Desbloqueo el teléfono. En la pantalla hay un vídeo de Mia Khalifa. Intuyo que llegué a casa e intenté masturbarme sin éxito.

No recuerdo nada de anoche. No recuerdo nada de las últimas tres noches. Las tardes empiezan igual: conciertos en la plaza del Macba, en la Rambla del Raval o en el Moll de la Fusta. La ciudad invitada es Beirut y, aunque los programadores culturales del Ayuntamiento se han empeñado en ignorar a los grupos que más me gustan, hay otros a los que también me apetece ver en directo. «¿Cerveza, amigo?» Una detrás de otra, sin cenar y a un euro, que no tengo cara de guiri.

Me vienen flases, imágenes entrecruzadas de las tres noches, yo tirándole la caña a una amiga de Diana. No sé cómo acabó la cosa. Sí lo sé, regresando solo a casa, dando tumbos, incapaz de liarme el último cigarrillo de la noche, haciendo eses sin doblar las rodillas, metiendo las llaves en la cerradura con la ayuda de Dios. Espero no haber sido un baboso. Me quedo más tranquilo tras comprobar que no le envié un wasap eroticopoético, de pureta inmaduro, a la compañera de trabajo de Diana, más joven que mi hermana, a la que le saco catorce años y once meses. No aprendo la lección: resacoso soy peor que borracho. Envío un mensaje a Marina. Estoy solo en casa.

Me sorprendo mirándome en el espejo, perdiendo el tiempo pensando en tonterías, con el cepillo de dientes en la mano, la pasta secándose en las comisuras de los labios.

Estoy desnudo, solo con los calcetines. Desde hace poco más de un año me sudan los pies y las manos. Debería afeitarme, cortarme el pelo. De jóvenes, llevar melena era propio de la edad. Años después, para aparentar menos, hay que ir rasurado. Me ducho con agua fría, me froto jabón de coco, me seco con la toalla de Joanna. La resaca. Las neuronas desconectadas. Me falta azúcar en la sangre, bebo agua, como fruta. Me siento en la taza del váter con el mando de la tele en una mano y el teléfono con el vídeo de Mia Khalifa en la otra.

Mi madre tiene el don de llamar en los momentos más inoportunos. ¿Se acordará de aquella noche en que abrió sin avisar la puerta de mi habitación y me encontró masturbándome con la revista que mi padre escondía en un cajón? Sé lo que me va decir. Las pastillas para la fibromialgia que toma mi padre le están alterando el ánimo, es un niño que llora por cualquier comentario. Después de toda una vida trabajando de lunes a lunes, los músculos han dicho basta. Es un incapacitado consumido por una enfermedad que padecen en su mayoría mujeres. Puta mierda, envejecer. Y qué mierda tenerle miedo a la muerte.

Me hago mayor, en poco más de un año cumpliré cuarenta, aunque ya hace tiempo que empezó la desaceleración. Las capas nítidas de mi cuerpo se han disipado para siempre, cubiertas de arrugas y grasa. La báscula indica que estoy por encima de mi peso ideal, fofo, como mis mitos y mis héroes que han dejado de serlo: la especie humana es una trituradora. Hay que dar un paso más. A los muertos habría que desmembrarlos y repartir las partes por lugares emblemáticos: en invernaderos, en aeropuertos, en áreas de servicio. Basta ya de morir en secreto, de convertirse en ceniza, de ocupar espacios tapiados o cubiertos de tierra. Salgamos a la calle a perder el miedo a la muerte, a celebrar que nuestros mejores años han volado a gran velocidad. Que hemos perdido el compromiso con la estética, con la belleza, y que podemos regresar a cumplir nuestro cometido, ser unos salvajes que se devoran entre sí. Comer de la manzana, conquistar Marte, festejar la aparición de la primera cana. No puedo reinventarme, el ser humano está inhabilitado para reinventarse. En cambio, nuestro fin está claro: ser más puros que la pureza, destrozándola. Y si no, ¿de qué sirve vivir? ¿Ocupar unos cuerpos blandengues y cubiertos de verrugas, conducidos por un cerebro averiado? Estoy tonto. Autocompasivo, mi peor defecto.

En el congelador tengo rgayef de mi madre. Lo descongelo y caliento en la tostadora. Lo unto de miel y queso fresco. Suena el timbre. Un mensajero me entrega una caja con seis botellas de Macallan. ¿El cabrón de Deulofeu? Son las tres de la tarde, la hora ideal para ver el harakiri de Mishima. Soy un quejica, la viva representación de una canción triste de Calamaro.

Seis días, cinco noches sin ver a Muna. Tengo alimentos suficientes para no salir de casa en un mes. Desayuno y como, no ceno, o nunca antes de las dos de la madrugada. En una guerra pensaría en la comida en todo momento. No moriré como un héroe atravesado por una bala o la punta de una bayoneta. No me torturarán para que acabe traicionando a mis camaradas escondidos en sótanos, en cuevas o pisos francos. Nadie me apuñalará accidentalmente mientras intervengo en una pelea callejera. A lo máximo que aspiro es a que sigan diciéndome que no soy un moro puro porque no ayuno durante el Ramadán, estoy con una cristiana que no se ha convertido y no viajo cada verano al pueblo de mis padres. Envío un mensaje a Nouzha felicitándola por la entrevista que ha concedido: dimite de su cargo, se retira de la política y va a dedicar su tiempo a rebatir a aquellos y aquellas que no creen que pueda ser feminista y musulmana al mismo tiempo.

Siete días, seis noches. Las copas y las botellas vacías se acumulan. No he ido a la manifestación. Un grupo de jóvenes ha gritado y ondeado la palabra «dignidad» frente al Ayuntamiento y el Palau de la Generalitat. La mayoría son subsaharianos, hartos de vivir en centros, hacinados, sin mantas, sin actividades formativas, sin que los regularicen. Las pancartas las han hecho con las sábanas de sus camas. Esta noche dormirán calentitos por los golpes. La policía, lejos de las cámaras, de los curiosos, de los periodistas izquierdosos, los han acompañado hasta la puerta del *casal,* y allí, porra extensible en mano, ha repartido de lo lindo. Se han quedado a gusto, es su trabajo. Si no te gustan los centros, vuelve a tu país. Mis compañeras pocas veces han visto tanta brutalidad y alguna está licenciada en romper escaparates, en arrancar adoquines y en la quema de contenedores.

Ocho días, siete noches. He ido a la piscina después de tomarme un zumo exprimido de limón con miel. Remedio de mi madre ideal para días soleados como hoy. Ayer vi las dos primeras partes de *El padrino* y he amanecido con ánimo. He nadado diez largos. Mis pulmones están. Ni bien, ni tan mal como creía. Hablar con Muna, balbucear onomatopeyas a través de una pantalla es ridículo, como mi cuerpo en la ducha de un gimnasio. Me siento mal.

Hasta este preciso instante, sentado en la terraza bebiendo el primer vermú con las gafas de sol puestas, no he pensado que podría haber cogido el tren, luego el autocar y después esperar en el cruce que une tres carreteras a que me recogiese Joanna para estar juntos. No sé cómo se las habrá apañado estos días ella sola con Muna. Sí lo sé. No sé por qué no se me ha ocurrido antes. Sí lo sé. No sé por qué ella no me ha dado un toque de atención, «Oye, tú, te estás pasando con tu depresión, con la crisis anticipada de los cuarenta, tienes una hija que atender. Ve al sicólogo si realmente estás mal.» No quiero saberlo. La llamo de nuevo. No lo coge, estará durmiendo a Muna. Es la hora de la siesta. Bebo el último trago y mastico la rodaja de naranja, piel incluida.

Voy a la librería de segunda mano. Pienso que llegará el día en que tendré tiempo de devorar toda mi biblioteca, mi tesoro, mis ahorros que amarillean en la estantería: una persona llena de conocimientos. De esto va la vida, de alcanzar la plenitud durante el declive. Estoy de suerte. He conseguido las ocho novelas de la serie de Mario Conde por solo quince euros. No sé por qué no me quedé a vivir en Chiapas con los zapatistas, o en Medellín con las paisas. O en La Habana con ron a precio local y salsa que no sé bailar, leyendo a Padura y quién sabe si tomando y echando unas risas con él. Añoraba mi ciudad, de vuelta en ella no soy más que un llorica. En la plaza de la librería me encuentro a Istito empujando un cochecito. ¡Qué callado se lo tenía! Han adoptado a una niña en Marruecos, las ventajas de tener la doble nacionalidad.

Nueve días, ocho noches. Joanna ha decidido que a la vuelta empezará a buscar guardería. Lo hará ella, porque a mí todas me parecen iguales. No es mala idea. Estos días de onanismo me han dado qué pensar. Empezaré a hablar en marroquí con Muna y voy a volver a dibujar. Ayer, hace unas horas, me acosté a las seis de la mañana. Nunca he preparado un humus ni le he leído un cuento a un niño y nunca había hecho un Excel apuntando datos relevantes de las mujeres árabes que me han marcado. Haré un cómic, una novela gráfica que repase sin palabras la historia de las que rechazaron ser heroínas, de las que ahuyentaron elogios, portadas, su rostro en camisetas, para seguir haciendo lo que habían hecho siempre, pensar en la comunidad. Solo hay una regla, que estén fallecidas, con arena en los oídos, ajenas al mundanal ruido. Incluiré a Rihanna entre ellas. Las editoriales pujarán fuerte, me haré famoso, viajaré por todo el mundo y Muna estará orgullosa de su padre.

Diez días, nueve noches. Joanna y Muna llegan esta tarde. Sobre las siete o las ocho, dependerá de la segunda siesta. Así, el trayecto de dos horas no será tan pesado. Los dibujos animados en la tableta que me regaló mi primo no hacen milagros que duren tanto rato. El coche, las curvas, la sillita son una tortura que se materializan en vómitos sucesivos. Vacío los ceniceros, friego los platos y el suelo. Tiro todo el vidrio en el contenedor de reciclaje. Me ducho. Me he pasado la máquina al cero por la cabeza y por los huevos. Enciendo el ordenador, abro el Excel, busco en el navegador fotografías que imprimo en blanco y negro. Empiezo a dibujar, esbozos de rostros, de paisajes, de escaleras, de olivos.

269

Donde las dan las toman.

Por la puerta entran Joanna y Marina cargando en brazos a Muna. Han estado juntas todos estos días.

—Conque estás solo en casa...

Tengo las manos y los pies empapados.

## 25

## No importa dónde

*U*na eternidad, seis meses, duró el embarazo. Parto prematuro. Nada volvió a ser igual. Se separó a los pocos días y se desentendió del piso que habían comprado un año antes frente a la Sagrada Familia. No soportaba ver los agujeros en la pared en los que iban a colocar los clavos que sostendrían los cuadros y las fotografías. No toleraba la compañía de nadie que la pudiera abrazar o que pensase en hacerlo. Odiaba los ramos que llevaban las visitas indeseadas, el suelo de parqué, los marcos de las puertas, las persianas eléctricas, las paredes pintadas de azul celeste. Antes de marcharse, llenó una bolsa negra con todas las cosas del bebé al que le había puesto nombre en cuanto supo que estaba embarazada y la tiró en el contenedor más cercano. Dejó las llaves sobre el mueble restaurado de la entrada. No escribió ninguna nota, se habían dicho todo lo que tenían que decirse. «Quiero el divorcio. No me discutas, por favor.»

Al día siguiente solicitó incorporarse de inmediato al trabajo. Aceptó, a regañadientes, la condición que le impuso el comisario y durante tres semanas fue a visitar a la sicóloga del cuerpo. No le sirvió de ayuda, las palabras regresaban por las noches en forma de bolsa de la basura. Un saco del tamaño de una persona, lleno de voces, de llantos que no le permitían dormir. Parto prematuro. No habló de ello con nadie, tampoco con la sicóloga. Tres sesiones, tres semanas, tres días, tres horas en las que, muda, no apartó la mirada del suelo de los zapatos negros desgastados por la punta. De pequeña cogió la costumbre de caminar de puntillas para aligerar los nervios o la tristeza. Se negó a alargar la baja laboral, tal y como sugería la experta. Habló con su jefe, gritó, apoyó las palmas de las manos sobre el escritorio.

—Solo pido que me dejen realizar mi trabajo.

Iba a cerrar la puerta de un portazo cuando por fin el comisario habló:

—De acuerdo. Encárgate del caso del magrebí.

Seis meses es demasiado tiempo. Es una vida y miles de muertes. Es una pila de casos sin resolver. Una cicatriz. Un divorcio con los documentos sin firmar. Una joven torturada hasta la muerte, abandonada como un gato aplastado por la rueda de un coche en una cuneta. Unos confidentes a los que ha olvidado. Unas calles por las que no ha vuelto a pisar. Mensajes acumulados en el móvil hasta que decide tirarlo a la basura. Con el teléfono del trabajo tiene más que suficiente. Se ha instalado en uno de los pisos de su tío. Antón se negó a alquilar el que reservaba para su sobrina, no soportaba a su marido y albergaba en secreto la esperanza de que lo suyo no durase mucho. Se arrepiente de haberlo deseado tanto, de haberle rezado a Nosa Señora do Corpiño. ¿Será cierto que los cocineros son medio brujos? Antón no se cuida el colesterol y está convencido de que cualquier día le da algo, y como es gallego sabe que no se equivoca.

A Marina le ha tocado un compañero de trabajo al que apenas hace caso. Lucía, una de las pocas compañeras con las que se toma de buena gana una caña después del trabajo, la ha puesto en alerta. Jodar es un macho alfa acomplejado por su pene diminuto. Marina piensa en silencio, juiciosa como la sociedad en la que nos ha tocado vivir, que todo se debe a un mal polvo, a unas promesas incumplidas o a unas verdades oculta-

271

das. Lucía siempre ha tenido mala suerte con los hombres y el uniforme le queda demasiado ajustado.

Fueron pocas veces, dos o tres, las que de camino a casa pensó que quizás la sicóloga tenía razón: su vuelta al trabajo era demasiado prematura. Con un acto reflejo encendía un cigarrillo, hacía cinco años que había dejado de fumar, y alejaba con el humo cualquier atisbo de debilidad. Trabajaría y trabajaría y trabajaría. Es el remedio que conoce para que las paredes no se estrechen. El dolor ajeno cura el propio, por mucho que le haya tocado un caso en que no hay quien se rasgue la camisa y ni una pista con la que construir un relato doloroso. Sí, una joven, la compañera de piso de la víctima, un educador que acaba de ser padre y muchos chavales que no quieren hablar con ella.

Una buena policía, como una buena educadora, tiene ojos y oídos en la calle. Y a Marina no le faltan. Pero en un año no los ha visitado y le pica la nariz. Cuando obtuvo su plaza, las amistades y conocidos del barrio no se lo tomaron muy bien, se había convertido en una infiltrada sin necesidad de ocultar su verdadera identidad. Con el tiempo entendieron que no había cambiado, siempre fue muy recta, y que les podía ser de ayuda: «No te preocupes»; «Veré lo que puedo hacer»; «Llámame la próxima vez que tu vecino grite a sus hijos»; «Mo, aquí no podéis fumar porros, iros a la playa, no importa dónde, mientras yo no os vea»; «Nadie va a quitarte el perro, mujer».

Seis meses más seis meses es mucho tiempo. Salió de la oficina e hizo las preguntas que tenía que hacer, las que en las últimas noches la despertaban en medio de un sueño. De una bolsa negra del tamaño de un ser humano.

—Sí, tu expediente está encima de mi mesa, no me vengas con chorradas y no vuelvas a repetir que no sabes nada. Tu hija está muy bien, trabaja en el aeropuerto, tiene pareja. Puede que agradezca una llamada de su madre.

—¿Quién protegía a Rihanna? Quiero saberlo todo: por dónde se movía, con quién, cuánto cobraba. Le gustaba chupar o que se la chupasen. Todo. Y lo quiero ahora. Ya sé que tú no te mezclas con las jóvenes, que dan muchos problemas, que atraen a la policía. También sé que te pasas el día rajando de las que te quitan el pan. Anda, arrea. Seré yo quien decida si me sirve o no.

—¿Que hable con la jueza? Es estricta, no soporta a los proxenetas con tatuajes en el cuello. Mikhail, tienes mucho que perder. O te fugas del país esta misma noche o me das algo con lo que pueda ablandar a la jefa.

—¿Farida? ¿Qué sabes? No me cuadra, lo comprobaré y, si te estás pasando de listo, atente a las consecuencias. Sí, soy muy dura y puedo serlo más. Tú cumple con tu parte y yo ya veré qué hago.

—Ni hablar. Te pillaron el otro día amenazando a un camarero con una jeringuilla. No muerdas la mano que te da de comer. En el bar de Manuel, que desde que eras un renacuajo te trató como al hijo de una hermana. Poca vergüenza. Lárgalo todo o te vienes conmigo a comisaría y que te encierren en un cuartito hasta que sudes la última gota.

—¿Un policía? Si te lo estás inventando, te vas cagar. Sí, me interesa todo: su aspecto, qué días viene, a qué horas, con qué coche, moto o caballo. ¿Qué tiene que ver con Farida?

Los policías se hacen los tontos o los duros, no dan rodeos ni buscan giros inesperados. No se los pueden permitir, sus cabezas rodarían escaleras abajo. Eso solo ocurre en las películas y en los *best sellers*. Los policías recaban información, rastrean, suman chivatazos y rumores, y tiran, cuando se les enciende la luz en mitad de un sueño, del detalle que se les pasó por alto al principio de la investigación.

Marina baja a la cocina del bar. Antón no le permite que se acerque a los fogones. Cocinar para ella es el mayor de sus placeres.

—¿Qué te apetece, mi niña?

Son las siete de la mañana y hoy sí tiene hambre. Le dice a su tío que quiere un desayuno de aristócrata. El chef está feliz, su sobrina después de seis meses, desde el parto prematuro, ha recuperado el apetito y nada le despierta tanta alegría. Canta estribillos de diferentes boleros, silba imitando a los gorriones que ya no existen en la ciudad, da giros de trescientos sesenta grados con la sartén en la mano, y pam: una tortilla de anchoas, tartar de tomate con atún y bacallà a la llauna. También le ha preparado una taza de café indonesio reservado para las ocasiones especiales. Es la ventaja de tener una parroquia fiel y exclusiva: cada vez que viajan a países lejanos, le traen regalos maravillosos. Marina le da un abrazo, el primero en más de un año. La ocasión lo merece. Antón se lo ha pedido y tiene un sospechoso entre manos.

Llueve. El primer día de las fiestas de la Mercè siempre llueve. Son unas gotas, insuficientes, insignificantes como para suspender el pregón. Hace cinco años que no asiste a la Plaça Sant Jaume, cinco años que no corre bajo las bengalas *dels diables del correfoc,* que el domingo no ve descargar a las *colles castelleres,* los espectáculos de circo en el Parc de la Ciutadella, los conciertos en la catedral. Hace cinco años que murió su madre y, desde entonces, se toma el fin de semana libre para ir a caminar por el Pirineo aragonés. Este año no. Este año tiene un trabajo que ahuyenta de su cabeza las voces encerradas en un saco negro.

Han quedado a las nueve de la mañana. Marina lo recogerá con su coche. Hoy sí que ha escrito una nota. «Te quiero mucho, Mario Antón, más que a mi vida.» La ha guardado dentro de la selecta caja de Davidoff que su tío abre la noche de la clausura de las fiestas, con el castillo de fuegos. Este año, si no está encerrada en una sala de interrogatorios, le propondrá ir a la playa con un buen vino blanco y contemplar juntos el cielo iluminado.

Ha llegado puntual y le sorprende encontrarse a su compañero en la puerta. Afeitado, engominado, perfumado. Le ofrece el café con leche que ha comprado en la gasolinera y el dónut de chocolate. Jodar lo agradece. Antón está convencido de que si quieres ganarte a alguien, la mejor forma es con comida, y un bollo industrial es lo que más aprecia el paladar de su compañero. Marina tiene su café en el posavasos de la guantera. No es el más caro ni el más bueno del mundo, pero el día se presupone largo. Conduce por la Ronda, dirección Girona. Jodar está ansioso por encenderse un cigarrillo y acompañar el café aguado con caladas de la marca asquerosa que fuma. Apenas habla.

—¿Qué tal tus días libres?

—Bien, no he salido de casa. Todo el día viendo series.

Marina sabe que miente. No necesitaba hacerle la pregunta. Lo ha seguido en las últimas horas. Tiene la tarjeta de memoria llena de fotos. Ha hecho una copia en un *pendrive* y le ha pedido a la secretaria del comisario que se lo entregue el lunes a primera hora. Si todo va bien, no hará falta. Una confesión vale más que mil imágenes.

Jodar se impacienta al comprobar que pasan de largo la salida de Badalona. Marina le había dicho que irían a ver la fábrica ocupada donde un senegalés murió calcinado, como les ha pedido el comisario. Aprovecha el momento de confusión y pone en el navegador del coche la dirección a la que se propone ir. La aplicación es una basura que nunca se ha preocupado de actualizar, le sirve para no perderse, aunque a veces se ha encontrado con unas buenas retenciones por hacer demasiado caso a la pantalla.

En el lugar al que se dirige no hay tráfico: los autocares repletos de niños de primaria esperan a la primavera para visitar los volcanes en plena vegetación. Ella plantó un árbol con el cole en sexto de EGB. Jodar mira la carretera.

—¿Por qué quieres volver?

—Hay algo que quiero que veas. Un detalle que se nos pasó por alto.

Baja la ventanilla y se enciende un cigarrillo. Jodar, sin hablar, le pide permiso para encenderse el suyo. Fuman en silencio y escuchan la aburrida tertulia de la radio.

—El comisario nos ha encargado el incendio de Badalona. —Jodar se enciende un segundo cigarrillo y sorbe el último trago de café—. No quiero problemas con los de arriba.

—No te preocupes. En todo caso, la bronca me la llevaré yo.

Son las once. Las noticias son un avispero de desgracias diseminadas por el globo. Jodar se ha quedado dormido, ayer fue una larga noche fotografiada. Marina se siente bien, se ha saltado la norma, está haciendo lo que le piden las entrañas. Se le escapa un eructo: bacalao, atún, anchoas con aroma de café del bueno y del malo. Pone música, se ha hartado de tanto drama.

—César. Yo no te llamé.

Jodar mueve la cabeza, el cuello, estira los brazos. Deja de disimular.

—¿Cómo?

—Te presentaste en casa de Marina sin que nadie te diera el aviso.

Jodar parpadea. Se palpa el bolsillo del pantalón. Saca el paquete de tabaco. Enciende otro. Baja la ventanilla.

—No sé de qué me estás hablando.

—Lo he comprobado. Nadie de la central te avisó.

—Si tienes un mal día, no lo pagues conmigo.

Marina coge un desvío. Empiezan las curvas. En veinte minutos habrán llegado al lugar donde encontraron el cuerpo de Rihanna. Le gustaría visitar el árbol que plantó con el colegio, en la falda del volcán, aunque no lo reconocería después de tantos años. El límite de velocidad está en noventa, pero no entra en sus planes levantar el pie del acelerador.

—Hace unas semanas que te estoy siguiendo, desde que

entraron en casa de Marina por segunda vez. Estás hecho un buen cabronazo.

—Marina, te estás equivocando.

—Fuiste tú quien golpeó a Rosa María.

—No juegues conmigo.

—Estoy segura de que la casa donde torturaron a Rihanna debe de estar por la zona. Llévame hasta allí. Te ayudará en el juicio.

Jodar saca el móvil del bolsillo, desbloquea la pantalla y la vuelve a bloquear.

—Sabía que eras muy rarita.

Marina ríe, hace seis meses más seis meses que no lo hace. Jodar aprovecha y le toca la barriga y los pechos buscando un micro oculto. Marina le da un golpe en la cara.

—¿Cómo sé que no me estás grabando?

—No me hace falta. No has sido muy discreto en los últimos días. El comisario y una brigada nos están esperando en el lugar donde encontraron el cuerpo —miente Marina.

Jodar se enciende otro cigarrillo y no baja la ventanilla. Es demasiado tarde para saber si Marina pensó en todas las posibilidades. Jodar no va a confesar, no se va a entregar y no va a delatar a nadie. Fumar mata. Han sido dos o tres caladas, suficiente brasa. Jodar le apaga el cigarrillo en la mejilla y le propina un puñetazo en la nariz. Marina suelta el volante.


Es la tercera lavadora que tiende Àngels. A media tarde empezarán a llegar los inquilinos que ocuparán todas las habitaciones. Ha sido un buen verano y los últimos días de septiembre están funcionando mejor de lo esperado. Es el tercer año que regenta la casa rural que compró y remodeló con el dinero de la herencia. Necesitaba un cambio, empezar de cero. Su pareja, después de seis años, la dejó cuando empezaron a hablar de tener hijos, de construir un proyecto común.

Àngels no se sobresalta, es un ruido familiar, que aburre tras tantas quejas y formularios. No es una motosierra, ni una motocross, tampoco una excavadora. Unas rocas desprendiéndose, unos pájaros asustados, una columna de polvo. Las tareas de mantenimiento de la carretera no han solucionado el problema. Terminaron ayer y de nuevo han malgastado dinero público con una empresa que no cumple. Llama al Ayuntamiento. Es un peligro conducir hasta aquí y la comunidad está harta. ¿Cómo va a haber turismo en la comarca si no hay forma de llegar?

Una funcionaria del área de Medio Ambiente, por indicación expresa de la alcaldesa, se ha desplazado a la zona para comprobar la gravedad de la deficiencia, para recoger datos con los que redactar un informe. Llama a su pareja, el día se ha complicado y es posible que hoy no pueda salir a las dos. Promete que hará todo lo posible para llegar a los conciertos. «Tengo que colgar.» No le da tiempo de pensar que con el manos libres no existe el acto de colocar el aparato en una base. En la carretera no se encuentra con pedruscos que dificulten la circulación. Es un coche aplastado con dos ocupantes fallecidos. Puede que no llegue a los conciertos.

278

Marina, de pie, apoyada en el umbral, da una última calada y sorbe el último trago del café indonesio. Tiene las llaves del coche y el paquete de tabaco en los bolsillos. No necesita más. Se despide de los dos conejos ocultos tras el limonero. Uno es completamente blanco y el más pequeño tiene una mancha negra en la oreja. Lo acaricia, lo coge en brazos, frota la mejilla contra la oreja bicolor. Piel con piel. Ha llegado la hora. Su tío está en la barra, con las gafas en la punta de la nariz, repasando facturas. Pone una mano encima de su hombro.

—¿Ya te vas?

Está descansada y ha desayunado un banquete. Ha dormido sin pesadillas, sin voces al otro lado del túnel. El regusto del café le deshace el nudo de la garganta.

—Antón, nunca seré madre.

—Dame un abrazo, mi niña.

Marina tiene un culpable y un final.

# Glosario árabe

**alhamdulillah.** Gracias a Dios
**Allah ister, Allah ihdina.** Que Alá nos proteja, que Alá nos
  guíe
**Allah y rahma.** Que Alá la bendiga
**amazigh.** Libre o noble. Es el nombre con el que se deno-
  minan los pobladores originales del norte de África y sus
  descendientes
**araq.** Bebida alcohólica anisada
**astagfirullah.** Pido perdón a Dios
**barzaj.** Limbo
**bled.** País
**dariya.** Árabe dialectal
**dhuhr.** Segundo rezo del día, minutos después del mediodía
**ftour.** Desayuno
**fusha.** Árabe clásico
**gandura.** Túnica
**gauria.** Occidental (peyorativo)
**gnawa.** Música
**haram.** No permitido, prohibido
**harcha.** Pan de sémola de trigo
**harraga.** Emigrantes clandestinos
**ifrit.** Ser mitológico
**inshaallah.** Si Dios quiere, ojalá
**jamsa.** Amuleto, mano de Fátima

**jarba**. Casa abandonada
**kessa**. Guante exfoliante
**khalkhal**. Pulsera de pie
**khuya**. Hermano
**kuffar.** Infieles
**laila saida**. Buenas noches
**ma salama**. Adiós
**maktub**. Está escrito. Destino.
**marhaba ia binti**. Bienvenida, hija mía
**mechui**. Asado
**mejmar**. Brasero de arcilla
**nailiya**. Perteneciente a las Ouled Nail
**nani ia mamu, nani ia habitati**. Duerme, bebé; duerme,
    cariño
**uld sok**. Hijo de puta
**rahmu Allah**. Que Alá lo bendiga
**ras el hanut**. Mezcla de especias
**rgayef**. Pan marroquí
**riad**. Construcción de estilo marroquí con patio alrededor del
    cual se organiza la vivienda.
**sabah al jir ia habibi**. Buenos días, cariño
**sarwal**. Pantalón ancho
**shaitán**. Genio maligno
**shawarma**. Carne sazonada asada sobre un eje vertical
**shish tawuk**. Pollo marinado a la brasa
**shukran**. Gracias
**yiblis**. campesinos

# Índice

ESTE LIBRO UTILIZA EL TIPO ALDUS, QUE TOMA SU NOMBRE
DEL VANGUARDISTA IMPRESOR DEL RENACIMIENTO
ITALIANO, ALDUS MANUTIUS. HERMANN ZAPF
DISEÑÓ EL TIPO ALDUS PARA LA IMPRENTA
STEMPEL EN 1954, COMO UNA RÉPLICA
MÁS LIGERA Y ELEGANTE DEL
POPULAR TIPO
PALATINO

*NADIE SALVA A LAS ROSAS*
SE ACABÓ DE IMPRIMIR
UN DÍA DE INVIERNO DE 2023,
EN LOS TALLERES GRÁFICOS DE EGEDSA
ROÍS DE CORELLA 12-16, NAVE 1
SABADELL (BARCELONA)